Sophie Delenclos

JUSTINE OU JULIETTE

ROMAN

DiVA
ROMANCE

Ce roman a remporté
le Prix de la Meilleure Romance
en 2019 !

Le Prix de la Meilleure Romance, c'est quoi ?
Décerné par un jury composé d'auteures, de blogueuses, de journalistes, mais aussi de lectrices, il récompense LA meilleure romance de l'année, après un appel à manuscrits ouvert à tous !

Rejoignez-nous vite sur les réseaux sociaux pour en savoir plus, et pourquoi pas devenir le prochain auteur des éditions Diva Romance… !

Rendez-vous sur
www.editionsdivaromance.fr/prix-diva-romance

LES LECTRICES ONT AIMÉ !

« L'auteure nous emporte avec une grande facilité dans les aventures de Juliette. L'histoire de ces deux personnages est très touchante, j'ai adoré voir Juliette se révéler, s'ouvrir et s'autoriser à aimer de nouveau. Une romance fraîche, drôle, touchante et sexy ! La promesse de passer un agréable été en compagnie d'une romance rafraîchissante ! »

Colyne, *@the_secret_of_a_book*

« J'ai beaucoup aimé les personnages, surtout Juliette et Sébastien, forcément. Leur relation se fait petit à petit. Ils apprennent à se connaître avant d'aller plus loin. Et c'est ce côté-là que j'ai vraiment apprécié. L'auteure prend son temps, rendant ainsi leur histoire plus crédible et réaliste. Une romance toute douce. »

Justine, du blog *Lire une passion*

« Ce livre est d'une légèreté sans pareil ! Sa lecture est aussi douce que les caresses des personnages imaginés par le personnage principal. Sophie Delenclos arrive à nous intégrer dans son univers facilement. Un excellent moment, tout en douceur. »

Magali, du blog *Les lectures de Mag*

Pour en savoir plus sur les Lectrices Diva romance,
rendez-vous sur la page
www.editionsdivaromance.fr/lectrices-diva-romance

10, place des Cinq-Martyrs-du-Lycée-Buffon
75015 Paris
www.editionsdivaromance.fr

ISBN : 978-2-36812-466-6
Maquette : Patrick Leleux PAO

Pour suivre notre actualité, rejoignez-nous
sur Facebook (EditionsDivaRomance),
sur Twitter (@EditionsDiva) et
sur Instagram (@EditionsDivaRomance) !

À mon mari, pour son amour, son soutien
et ses encouragements permanents.

Chapitre 1

Se passant la langue sur les lèvres, la reine fit signe au chasseur d'avancer. Il fit un pas en avant, fasciné par cette bouche luisante, rouge comme le sang fraîchement répandu. Sa haute stature, bardée de cuir et taillée tout en force, imposait sa présence brute au milieu des tapisseries raffinées et des riches tentures brodées d'or qui ornaient les murs du boudoir. Les yeux d'émeraude de la reine jaugèrent le mâle devant elle : barbe et poils blonds, yeux clairs mouchetés de gris, épaules larges… Satisfaits de leur évaluation, ils se mirent à briller d'un éclat inquiétant.

— Ôtez-moi donc ce pourpoint et ces hauts-de-chausse, mon ami. Je ne veux que le meilleur de mes chasseurs pour traquer cette proie. Je compte bien m'assurer que vous répondez à mes exigences…

La reine s'alanguit sur une méridienne, dévoilant, dans l'échancrure de sa robe noire, une jambe élancée gainée d'un bas blanc maintenu par un ruban rouge. Au-dessus de celui-ci, quelques pouces de chair souple et lisse attirèrent l'œil exercé du traqueur dont les pupilles s'assombrirent. Il s'approcha encore, encouragé par un sourire de la reine, tout en délaçant son pourpoint d'une main tremblante.

— La chaleur dans ce donjon est, ma foi, éprouvante, ne trouvez-vous pas ?

La reine fit glisser les manches de sa robe le long de ses épaules d'albâtre, révélant un décolleté ample et crémeux dans lequel le regard du chasseur se perdit aussitôt. La réaction de son corps, évidente maintenant qu'il n'avait plus de tunique, provoqua chez la reine un rire de gorge chaud et profond.

Oh non ! Gorge profonde ? Juliette se prit la tête entre les mains, partagée entre le fou rire et le désespoir. Il ne lui manquait plus que d'appeler le chasseur Rocco, tiens ! Elle enregistra son texte en soupirant et ferma l'ordinateur. À ce rythme-là, elle n'y arriverait jamais. Lorsqu'elle avait signé le contrat pour son premier roman, *La Belle et la Bête XXL*, son éditrice lui avait suggéré de continuer sur sa lancée. Les contes faisaient leur grand retour, et les siens, revus et corrigés en version érotique, avaient toutes les chances de faire un carton. Anne Rice s'étant déjà occupée brillamment de La Belle au Bois dormant, Juliette s'était dit que Blanche-Neige était celle qui offrait le plus large éventail de possibilités : entre la donzelle, la reine, le chasseur, le prince et les nains, il y avait de quoi faire. Plus qu'avec Cendrillon ou Raiponce, en tout cas : à part un fétichiste des chaussures ou des cheveux, pas grand-chose à en tirer, à première vue – surtout pour la pauvre Raiponce, toute seule dans sa tour ! Cependant, là, elle bloquait. La sortie en librairie de *La Belle et la Bête XXL* l'angoissait. Si ça ne marchait pas ? Un roman érotique, ce n'était pas franchement le créneau le plus porteur, si on exceptait l'engouement exceptionnel qu'avaient suscité quelques ouvrages dans les dernières années. D'autant qu'elle n'était absolument pas connue du public : *La Belle et la Bête XXL* était son premier roman publié.

Une tasse de thé lui remettrait les idées en place. Elle se leva en s'étirant pour mettre la bouilloire en marche et jeta un coup d'œil au jardin par la porte-fenêtre de la cuisine, en attendant que l'eau chauffe. Le soleil s'était finalement décidé à faire son apparition, après un mois d'avril exceptionnellement pluvieux, et toutes les plantes redressaient la tête pour en profiter, dans une somptueuse cacophonie de verts. Les mauvaises herbes semblaient particulièrement en forme, d'ailleurs, il allait falloir s'y attaquer – elle discernait de la cuisine les tentacules rampants du lierre qui revenait en force, investissant sournoisement la moindre portion de terrain disponible. Le vrombissement sonore de la bouilloire cessa dans un claquement sec, interrompant son inventaire horticole, et elle versa l'eau à infuser dans la jolie théière peinte de roses sauvages que son ex-belle-mère lui avait offerte.

Le jardin ! Encore une corvée dont elle avait hérité au départ d'Arnaud, et dont elle se serait bien passée. Après avoir sorti un mug, elle s'assit à la table, tentant d'ignorer la petite part de fondant au chocolat qu'Arthur avait oubliée en repartant chez son père dans l'après-midi. L'adolescent avait fait un sort aux trois quarts du gâteau, mais elle en avait goûté une lichette, délicieuse avec son cœur humide, presque noir, et sa croûte fine et craquante. Elle tenta de se raisonner : les beaux jours approchaient, et si elle voulait entrer dans ses affaires d'été, le fondant au chocolat n'était pas la solution. D'ailleurs, Stéphanie, la nouvelle compagne d'Arnaud (plus généralement connue sous le nom de « la pouffe d'Arnaud »), ne faisait jamais de gâteau… au grand dam d'Arthur, et sans doute de son père, qui adorait le chocolat. Bien fait pour lui ! Il n'avait qu'à pas s'amouracher d'une bimbo de dix ans sa cadette, obsédée par sa ligne et ses cours de Pilates.

Elle remua le thé qui exhala un nuage de vapeur épicé à la cardamome et se servit, y ajoutant un peu de lait. Il fallait vraiment qu'elle avance sur son texte. Elle s'était engagée à remettre son manuscrit en fin d'année, mais Blanche-Neige lui résistait.

Les jours à venir s'annonçaient difficiles : *La Belle et la Bête XXL* faisait son apparition sur les tables des libraires et Arthur passait la semaine chez son père. Quand ils avaient opté pour la garde alternée, elle n'avait pas réalisé ce que cela voulait dire, après tant d'années de mariage. Se retrouver seule dans la maison… Même si elle s'était habituée au calme, parfois le silence lui pesait. Et pour couronner le tout, le Chef avait programmé une réunion extraordinaire du comité de direction le lendemain. Elle ne le sentait pas, mais alors pas du tout… En soupirant, elle tendit une main vers le gâteau. Dans certains cas, mieux valait ne pas lutter.

Chapitre 2

— ... Et c'est pourquoi j'ai choisi de vendre Hervouët Logistique à United Express. John Reminger, qui me succédera en tant que PDG, arrive demain. Je compte sur vous pour lui faire le meilleur accueil. Je sais que vous vous réjouirez avec moi de cette opportunité pour notre entreprise de continuer à se développer en bénéficiant des moyens et de l'assise d'un groupe mondial.

Un silence consterné s'abattit sur la salle du comité de direction. Hormis Thierry, le directeur financier, qui arborait comme à son habitude l'expression impassible du joueur de poker chevronné, tous avaient l'air d'avoir avalé quelque chose de travers. Guy Hervouët se leva et fit signe à Juliette, sidérée, de le suivre dans son bureau. Le responsable des opérations, Xavier, l'un des plus vieux amis de Guy, leur emboîta le pas. Le vieux PDG s'assit dans son fauteuil de cuir antédiluvien en fermant les yeux, avant de les rouvrir aussitôt. Sous ses énormes sourcils broussailleux, son regard bleu était toujours aussi vif, mais Juliette eut l'impression qu'il y passait une sorte de tristesse, une émotion vite réprimée.

— Bon, ça ne s'est pas trop mal passé, non ? Vous en pensez quoi ?

Au grand soulagement de Juliette, dont le cerveau s'était vidé de toute substance, Xavier prit la parole.

— Ils ne s'y attendaient pas, tu sais. Il faut leur laisser le temps de digérer la nouvelle.

Guy le coupa en grognant.

— Ils ne l'ont pas. Reminger arrive demain, et il s'attend à une équipe au top. Je n'aurais peut-être pas dû lui dire que tous étaient partants. Qu'est-ce que tu en penses, Juliette ?

Elle lui adressa une moue incertaine.

— C'est un choc pour tout le monde, je crois. Et puis…

Voyant qu'elle hésitait, il l'encouragea à poursuivre. Elle se lança :

— Tu es certain que Reminger ne va pas vouloir constituer sa propre équipe ? C'est ce qu'on fait, en général.

Le vieux président haussa les épaules.

— Si, bien sûr. Mais pas tout de suite. Ça vous laisse le temps de lui montrer votre valeur… et après, il décidera. En tout cas, il s'est engagé auprès de moi à ne pas opérer de changement dans l'équipe avant trois mois. Enfin, à l'exception de Xavier.

Surprise, Juliette tourna la tête vers le directeur des opérations, qui lui sourit gentiment.

— Je n'avais pas envie de continuer sans Guy, Juliette. Comme je peux prendre ma retraite dans six mois, je pense pouvoir négocier mon départ facilement… Surtout avec l'accord du président !

Il lui adressa un clin d'œil.

L'émotion serra le cœur de Juliette. Guy et Xavier lui avaient donné sa chance lorsque le précédent DRH était parti en claquant la porte, sept ans auparavant. Elle n'était alors « que » responsable des relations sociales, un job dans lequel elle avait atterri par hasard après avoir découvert qu'être juriste en entreprise l'ennuyait profondément. Impressionnés par la manière dont elle avait désamorcé un mouvement de mécontentement des coursiers qui menaçait de tourner à la grève, ils lui avaient proposé le poste de directrice des ressources humaines, si elle acceptait de suivre une formation diplômante dans ce domaine. Guy Hervouët rappelait sans cesse qu'on pouvait avoir les plus beaux camions du monde, on n'irait pas bien loin sans chauffeur pour les conduire. Grâce à lui, elle avait eu son master spécialisé, et tenait le poste depuis lors. Elle l'avait aidé à développer l'activité, à mettre en place des parcours de formation pour encourager la promotion interne et faciliter la reconversion des ouvriers vieillissants… Xavier, en tant que directeur des opérations, l'avait lui aussi soutenue, poussant ses encadrants à se former, se montrant exigeant sur le respect de la réglementation sociale. Ils l'avaient tous les deux aidée à grandir, à assumer ses responsabilités et ses positions face aux autres membres du comité de direction qui avaient tendance à considérer les ressources humaines comme la dernière roue du carrosse.

Elle regarda le petit bonhomme bedonnant et dégarni, et hocha la tête.

— On devrait pouvoir négocier quelque chose, confirma-t-elle. Tant que tu ne demandes pas d'argent…

Elle lui fit un clin d'œil à son tour, tandis que Guy éclatait de son rire tonitruant.

— J'organise un dîner de départ vendredi, annonça-t-il. J'y invite bien sûr Reminger. Je compte sur toi pour discuter avec les autres et faire en sorte que ça se passe bien. Après, ça ne dépendra plus que de vous !

Chapitre 3

— Merde, il vous a annoncé ça comme ça, sans préparation ?

Laurence secoua la tête avant de prendre une grande gorgée du mélange rosé-pamplemousse dont elle s'était récemment entichée.

— Sans déconner ? Il pousse, papy. Je sais que tu l'adores, mais il manque tout de même un peu de psychologie, non ?

Bon, c'était l'euphémisme du siècle. Juliette soupira tandis que son regard errait sur le jardin entourant la terrasse où elles étaient assises. Les branches du lilas ployaient sous le poids de ses grappes de fleurs blanches à l'odeur entêtante. Leur exubérance jurait dans ce jardin entretenu avec une rigueur militaire, pelouse tondue ras et bordures impeccables.

Avocate spécialisée dans les affaires de divorce – elle avait géré celui de Juliette et d'Arnaud –, Laurence se trouvait en permanence confrontée à ce que la vie pouvait avoir de plus bordélique. Son sens de l'ordre, frustré par l'irrationalité de ses clients, trouvait un exutoire dans l'organisation implacable qu'elle imposait à sa maisonnée – fils, jardin et chien compris. Théo, son fils, le meilleur ami d'Arthur depuis le CP, se montrait cependant de plus en plus rétif. Il l'avait même menacée d'aller vivre à plein temps chez son père si elle continuait à « ranger sa chambre » – à savoir, tout passer à la poubelle quand il n'était pas là.

— C'est le moins qu'on puisse dire, finit par répondre Juliette. Le comité de direction a défilé dans mon bureau toute la journée, alors que je devais préparer l'information pour le CE… J'ai cru que je ne m'en sortirais jamais.

— Et toi, tu en penses quoi ? marmonna Laurence, qui s'allumait une cigarette en louchant de manière peu élégante.

Juliette croqua dans une rondelle de saucisson avant de répondre.

— Pas la moindre idée. Au pire, s'il veut se débarrasser de tout le monde, comme c'est moi qui vais devoir m'en charger, ça me laisse un peu de temps devant moi. Je n'ai pas envie de partir, mais il n'y a pas des milliards de postes de directrice des ressources humaines dans le coin. Je préférerais éviter de me retrouver à la Défense ou à Cergy, avec des temps de trajet interminables, mais si je n'ai pas le choix…

Étalée dans son transat, Laurence ferma les yeux en tirant une longue bouffée.

— Si ça se trouve, *La Belle et la Bête XXL* va faire un carton, et tu pourras arrêter de bosser. Et moi je pourrai me faire une fortune en racontant aux journaux que j'ai géré ton divorce d'avec l'affreux valet de la Bête.

— Il n'est pas si reconnaissable que ça, protesta Juliette, rougissante.

Laurence eut un sourire sarcastique.

— Non, c'est sûr. Enfin, si tu ne le connais pas, bien entendu ! Mais ne t'inquiète pas, j'ai un pote de fac spécialisé dans les litiges éditoriaux. Il te fera un prix. Et puis, après tout, la vengeance sentimentale se porte bien en librairie, demande à notre ancien président de la République.

— De toute façon, j'ai pris un pseudo, argumenta Juliette. Si on ne sait pas que je suis l'auteur, comment veux-tu qu'on fasse le lien avec Arnaud ?

— Vous avez tranché pour quoi, finalement ? Clotilde Breteuil ?

— Justine de Lenclos, comme Ninon. Avec mon éditrice, Émilie, on s'est dit que ça avait un petit côté « grand siècle » tout à fait adapté.

Après avoir tourné les mots dans sa tête un moment, Laurence approuva.

— Oui. Et ça ajoute une note aristo qui contrebalance l'effet du XXL, aussi.

Elle secoua la tête, ébouriffant un peu plus ses cheveux courts, et se pencha en avant. Ses yeux noisette brillaient d'enthousiasme.

— Je ne sais pas s'il va marcher, mais il le mérite. J'ai passé à ma sœur l'exemplaire que tu m'avais donné, elle a adoré ! Il va falloir que tu m'en donnes un autre, parce que je suis certaine qu'elle ne va pas me le rendre.

Elle se leva, dépliant la silhouette androgyne que Juliette lui enviait. Laurence pouvait mettre tout ce qu'elle voulait, tant qu'il ne fallait pas remplir un bustier. Elle avait une classe incroyable dans ses tenues de travail, mais dès qu'elle rentrait chez elle, elle enfilait un jean et une chemise, qu'elle accessoirisait d'une veste et d'escarpins lorsqu'elle sortait. C'était sa « signature », avait-elle fort sérieusement expliqué à Juliette, qui tentait de la convaincre de remettre un peu de diversité dans tout ça. Peine perdue : Laurence n'en voyait pas l'intérêt. Divorcée depuis longtemps, elle n'avait aucune envie de s'engager dans une nouvelle relation foireuse… ni d'accorder plus d'importance que ça à sa tenue. D'où les cheveux courts, les jeans et les chemises : sobre et efficace.

— Bon, tu viens, on va regarder ce qu'il y a dans le frigo. Je voulais aller chercher une pizza place Camelinat, mais ils sont fermés le lundi. En même temps ça tombe bien, comme nos deux morfales se sont fait un kebab hier midi, Théo n'a pas entamé le gratin de pâtes au poulet. Ça te dit ? demanda-t-elle en sortant un plat à gratin monstrueux.

Juliette hocha la tête. C'était parfait, d'autant plus qu'il n'y avait rien à préparer. Les semaines où Arthur était là, elle passait son temps à cuisiner des montagnes de nourriture qui disparaissaient aussitôt. Ça allait de pair avec les adolescents de quinze ans, se dit-elle, comme les chaussettes sales, les jeans troués et les sweats à capuche fétiches qu'il fallait leur arracher pour pouvoir les laver. Les semaines sans Arthur, elle avait laissé tomber la cuisine. Malheureusement, ça ne se voyait pas sur sa ligne, toujours plutôt du côté plantureux. L'écriture, comme passe-temps, ce n'était pas l'idéal pour le tonus musculaire ! Alors, un gratin de plus, un gratin de moins… Ce n'était pas comme si elle allait subitement rencontrer l'homme de sa vie !

Chapitre 4

La chose la plus étonnante, avec John Reminger, c'est qu'ils étaient deux.

Juliette s'en fit la remarque en les voyant passer devant son bureau dans le couloir qui menait à celui de Guy, deux portes plus loin : deux bruns en costume gris, un grand athlétique et un plus petit, plus mince, aux tempes grisonnantes. C'était tout ce qu'elle avait vu… comme elle le répéta aux membres du comité de direction qui s'étaient tous souvenus ce matin-là d'une affaire urgente à régler avec elle : la certification sécurité d'un informaticien, le recrutement de nouveaux commerciaux... Même Thierry, le financier, pourtant le plus introverti de l'équipe, était passé, sous prétexte de lui communiquer les derniers ajustements en cours sur le budget qu'elle recevait d'habitude par mail. Nathalie, l'assistante de direction, vint clore le défilé avec un grand sourire.

— Ils ne sont pas très discrets, dit-elle en tendant un grand mug de café à Juliette qui la remercia.

Nathalie était la seule à avoir encore une machine à café « à l'ancienne », avec filtres et café moulu, même si elle daignait commander les capsules de Guy. Grande, brune et sculpturale, elle portait toujours des tailleurs chic à boutons dorés et des talons aiguilles, si bien que les prestataires qui venaient pour la première fois prenaient en général l'assistante pour la directrice, et inversement. Juliette s'y était résignée : ce n'était pas de la faute de Nathalie si sa chef ne ressemblait à rien. En outre, elle adorait Juliette, à qui elle remontait les problèmes avec un franc-parler parfois dérangeant.

— Tu sais qui est le deuxième ? demanda Juliette, curieuse.

Nathalie, qui buvait son café, hocha la tête.

— Le bras droit de Reminger, Sébastien Marvel.

— Marvel comme les comics ? Hulk et compagnie ? s'étonna Juliette.

— Pour les comics, je ne sais pas, mais il est français. C'est lui qui traduit pour Reminger, parce que notre nouveau boss ne parle qu'anglais.

Elle grimaça et Juliette se souvint subitement que les langues n'étaient pas le point fort de Nathalie.

— On peut proposer à Céline de s'occuper de Reminger, tandis que toi tu t'occupes d'Éric et de moi, si tu veux ?

Céline, l'assistante de la direction commerciale, parlait parfaitement anglais. Elle était aussi… très blonde, persiflait la brune Nathalie, à qui Juliette donnait intérieurement raison, même si le problème n'était pas la couleur de cheveux (ravissante) de la demoiselle en question.

Nathalie leva les bras au ciel.

— Ah non, elle est trop cruche ! Trois jours avec elle, et il décidera de virer tout le monde. Non, je vais me mettre à l'anglais. Il faut juste qu'on trouve une solution au début.

Juliette acquiesça. Nathalie connaissait parfaitement les rouages de Hervouët Logistique, ce serait un atout pour Reminger. Une fois qu'ils parviendraient à communiquer, bien sûr !

— C'est lui qui décidera, de toute manière. Mais je vais lui conseiller de te garder, ajouta Juliette, percevant l'inquiétude réelle de l'assistante derrière sa façade confiante.

Les Américains passèrent la matinée en réunion avec Guy, qui avait convoqué tout le comité de direction à quatorze heures. À l'heure dite, la pièce bruissait d'impatience. Éric, le commercial, rongeait son frein car il avait dû raccourcir sa séance de running hebdomadaire avec son équipe. Le silence se fit lorsque la porte s'ouvrit, laissant entrer le vieux PDG et les deux nouveaux venus. Les installant à ses côtés, Hervouët les présenta, en commençant par John Reminger, son successeur. C'était le plus petit des deux hommes qu'elle avait vus passer, celui dont les cheveux bruns se teintaient d'argent. Il avait les yeux bleus perçants, la mâchoire carrée et la dentition impeccable des meneurs d'homme dans les films de guerre.

N'écoutant que d'une oreille la présentation convenue, Juliette porta son regard sur Sébastien Marvel… et retint son souffle : l'homme était incroyablement sexy avec ses cheveux sombres, ses yeux noirs et ses pommettes saillantes dans un visage large aux traits affirmés. Si Reminger arborait une cravate rayée sur sa chemise bleue, Marvel avait opté pour un style plus décontracté, portant sous sa veste de costume une chemise blanche au col ouvert, sans cravate. La blancheur immaculée du coton contrastait avec sa peau mate, lui conférant une allure vaguement exotique. Confortablement carré dans son siège, il resta silencieux durant toute la réunion, sans bouger ou presque, comme un guépard à l'affût. Les sujets et interlocuteurs changeaient, sans que son visage se départe de son expression d'intérêt courtois. En réalité, il observait, constata Juliette dont le regard revenait vers lui, comme aimanté. C'étaient les yeux et les oreilles de Reminger, il passait en revue le troupeau pour repérer les plus faibles. Elle espéra que ses collègues auraient le bon sens de s'abstenir de faire des commentaires en français en croyant n'être pas compris, elle n'avait pas pensé à les prévenir qu'il y avait un francophone dans le tandem. Bien entendu, Éric, le commercial, se mit à plaisanter à mi-voix sur les Américains auprès du directeur financier. Marvel sourit, amusé, et croisant le regard de Juliette, il lui adressa un clin d'œil complice, une petite lueur dansant dans ses yeux sombres. Il se savait observé, de toute évidence. Prise en flagrant délit, Juliette s'empourpra, maudissant sa peau blanche de rousse que la moindre émotion colorait, avant de tourner la tête pour se concentrer sur Reminger. Ils sortaient de la salle quand Marvel l'aborda.

— Vous êtes Juliette, la DRH, n'est-ce pas ?

Sa question était rhétorique, bien sûr : Juliette était la seule femme du comité de direction. Il enchaîna :

— Guy m'a demandé de voir avec vous pour la présentation de John au comité d'entreprise. Il ne parle pas français. Je peux traduire pour lui, si vous pensez que c'est acceptable.

Juliette acquiesça : cela lui faciliterait la tâche. Elle avait prévu de traduire elle-même, mais si elle pouvait se concentrer sur la conduite de la réunion…

— Venez, je vais vous montrer ce qu'on a préparé.

Maintenant qu'ils avaient quitté la salle de réunion, sa politesse distante était remplacée par une expression détendue qui le rajeunissait. À première vue, elle lui avait donné la quarantaine, mais il devait se contenter, comme ellc, de s'en approcher. De près, il était encore plus sexy. Ses joues commençaient à s'ombrer de noir, lui donnant une allure moins policée. Ça devait piquer, quand il embrassait. Et sa bouche… Pleine, ourlée, sensuelle en diable. Juliette en arracha son regard à grand-peine, accélérant le pas en constatant que l'homme qui marchait à son côté suscitait en elle des réactions inattendues. Elle avait l'impression que son estomac faisait des triples saltos en apesanteur et elle se sentait rougir de nouveau, sous l'effet d'une vague de chaleur partant de son ventre. Elle ne se souvenait pas avoir été ainsi troublée par la simple présence d'un homme. Si sa mémoire était bonne, même Arnaud ne lui avait pas fait autant d'effet. Évidemment, elle n'était pas certaine d'être objective !

Une fois dans son bureau, elle fit signe à Marvel de prendre place à la petite table de réunion ronde pendant qu'elle rangeait ses dossiers. L'odeur de l'homme, verte, boisée, lui parvint alors qu'elle s'asseyait à côté de lui. Refrénant son envie de nicher son nez dans son cou et affichant un calme qu'elle était loin d'éprouver, elle se concentra sur la présentation. Après y avoir apporté quelques modifications mineures, Marvel sortit un autre document.

— John voudrait faire passer aussi la charte d'éthique du groupe, qu'est-ce que vous en pensez ?

Juliette réprima un soupir, écartant de ses pensées l'odeur troublante, pour se focaliser sur ce qu'il lui montrait. C'était la charte habituelle des groupes américains, couvrant tous les domaines possibles depuis les cadeaux faits par des fournisseurs jusqu'à la fréquentation « non recommandée » entre employés de l'entreprise. Inutile, donc, la plupart du temps.

— Aux States, c'est carrément interdit, commenta Marvel, mais je me suis dit qu'en France l'interdiction pure et simple passerait mal.

Il releva les yeux vers elle, une étincelle malicieuse dans le regard.

— De toute manière, ça n'a jamais empêché personne de tomber amoureux. Et en France, je ne suis pas certain que ce type d'interdiction soit valide.

Juliette haussa les épaules.

— Non. Il y a des conditions à réunir pour qu'une règle soit opposable à un salarié. Ce n'est pas le cas ici, et je ne parle pas seulement pour cette règle mais pour toute la charte. Mais… vous le saviez, n'est-ce pas ?

Sous son regard curieux, Marvel hocha la tête, sans paraître perturbé le moins du monde, puis haussa les épaules à son tour. Il avait posé sa veste, et sa carrure, qui tendait le coton blanc de sa chemise, surprit Juliette. Il se révélait plus que solide, et terriblement masculin. Elle fit un effort pour mettre de côté les sensations embarrassantes qu'il éveillait en elle et se recentrer.

— Guy nous a dit que vous étiez compétente, mais il faut bien que je m'en assure. John va avoir besoin de s'appuyer sur vous et c'est mon job de garantir que vous n'allez pas le planter.

Il la regardait avec franchise… ou c'était un excellent acteur. Elle accueillit son explication sans mot dire, comme s'il était complètement normal de tester ainsi les personnes avec lesquelles on travaillait. Elle espérait juste que ce n'était pas parce qu'il l'avait vue rougir qu'il avait pensé à la charte.

— Autant la présenter tout de suite. Avec un peu de chance, personne n'y fera attention, dans les remous que va susciter le changement de direction.

Cela leur prit néanmoins presque deux heures de finaliser l'ensemble des présentations, y compris cette satanée charte, deux heures exténuantes à lutter contre les réactions inadéquates de son corps à la présence du beau Sébastien. Son job, sa crédibilité professionnelle, sa dignité même étaient en jeu, et elle réagissait comme… comme une midinette !

Elle s'effondra sur la table lorsqu'il sortit du bureau. Elle n'allait jamais tenir le coup, ce n'était pas possible. Heureusement, il ne devait pas rester : il accompagnait Reminger seulement le temps de lui trouver des relais fiables et anglophones. C'était ainsi qu'ils avaient procédé lors des dernières acquisitions de United Express. Reminger lui-même ne venait que pour évaluer le fonctionnement de l'entreprise et prendre les décisions adéquates, soit la fusion avec une autre filiale, soit la désignation d'un nouveau PDG. Voire d'un nouveau comité de direction, avait complété Juliette. Il lui avait souri, mais ne l'avait pas détrompée.

Chapitre 5

La gestion des instances sociales occupa Juliette une bonne partie de la semaine. Bien évidemment, tous les élus s'inquiétaient, la plupart pour le devenir de l'entreprise, quelques-uns pour le leur. Bertrand Macassar, surnommé « le boulet », arriva en geignant dans le bureau de Juliette le jeudi matin vers onze heures. C'était un feignant professionnel dont le poil dans la main et l'absence de cerveau faisaient se gondoler les autres représentants du personnel, quand ils ne s'en agaçaient pas. Il portait la veste d'uniforme bleu et blanc réglementaire de Hervouët Logistique, à la grande surprise de Juliette qui, ne l'ayant jamais vu avec, faillit en recracher son café.

— Juliette, il faut que tu lui expliques la loi, au nouveau patron ! Il doit respecter les syndicats et les élus ! Même s'il est américain !

L'homme avait l'air affolé, les cheveux blonds hirsutes et le regard bleu plus vide que jamais. Au cours d'une négociation salariale, il avait expliqué que le système de part variable ne marchait pas, la preuve : il n'avait jamais touché sa prime sur objectif, lui ! Les autres représentants syndicaux avaient dû cacher leur fou rire dans une gigantesque quinte de toux collective. Même le très austère contrôleur de gestion qui assistait Juliette y avait succombé. Elle en avait eu des crampes à la mâchoire, à force de rester stoïque. Elle soupira.

— Que se passe-t-il, Bertrand ?

— Ils sont venus à l'entrepôt, ce matin, et comme ils m'ont vu en train de prendre un café, ils m'ont demandé pourquoi je n'étais pas en tournée !

— Et pourquoi n'étais-tu pas en tournée, Bertrand ?

L'homme leva les mains au ciel.

— Ben je suis sur mes heures de délégation, là ! Évidemment !

— J'imagine que tu peux montrer que tu ne les avais pas déjà prises ?

Macassar eut l'air gêné.

— Ben oui, enfin, je crois. Avec tous ces changements, et ces réunions pas prévues…

Juliette sourit intérieurement. Xavier avait toléré les dépassements continuels de Macassar, alors qu'elle prêchait pour plus de fermeté, mais quelque chose lui disait que ce n'était pas le genre de Reminger.

— Si tu es dans les temps, il n'y a pas de raison de t'inquiéter. Je compte sur toi pour me donner ton relevé d'heures vendredi, tu n'oublies pas, d'accord ?

À peine était-il sorti du bureau, le front plissé par l'inquiétude, que Marvel prenait sa place. Il souriait, et sa simple présence fit accélérer le cœur de Juliette. Il était vêtu comme la veille, d'une chemise au col ouvert sous son costume, à cette différence que la chemise d'aujourd'hui, bleu pâle, le rendait encore plus sexy.

— Notre petite visite de ce matin a fait son effet, je vois !

Il avait l'air content de lui, plutôt amusé. Juliette ouvrit de grands yeux : visite ? effet ? Son cœur eut un raté et le rouge lui monta aux joues avant que son cerveau se remette sur la bonne piste et qu'elle comprenne qu'il ne parlait pas d'elle mais de Macassar. Soulagée, elle acquiesça.

— Votre arrivée va m'aider à remettre les choses au carré. Notre ami était très ému qu'on lui demande pourquoi il n'était pas au travail ! Xavier laissait couler, parce qu'il préférait avoir un feignant peu crédible qu'un bosseur respecté par les autres, mais je ne suis pas certaine que ce soit un bon calcul, ne serait-ce que pour l'exemple que cela donne.

— Ah ! Je me demandais… Xavier me paraissait être un bon directeur, je ne comprenais pas. D'ailleurs… est-ce que vous avez cherché quelqu'un pour le remplacer ?

Juliette secoua la tête. Guy lui avait demandé d'attendre des consignes de Reminger, ne sachant quel profil ce dernier souhaiterait recruter. Marvel opina.

— Est-ce que vous êtes libre pour déjeuner avec John et moi ? Il y a un certain nombre de choses dont nous voudrions vous parler. Guy nous a dit qu'il avait toute confiance en vous.

John Reminger n'était pas un rigolo. Agréablement surpris par la manière dont la société tournait, pour une compagnie française, il avait cependant relevé des choses qu'il fallait corriger. Le premier était la tenue vestimentaire de Sonia, aux opérations. Le style de la jeune femme évoquant celui de Julia Roberts au début de *Pretty Woman*, Juliette ne parvint pas à déterminer ce qui choquait l'Américain, entre son décolleté, ses talons aiguilles et sa mini-jupe en stretch. Elle arborait aussi une crinière bouclée tout droit sortie des années 1980 et une quantité industrielle d'eyeliner… Rien de tout ça ne l'empêchait d'être une vraie pro, bien sûr. Cependant, Reminger, choqué, en était à réfléchir à un « dress code » s'appliquant à tous. Mieux valait donc agir vite. Mais comment ? Sonia était efficace et appréciée dans la maison. Aucune solution simple ne venait à l'esprit de Juliette.

Reminger voulait également organiser un accès pour les employés à une salle de sport des environs – lui-même courait, mais il pouvait comprendre que certains préfèrent d'autres activités. Une vie saine était indispensable pour des employés productifs ! Attentive à masquer son indifférence au sujet, Juliette hocha la tête, interceptant au passage une lueur d'amusement dans les yeux de Marvel, qui demeurait silencieux. Est-ce que lézarder sur sa terrasse dans sa chaise longue, un verre de vin blanc à la main, faisait partie des impératifs d'une vie saine selon Reminger ? Elle en doutait. Heureusement, l'Américain continua à énumérer ses requêtes, sans prêter attention au rougissement suspect de sa DRH. Sa dernière décision s'avéra inattendue : il souhaitait nommer Sébastien Marvel en charge de la direction des opérations. Surprise, Juliette jeta un coup d'œil à Marvel : ne devait-il pas partir ? Il confirma cependant d'un signe de tête, et Juliette s'empressa de reporter son regard sur Reminger, beaucoup moins déstabilisant. Elle allait devoir continuer à travailler avec Sébastien dans les mois à venir ? Misère, elle était mal.

— Je veux rester en France pour l'instant, lui expliqua-t-il alors qu'ils prenaient un café dans le bureau de Juliette, Reminger étant reparti dans le sien pour une conférence téléphonique avec les States. La boîte tourne bien, l'équipe a l'air OK… et il faut que je me pose un peu, ajouta-t-il. Pour raisons familiales. Même si ça veut dire gérer des mini-jupes trop courtes !

Juliette fit la grimace. À sa surprise, Marvel enchaîna, lui tendant un CV sorti de sa poche de veste, l'air un peu embarrassé.

— Je sais bien que le process de recrutement n'est pas celui-là, normalement…

Elle haussa les épaules.

— C'est la prérogative d'une nouvelle direction que de nommer de nouvelles têtes, encore plus après un changement d'actionnaire. J'imagine que John ne vous nommerait pas s'il n'était pas certain que vous faites l'affaire.

L'homme secoua la tête. Avant de suivre Reminger dans les filiales nouvellement rachetées, il avait passé plusieurs années à la direction des opérations aux États-Unis, dans différentes fonctions.

— Je suis parti là-bas en stage, en troisième année d'école d'ingénieurs, et j'y suis resté, en fait. Et puis, j'ai progressé, je suis devenu responsable d'un petit site, puis d'un plus gros, jusqu'à prendre en charge une première direction des opérations, dans une filiale.

Juliette hocha la tête. Il avait un CV parfait pour le poste et la confiance de Reminger, sa qualification ne faisait aucun doute. Elle était touchée par le soin qu'il prenait de la remettre dans la boucle – et pas seulement pour la paperasse. Rien ne l'obligeait à venir lui remettre son CV, ni à lui expliquer pourquoi Reminger le jugeait qualifié.

— Merci. J'apprécie, lui dit-elle avec sincérité.

Il lui sourit.

— C'est la moindre des choses, si John vous court-circuite, de vous rassurer sur le bien-fondé de cette décision ! Et puis, on va travailler ensemble. Maintenant vous savez à qui vous avez affaire.

— En ce qui vous concerne, oui. Pour John… il a l'air plutôt strict, commenta-t-elle. Il a déjà fait ce type de missions dans des pays méditerranéens ?

— Non. United Express a d'abord consolidé sa position dans les pays anglo-saxons et en Europe du Nord avant de s'attaquer aux pays latins. La France est une première étape, et un test pour John. C'est la raison pour laquelle il est d'accord pour que je prenne les opérations. Il se dit que ça lui fait un allié dans la place.

Les yeux sombres de Marvel se fixèrent sur Juliette, qui se sentit rougir de nouveau. Détournant les yeux pour échapper à son regard, elle réfléchit.

— Alors il faut qu'on lui trouve un assistant bilingue, dit-elle. Vous ne pourrez pas l'accompagner en permanence et gérer les opérations en même temps. L'assistante des opérations parle bien anglais, je propose qu'elle s'occupe de John et que vous preniez Nathalie. En revanche, j'aimerais que Nathalie continue à bosser aussi pour moi, si cela ne vous ennuie pas…

Horrifiée, elle sentit qu'elle rougissait derechef. Mais qu'est-ce qui lui prenait ? Elle ne le regardait pas, pourtant, elle s'astreignait à fixer ses mains. Longues, fortes, avec un léger duvet sombre sur le dessus, des mains compétentes et solides…

— Pas de problème, répondit-il, amusé. Je n'ai jamais eu vraiment d'assistante personnelle, je devrais pouvoir m'en passer.

Cette fois c'est Juliette qui le regarda en riant.

— Oui, mais maintenant vous avez huit collaborateurs directs, et plus de trois cents personnes qui dépendent de vous… avoir une assistante dans ce cas, ce n'est pas du luxe : c'est une question de survie !

Chapitre 6

Assise devant son écran, Juliette se servit une tasse de thé en soupirant. Son éditrice se disait plutôt satisfaite de la mise en place de *La Belle et la Bête XXL* en librairie, mais Juliette, qui pensait qu'être éditée la satisferait, réalisait qu'elle souhaitait que son livre se vende. Alors qu'elle rêvassait, la sonnerie de son téléphone retentit. Elle grimaça en voyant s'afficher le nom de son frère. Au secours. Qu'est-ce qu'il voulait, encore ?

De cinq ans son aîné, Jean-Jacques avait toujours été un imbécile prétentieux, pénible et pontifiant. Il vivait à Londres, son job en or à la City lui ayant permis de conquérir la main d'une « Honorable » désargentée. Verena, la fille cadette d'un *Earl*, avait préféré cette mésalliance en or avec un *Frenchie* au château délabré de son *Lord* de cousin, mais se montrait d'autant plus snob. Il fallait en général à Juliette et à Judith, leur petite sœur, un bon mois pour se remettre d'une de leurs visites. S'armant de courage, Juliette décrocha.

— Juliette, aboya-t-il, comment vas-tu ?

Habituée, elle coupa court aux échanges de nouvelles en arguant du temps précieux de son interlocuteur. Elle ne se sentait pas d'humeur à supporter les vantardises absurdes de son frère, qu'il s'agisse de son dernier bonus ou des exploits de ses neveux dans leur école privée. Interrompu dans sa lancée, il se racla la gorge puis en vint à la raison de son appel : l'argent, comme toujours. Il voulait convaincre leur mère de vendre sa maison.

— Elle serait bien mieux dans une résidence où l'on serait aux petits soins pour elle, expliqua-t-il à sa sœur écœurée. Tu prends la situation à la légère, Juliette. Je m'inquiète pour maman, figure-toi. Vivant à l'étranger, nous aurions l'esprit plus tranquille si maman était entourée. Verena se fait beaucoup de souci, comme moi.

Ben voyons. Juliette leva les yeux au ciel. La maison familiale, c'était une des choses qui faisaient vivre la mémoire de leur père, leur mère y était très attachée. En outre, elle était bien entourée, entre ses partenaires de bridge, son cours de yoga, et le personnel de la bibliothèque où elle faisait du soutien scolaire deux fois par semaine. La mettre en maison de retraite ? Elle y dépérirait en moins de six mois : les vieilles dames, c'était comme les vieux arbres, les transplanter ça les tuait. Ça n'empêchait pas Jean-Jacques de revenir régulièrement à la charge : la maison, typique du Touquet avec son toit pointu, ses poutres apparentes et ses massifs d'hortensias, avait pris de la valeur ces dernières années. Juliette adorait cet endroit. Si elle en avait eu les moyens, elle l'aurait racheté à sa mère, en la laissant y habiter bien sûr.

Sa peau blanche de rousse s'accommodait fort bien du soleil de la Côte d'Opale. Chaque fois qu'elle y retournait, elle retombait sous le charme désuet de la vieille station balnéaire, avec ses pèlerinages à la merveilleuse chocolaterie du centre-ville. Judith et elle y prenaient toujours le rocher géant, quand Jean-Jacques préférait le cigare à la pistache.

Sachant qu'il était vain de vouloir le dissuader, elle lui promit d'aborder le sujet avec leur mère la prochaine fois qu'elle irait la voir. Ce n'était pas un mensonge, se dit-elle intérieurement. Elle aborderait bien le sujet – pour le clore aussitôt. De toute manière, elle ne s'était pas engagée à adopter le point de vue de Jean-Jacques. En paix avec sa conscience, elle raccrocha en demandant à son frère de transmettre son bonjour à Verena et aux enfants.

Elle regarda sa montre. Il était déjà plus de seize heures, elle avait tout juste le temps de faire quelques courses en ville avant d'aller dîner avec Judith à Paris. Elle avait hâte de lui raconter le coup de fil de JJ. Et puis Judith ne savait pas qu'elle écrivait, encore moins qu'elle était publiée. Dans la famille, Juliette était la discrète, la fille pas très intéressante : bonne élève, mais pas brillante, jolie (de visage, au moins) mais trop ronde, introvertie, avec un job sérieux dans un domaine peu attractif, loin du chic de la City ou du glamour de la mode. Elle s'y était faite, mais Judith, fine mouche, l'avait toujours poussée à se mettre en avant. Comment allait-elle réagir, en voyant *La Belle* ?

Chapitre 7

Lorsque Juliette la rejoignit, Judith était déjà installée en terrasse, profitant de la météo clémente de ce mois de mai. On se serait cru en juin, un de ces mois délicieux à Paris avec les arbres couverts de feuilles encore tendres et les passantes espérant l'été qui dévoilaient leurs jambes en robes légères. Vêtue d'un camaïeu de bleu dur et d'indigo qui rehaussaient sa carnation de blonde, Judith portait une étole délicate qui attira l'œil de Juliette. Le lainage, souple et fin, retombait sur ses bras comme une caresse, ses riches motifs violet et bleu sombre contrastant avec la blancheur de la peau de la jeune femme. Voyant qu'elle avait remarqué son châle, Judith l'étendit devant elle pour mieux lui montrer.

— Une de mes dernières trouvailles ! Je l'ai déniché en Inde, dans un coin incroyable. Si tu savais ! Tu es dans un endroit poussiéreux, sale… et tout à coup tu tombes sur un atelier où des femmes tissent ces châles merveilleux.

— Il est absolument magnifique, commenta Juliette. Et toi aussi, d'ailleurs.

Judith lui sourit, les yeux pétillant d'enthousiasme.

— Ça tombe bien que tu l'aimes, je t'en ai rapporté un ! Quand j'ai vu les couleurs, j'ai tout de suite pensé à toi.

Juliette ouvrit le paquet en papier brun. Mille nuances de vert explosèrent sous ses yeux, du vert sombre des cyprès au vert clair des jeunes feuilles de bouleau, en passant par un émeraude si lumineux qu'elle ne pouvait en détacher les yeux. Elle fit glisser l'étoffe soyeuse entre ses doigts, fascinée par les motifs chatoyants qui prenaient vie à la lumière.

— Il est splendide, Judith ! Merci beaucoup.

Sa sœur haussa les épaules.

— Il faut bien que je fasse quelque chose pour pallier tes carences en matière de mode ! Tu es jolie, pourtant… mais on dirait que tu fais tout pour le cacher.

Juliette regarda sa tenue. Elle avait passé une blouse beige sur un pantalon en toile, beige également, ce n'était pas comme si elle avait enfilé un sac-poubelle, si ?

— Qu'est-ce qui ne va pas avec mes vêtements ? demanda-t-elle, étonnée.

Judith fit signe au serveur qui approchait que non, elles n'avaient pas encore choisi, avant de jeter un regard atterré à Juliette.

— Le beige, Juliette ! C'est le beige qui ne va pas.

— Mais… toi aussi, tu mets du beige ! Où est le problème ?

Accablée, Judith secoua la tête.

— Ça n'a rien à voir, je suis blonde ! Quand tu mets du beige, du gris souris, du taupe, bref toutes ces non couleurs que tu affectionnes, ça t'éteint. Si on ajoute ton chignon de gouvernante victorienne, on dirait que tu fais exprès de ne pas être vue ! Il faut que tu mettes des couleurs plus tranchées, tu vois ? Pas des demi-teintes passe-muraille ! Et pas de bleu marine non plus, s'il te plaît.

Juliette grimaça – sa sœur venait juste de décrire l'intégralité du contenu de son placard.

— Mets l'étole et va aux toilettes regarder l'effet dans le miroir, et tu me diras si j'ai tort. Pendant ce temps-là, je commande l'apéritif.

Sa sœur avait raison : malgré la lumière blafarde du lavabo, le vert faisait ressortir sa peau, et ses cheveux, et ses yeux qui semblaient désormais plus verts que gris... En fait, ça la faisait ressortir, elle. Et elle n'était même pas maquillée !

De retour à table, Juliette tendit un exemplaire de son roman à sa sœur. Judith lui jeta un regard interrogateur.

— Qu'est-ce que c'est ? Je n'en ai jamais entendu parler. Ça a l'air hot, dis-moi. Tu t'es dit qu'avec tous mes voyages, ma vie privée manquait de piquant ?

Ses yeux bleu sombre étincelaient d'amusement. Juliette rougit. C'était le moment de dire à sa sœur que c'était elle qui l'avait écrit. Qu'elle avait écrit un roman, elle, Juliette ! Mais Judith enchaîna en lisant la dédicace – « À Judith, une jeune femme ravissante, élégante et indépendante qui aurait pu servir de modèle à La Belle, signé Justine de Lenclos » – qui la fit rire de plaisir et même rosir un peu, si bien que Juliette remit sa révélation à plus tard, quand elle l'aurait lu.

Elles dînèrent en discutant des dernières turpitudes de leur frère et des projets de voyage de Judith et, lorsqu'elles se séparèrent, Judith lui fit promettre de ne plus rien acheter de beige, de gris ou de bleu marine, plongeant Juliette dans le plus grand désarroi : elle tenait toujours ses promesses, faille que Judith exploitait sans merci. L'insistance de Judith eut néanmoins raison de sa résistance, déjà entamée par le vin qu'elles avaient bu, et elle s'entendit avec horreur jurer qu'elle suivrait les conseils de sa sœur. Elle le regrettait déjà.

Chapitre 8

Un changement de direction, ça ne se faisait pas sans heurts, Juliette en avait bien conscience. Elle ne s'attendait cependant pas à « l'incident du pot ». Un soir qu'il quittait les locaux de Hervouët, Reminger tomba, par un hasard malheureux, sur le pot de départ organisé par une assistante commerciale qui déménageait en province. Quelques joyeux drilles s'étaient travestis en femmes, comme lors du séminaire précédent de la direction des ventes. L'assemblée était haute en couleurs et l'ambiance aurait sans doute surpris même un dirigeant français. Or Reminger était américain, et puritain. Choqué au-delà de toute mesure par cette scène de débauche, il constata avec stupeur qu'en plus ils buvaient de l'alcool ! Heureusement, Marvel l'accompagnait. Il lui garantit qu'il garderait tout sous contrôle, et une fois l'Américain reparti, la fête put reprendre. C'est Sébastien Marvel qui vint prévenir Juliette, le lundi suivant.

— Les Anglo-Saxons ont aussi l'habitude de faire la fête, mais pas dans les locaux de l'entreprise, commenta-t-il.

Ils font ça dans un bar, ou au pub du coin, pour les Anglais.

Juliette le regarda sans mot dire. Leur zone industrielle comptait des restaurants, mais ni bistrot, ni bar en dehors des quelques hôtels où ne descendait qu'une clientèle professionnelle.

— Évidemment, c'est plus simple s'il y a un pub à côté, reconnut-il en haussant les épaules. Mais là où je suis d'accord avec John, c'est que le soir il n'y a plus de bus sur la zone, ce qui veut dire que les gens prennent leur voiture. Et après un pot comme celui-là...

Il secoua la tête, sous l'œil perplexe de Juliette.

— Je ne comprends pas, dit-elle. Éric était là, non ? Les pots ne sont autorisés que si un membre de la direction s'engage à rester jusqu'à la fin. Ça permet de limiter les débordements, déjà, et aussi de s'assurer que tout le monde repart en toute sécurité, quitte à appeler un taxi. Qui est même remboursé, dans ce cas-là.

Sébastien pinça les lèvres.

— Si si, Éric était là, mais...

Son expression mi-amusée, mi-embarrassée, mit la puce à l'oreille de Juliette, qui se prit la tête dans les mains. Elle ferma les yeux.

— Ne me dites pas qu'il a recommencé !

L'expression de son vis-à-vis quand elle rouvrit les paupières lui arracha un profond soupir. Il luttait, mais il avait du mal à cacher son hilarité. Dans ses yeux, une petite lueur joyeuse dansait, trahissant son amusement.

— Disons qu'il était là, mais pas vraiment visible, si vous voulez. J'ai entendu parler d'une jeune contrôleuse de gestion, apparemment plutôt joueuse...

Juliette secoua la tête. Coureur invétéré, Éric s'était déjà fait remonter les bretelles par Guy, qui n'appréciait pas qu'un membre de son comité de direction se donne en spectacle.

— Et j'imagine que John est au courant, dit-elle, désabusée.

Déjà que l'Américain ne pouvait pas voir en peinture le commercial...

— C'est la raison pour laquelle je suis venu vous voir tout de suite, acquiesça Sébastien, navré. Il va probablement vous demander de mettre le holà. Honnêtement, Éric déconne. Je vais parler à John pour lui dire de ne pas le virer, mais encore une fois...

— ... aux States, ça ne se passe pas comme ça, je sais. Je vais proposer à John de lui infliger un avertissement et de s'arrêter là. Éric a multiplié par deux le chiffre d'affaires depuis son arrivée à la direction commerciale, ce serait dommage de le virer pour un baiser volé dans un coin, non ?

Cessant de lutter, Sébastien éclata de rire.

— Ils en étaient un peu plus loin qu'un simple baiser, apparemment. Mais je ne suis pas allé vérifier !

Il lui fit un clin d'œil en se levant, et son estomac se noua devant cet étalage de perfection masculine. Qu'est-ce qu'il était sexy, bon sang ! Il avait laissé sa veste dans son bureau, et relevé les manches de sa chemise blanche dont le col, sans cravate, était resté ouvert. Il n'était pas du genre à supporter la contrainte, se dit-elle, il se débarrassait de tout ce qui l'entravait. Et la première image qu'elle avait eue de lui, celle du fauve aux aguets, lui revint à l'esprit.

Malgré le soutien de Sébastien, Juliette eut beaucoup de mal à dissuader Reminger de virer le directeur commercial *manu militari*. L'Américain finit par accepter, en contrepartie de la mise en place d'une charte de bonne conduite : les pots et occasions festives étaient autorisés sous réserve que

Reminger, Marvel et/ou Juliette y soient présents. Ce serait donc Sébastien ou Juliette – nul ne se hasarderait à faire un pot en présence du « Man of Steel », ainsi qu'il était désormais surnommé. Comme Juliette s'étonnait de faire partie des « chaperons » acceptables, Marvel haussa les épaules. Elle était la DRH… et elle avait l'air sérieux. Et très convenable, ajouta-t-il avec un sourire.

En clair, on ne l'imaginait pas en train de peloter un commercial dans le couloir de la cantine, se dit-elle, sans parvenir à déterminer si elle devait se sentir flattée ou non de cette appréciation. À la réflexion, sans doute que non, d'ailleurs. Ça voulait juste dire qu'elle avait l'allure d'une mamie. À trente-sept ans ! Le moral dans les chaussettes, elle passa en revue ses habits mentalement. Du beige, du gris, du taupe, du marine… Judith avait raison, elle s'habillait pour se cacher. Quand, pour la dernière fois, s'était-elle acheté un vêtement dans lequel elle se sentait sexy ? Ou même simplement jolie ? Lorsqu'elle était devenue DRH, elle avait tout fait pour se donner l'image de l'emploi, avec des habits stricts, très professionnels. Pas de noir, hormis pour les pantalons ou les jupes – Arnaud détestait ça, il trouvait qu'elle avait l'air morbide, en noir. Et depuis leur séparation, elle n'avait pas fait de shopping. Elle n'en avait pas eu envie : de toute manière, elle n'avait ni la ligne, ni la beauté de Stéphanie, alors à quoi bon ? Elle résolut de faire les boutiques le week-end suivant. Elle verrait bien ce qu'elle trouverait.

Chapitre 9

Le samedi matin, elle passa à l'acte, prenant son courage à deux mains pour aller faire les boutiques. Elle détestait ça : dans les cabines d'essayage, avec les miroirs sous les néons, elle se sentait blafarde et moche, un vrai personnage de Houellebecq.

Mais bon, elle avait promis, et elle voulait se changer les idées. Son livre se vendait doucement, d'après Émilie, son éditrice. Vu l'enthousiasme habituel de cette dernière, cela signifiait qu'il ne se passait strictement rien. Juliette avait fait un tour à la librairie du boulevard de Strasbourg : les deux exemplaires n'avaient pas bougé d'une semaine sur l'autre, malgré la petite étiquette avec le commentaire élogieux de la libraire. Elle avait beau s'y attendre, elle était tout de même déçue : elle aurait tant aimé, pour une fois, avoir un succès à étaler à son tour. Un truc glamour, brillant… quelque chose qui la sorte enfin de l'image de la gentille Juliette un peu terne, que son mari avait plaquée pour une femme plus jeune et plus jolie.

Trois heures plus tard, son compte en banque s'était considérablement allégé, et elle se trouvait en possession de trois tuniques, d'une robe et de deux vestes qui répondaient aux consignes de sa sœur : du vert vif, de l'indigo profond, du rouge sombre et même du noir. Le plus surprenant, c'est que, passé les premiers instants d'hésitation, elle avait pris un plaisir certain à voir se révéler, dans le miroir de la cabine d'essayage, une Juliette inconnue, sexy et assumant ses formes. Elle avait trouvé le truc : se regarder uniquement lorsqu'elle était habillée, et détourner les yeux quand elle ne l'était pas. Dans cette robe d'un vert émeraude lumineux, près du corps avec un joli décolleté drapé, elle avait l'air d'une pin-up. En rentrant, elle envoya les photos à Judith, qui la rappela dix minutes plus tard, heureuse de constater que Juliette avait suivi ses conseils.

— Il ne te reste plus qu'à te détacher les cheveux, te mettre un peu de mascara et tu vas faire des ravages, Lili, c'est moi qui te le dis.

Comme Juliette grommelait qu'il ne fallait pas exagérer, sa sœur la coupa.

— Au fait, tu sais, le bouquin que tu m'as offert ? Je l'ai adoré ! Il est top ! Et les scènes de sexe sont incroyables. Je l'ai lu d'une traite, et je l'ai passé à une copine du travail à qui j'en avais parlé. Elle aussi a beaucoup aimé, tu sais si l'auteur en a écrit d'autres ?

Juliette prit une grande inspiration.

— Elle est en train d'écrire le second, en fait.

— Tu la connais ?

Ce n'était pas le moment de flancher.

— Ben… oui. C'est moi.

Un silence accueillit sa déclaration, puis :

— Toi ? C'est toi, Justine de Lenclos ?

Juliette se demanda si elle devait trouver blessant le ton incrédule de sa sœur. Cependant, personne en dehors de Laurence ne savait qu'elle écrivait, et elle aurait sans doute été aussi perplexe à sa place.

À l'autre bout du fil, la stupeur avait fait place à des glapissements enthousiastes.

— Mais Juliette, c'est incroyable ! Tu ne m'avais même pas dit que tu écrivais ! Je suis hyper méga fière, t'imagines pas ! Je vais pouvoir parler à tous mes potes de ma sœur, l'écrivain ! Et ces scènes de sexe, honnêtement... Mais où tu vas chercher tout ça ? Il y a des trucs que tu m'as cachés, dans ta vie ? Genre, un homme ? Ou plusieurs, d'ailleurs, parce qu'un seul type avec cette gamme de savoir-faire, chapeau ! Moi, je n'en connais pas.

Juliette gloussa.

— Pas vraiment, non. J'ai une vie intérieure très riche !

Judith éclata de rire.

— Ça, on peut le dire ! *Well done*, Sis' ! Mais pourquoi tu ne me l'as pas dit en me le donnant ? Ah, laisse tomber, t'as pas osé, c'est ça ? Comme d'habitude ?

— Ben... oui. Enfin, non.

— Il y a des fois où je me dis que tu es irrécupérable. En tout cas, il est super, vraiment. Tu en as vendu beaucoup ?

— Non. Je ne suis pas connue – enfin, Justine de Lenclos n'est pas connue –, alors pour l'instant c'est très calme, dirons-nous.

— Je suis certaine que ça va démarrer, il est trop bien. Crois-moi, ça va être un méga hit !

En raccrochant, Juliette espérait de tout cœur que sa sœur aurait raison. L'enthousiasme de Judith lui mettait du baume au cœur, en tout cas, si bien qu'elle reprit les mésaventures de Blanche-Neige avec un entrain renouvelé.

Chapitre 10

Les poignets enserrés dans la main de fer du chasseur, Blanche-Neige le regarda, éperdue. Sa robe s'était déchirée sur des branchages au cours de sa fuite, dévoilant la naissance de ses seins ronds et blancs. Ses cheveux noirs tombant sur ses épaules dénudées, elle offrait une vision exquise, l'innocence et la tentation incarnées. Comme elle se débattait, l'homme resserra sa prise.

— La reine te veut morte, princesse, dit-il d'un ton radouci. Je dois lui rapporter ton cœur. Mais ce serait un crime que d'anéantir tant de beauté.

Blanche-Neige se troubla sous son regard lourd, tandis que la peur qui la tenaillait faisait place à un émoi inconnu. La plaquant contre lui, il posa ses lèvres brûlantes sur la chair tendre de son cou, arrachant un gémissement à la princesse frissonnante, saisie par un désir qu'elle ne pouvait nommer. L'homme rit contre sa peau, d'un rire bas, puis la souleva d'un seul mouvement, avec aisance, pour l'allonger sur la mousse qui tapissait l'orée de la clairière.

— Oh, oui, ce serait un crime, murmura-t-il en s'agenouillant à côté d'elle. Et puis il prit sa bouche, embrassant la jeune fille avec délicatesse, les lèvres douces entre les poils de sa barbe. Submergée, Blanche-Neige oublia la reine, et sa fuite, et sa mort programmée. Rien n'existait plus que ces lèvres sur les siennes, et cette brûlure qui envahissait son corps. Le chasseur s'écarta un instant pour la contempler. La peau de la princesse s'était empourprée, son sein se soulevait convulsivement. Les yeux noirs du traqueur brillèrent de désir et il repoussa la mèche sombre qui tombait sur son front. D'une main experte, il écarta les pans du corsage de la jeune fille, dont les yeux fermés et la bouche entrouverte trahissaient l'abandon.

— Pardieu ! jura-t-il alors que devant lui se révélaient, dans leur splendeur, deux globes parfaits aux rouges pointes dressées. Sa bouche plongea sur le premier, tandis que sa main s'emparait de l'autre, juste à la mesure de sa paume, constata-t-il. Un geignement plaintif échappa à la jeune fille.

Après avoir sauvegardé, Juliette s'interrompit pour relire ce qu'elle avait écrit. Elle se sentait en veine, ce samedi, et avait écrit toute l'après-midi, ne s'arrêtant que pour dîner d'un reste d'endives au jambon réchauffées à la hâte. Elle buvait une gorgée de tisane quand elle s'étrangla. Les yeux noirs du chasseur ? La mèche sombre qui tombait sur son front ? Oh non ! Elle s'affala sur sa chaise, le visage de Sébastien Marvel dansant devant ses yeux fermés. Écarlate, elle enfouit sa tête dans ses mains. Ce n'était pas possible ! Mais lorsque les yeux clos elle visualisa la scène, à la place du colosse blond c'était bien le nouveau directeur des opérations qui, vêtu d'un pourpoint de cuir ouvert sur sa peau mate, se penchait sur la damoiselle alanguie, s'apprêtant à lui ravir sa vertu – et à la mener au septième ciel, à n'en pas douter. Le cuir allait bien à Marvel, aussi bien que les chemises qu'il portait en général et qui mettaient en valeur ses épaules carrées, sa prestance souple de bel animal. Elle se gifla mentalement. Marvel faisait partie de sa vie professionnelle, sa vie réelle. Il n'avait rien à faire dans son roman. Certes, dans *La Belle et la Bête XXL*, Arnaud tenait une place de choix, mais c'était comme vilain de l'histoire : un valet lubrique et voyeur qui observait la Belle par un trou dans la tapisserie de sa chambre. Renvoyé, il finissait au service d'une vieille comtesse insatiable tout droit sortie d'un film de Fellini. Bien fait pour lui. Même si Laurence et elle étaient les seules à le savoir !

Elle fut encore plus contente de sa vengeance littéraire lorsqu'elle entendit la nouvelle qu'Arthur rapportait de chez son père, le lendemain : Stéphanie était enceinte, Arthur allait avoir une petite sœur. Le deuxième enfant qu'Arnaud lui avait toujours refusé, à elle…

— Pff, souffla l'adolescent, avachi dans le salon devant la console de jeux, les yeux rivés à l'écran. Une petite sœur, tu te rends compte ? Un bébé ! À son âge ! Je te dis pas la honte !

Juliette resta impassible, malgré son envie de rire. Aucun ado n'aimait qu'on lui rappelle que ses parents avaient une vie sexuelle. Elle se percha sur l'accoudoir à côté de son fils et repoussa sur le côté les mèches trop longues qui lui tombaient devant le nez. Brun de cheveux et de peau, à l'exception des yeux, il ressemblait de plus en plus à son père. Il avait pris le meilleur des gènes de chacun, il fallait espérer que sa future demi-sœur parviendrait à faire de même… Une pensée subite la fit se raidir.

— Arthur ?

Casque sur les oreilles, pouces virevoltant sur les manettes et yeux fixés au kart qui fonçait sur l'écran, l'ado n'avait pas l'air très à l'écoute. Un grognement lui indiqua cependant qu'il suivait.

— Il va déménager, ton père ? Parce qu'avec un bébé, l'appart risque d'être un peu petit, non ?

Sur l'écran, le kart se crasha.

— Ils en parlent. C'est pas décidé, pour l'instant.

— Ah bon ?

— Stéphanie voudrait en profiter pour se rapprocher de ses parents.

Il fit une pause, les doigts hésitant sur les boutons de la manette, tandis qu'à l'écran les personnages se préparaient à une autre course.

— Ils habitent à Créteil, je crois.

Alors que les karts démarraient, le sang se mit à battre aux tempes de Juliette. Leur accord de divorce prévoyait la garde partagée, à la condition que ce soit faisable pour Arthur. L'aller-retour depuis Créteil pour aller au lycée, ce n'était pas possible. Avec la naissance du bébé, c'était l'occasion idéale pour Stéphanie de se débarrasser de son beau-fils. Arnaud adorait Arthur, mais est-ce qu'il allait résister à la pression de sa compagne enceinte ? Le nouveau-né allait déjà pas mal accaparer son père ; alors s'il choisissait de s'éloigner malgré la garde partagée… L'adolescent se concentrait de nouveau sur son jeu, mais elle ne s'y trompait pas. Elle lui ébouriffa les cheveux. Elle aurait aimé pouvoir alléger son angoisse, mais la seule chose qu'elle pouvait faire, c'était passer un coup de fil à Arnaud et croiser les doigts.

Chapitre 11

Juliette examinait le projet de Reminger de création d'une direction marketing quand Sébastien passa la tête dans l'entrebâillement de la porte. Elle ne l'avait pas complètement fermée, mais c'était le signe pour son équipe qu'elle ne voulait pas être dérangée.

— Vous avez un peu de temps à me consacrer ? Je viens porteur de présents !

Il sourit en montrant le mug fumant qu'il apportait.

— C'est de quoi vous corrompre, d'après Nathalie. Elle m'a dit que vous aviez un créneau sans rendez-vous, ce matin.

Juliette, amusée, lui fit signe d'entrer.

— Vous êtes visiblement dans ses petits papiers. Je me demande ce que vous avez fait pour avoir droit à ce traitement de VIP !

Il leva les mains devant lui.

— « *A gentleman does not kiss and tell.* » Même s'il n'y a eu aucun *kiss* impliqué, je vous le promets, ajouta-t-il à la hâte. En revanche, une grosse boîte de chocolats, et des réserves d'un excellent café moulu artisanal ont fait merveille…

Prenant le mug, elle secoua la tête en riant.

— Finalement, je crois que je préfère ne rien savoir. Qu'est-ce qui vous amène ici ? Je croyais que vous étiez en train de faire la tournée des agences, quelque part entre Lyon et Nantes.

Marvel désigna son jean d'un signe du menton avant d'acquiescer.

— Oui, je repars cet après-midi. Je peux ?

Il indiquait le siège qui faisait face à elle.

— Faites comme chez vous, le taquina Juliette. Même si je note que je n'ai droit qu'au café, et non à la boîte de chocolats…

Voyant qu'il fermait la porte avant de s'asseoir, elle redevint sérieuse.

— Que se passe-t-il, Sébastien ? Il y a un souci ?

Il soupira.

— J'ai besoin de votre aide.

Elle lui fit signe de continuer.

— D'abord, pour Sonia. Je voudrais lui donner une promotion, elle fait déjà le boulot, en fait. Comme ça, derrière, je pourrai lui suggérer d'adopter un code vestimentaire plus classique… et on aura fait d'une pierre deux coups.

Juliette hocha la tête. Xavier avait déjà fait mettre de côté l'enveloppe pour la promotion de la jeune femme.

— C'est une excellente idée, lui dit-elle. Et c'est déjà budgété, à partir de juillet. Vous pouvez lui annoncer quand vous voulez, tenez-moi juste au courant, pour qu'on prépare l'avenant et le passage en paye.

Tandis qu'elle parlait, il avait penché la tête, plissant les yeux pour mieux la regarder, comme si elle était un spécimen curieux dans une vitrine de musée. Elle lui avait coupé l'herbe sous le pied : il s'attendait clairement à devoir argumenter. Il eut une sorte de rire bref, avant de secouer la tête.

— Bon, d'accord.

Juliette n'était pas mécontente d'elle : un Marvel déstabilisé, ça ne devait pas courir les rues ! Elle tenta de contenir son petit sourire satisfait, sans y parvenir vraiment à voir la manière dont les yeux de Sébastien s'étaient étrécis.

Se redressant sur son siège, il reprit.

— Je crains que mon deuxième sujet ne soit plus compliqué : j'ai besoin d'aide pour convaincre Thierry et John.

Il s'arrêta, le temps qu'elle surmonte son étonnement.

— Pour faire court, j'ai besoin d'argent. Beaucoup d'argent. Dans chaque agence ou presque, il y a du matériel obsolète, abîmé, HS, voire les trois à la fois. Il faut qu'on le remplace, et avant l'année prochaine. Ce n'est pas seulement un souci de production : il y a des endroits où c'est carrément dangereux pour les gens qui travaillent. Mais John se cache derrière la direction financière, c'est-à-dire Thierry, pour me dire que ce n'est pas possible. Et Thierry me dit que ce n'est pas budgété. Comment est-ce que je peux faire pour que ça passe ?

Elle se mordit les lèvres pour ne pas rire. Il était parfait pour ce poste, il n'y avait pas de doute. Un directeur des opérations, ça devait pouvoir tenir tête à la finance pour faire tourner ses agences. Xavier n'avait pas ce problème : c'était un vieux renard, qui avait l'habitude de manœuvrer en douceur, et il connaissait Guy depuis longtemps, ce qui lui donnait un avantage. Marvel et Reminger n'avaient pas la même relation, et quand bien même, elle était à peu près certaine que John n'enfreindrait pas les sacro-saintes règles budgétaires. Ceci étant, elle avait une idée… et ça lui rendrait service, à elle aussi.

— Qu'est-ce qui vous fait penser que c'est possible ? s'enquit-elle, curieuse de savoir d'où lui venait son assurance.

Une lueur éclaira les yeux sombres.

— Il y a toujours un moyen. Le tout, c'est de le connaître !

— En l'occurrence, vous avez raison. La clé, ce sont les accidents du travail. J'ai déjà été alertée par les partenaires sociaux sur le sujet. Il faudrait montrer à John, et à Thierry bien sûr, le coût possible d'un ou plusieurs accidents et leur forte probabilité, vu l'état du matériel. En plus de l'impact humain, mais ça, ça va de soi, pas besoin d'en rajouter.

Sébastien hocha la tête, concentré. Juliette enchaîna :

— Et il faudrait aussi détailler à John les conséquences pour lui en termes de responsabilité pénale. C'est vous, le responsable, normalement, mais pour que la délégation s'applique, encore faut-il avoir les moyens nécessaires. Si vous prouvez que ces moyens vous ont été refusés, la responsabilité remonte d'un cran. Chez John, donc. Et quelque chose me dit que ça ne va pas lui plaire…

Les yeux brillants, Sébastien approuva.

— Ça, pour John, c'est rédhibitoire. Ça me semble un plan excellent, Juliette. Vous croyez que Thierry laissera filer le budget ?

Elle secoua la tête.

— Non, vous ne pourrez pas tout avoir cette année. Il faut établir une liste des besoins les plus urgents.

Il lui jeta un regard en coin, précautionneux.

— Mais on est d'accord que j'arrive avec toute la liste chez John et Thierry ?

Elle leva les yeux et les mains au ciel.

— Bien sûr que vous arrivez avec toute la liste chiffrée ! Comment voulez-vous négocier, sinon ?

Visiblement amusé, il souleva un chapeau invisible en un salut très grand siècle.

— Juliette, c'est un plaisir de bosser avec vous ! D'ailleurs… On pourrait peut-être se tutoyer, non ? J'ai vu que c'était l'habitude, ici.

Elle acquiesça.

— Alors, je le redis : c'est un plaisir de bosser avec toi.

Reprenant la tasse qu'elle avait finie, il sourit.

— C'était un sacrément bon investissement ! J'ai rarement obtenu autant avec un simple café, remarqua-t-il. J'espère que ça va marcher. Si je t'envoie les agences et le type d'accident, tu peux avoir les chiffres pour la semaine prochaine ?

Juliette hocha la tête et le regarda partir. Son cœur allait sans doute lâcher, à travailler avec lui en permanence, mais il avait raison, il fallait faire quelque chose pour les agences. Guy avait repoussé les investissements en perspective de la vente, mais ceux-ci n'avaient que trop tardé. Et puis, si elle mettait de côté ses rougissements, bégaiements et palpitations, ce n'était pas si difficile, de le côtoyer… Prise d'un fou rire nerveux, elle ferma les yeux et dissimula son visage derrière ses mains : mieux valait cacher ça aux employés qui passaient devant son bureau avant de passer pour folle. Pas difficile de le côtoyer ? Qui croyait-elle berner ? Il lui faisait toujours autant d'effet !

Chapitre 12

Elle travaillait sur leur dossier « accidents du travail » quand un appel d'Émilie l'interrompit. L'éditrice était surexcitée : il y avait un papier sur *La Belle et la Bête XXL* dans *Elle* ! Et elle avait reçu des demandes de service presse d'une bonne dizaine de magazines différents – à qui elle en avait déjà envoyé, d'ailleurs, mais ils avaient dû passer à la trappe dans la masse des romans de l'été.

— « Une relecture érotique, intelligente et féministe du conte de Mme Leprince de Beaumont, avec des scènes si hot qu'une douche froide s'impose… ou une consommation immédiate, au choix », lut Émilie. J'attends les chiffres en fin de semaine, mais je pense que je vais pouvoir bientôt lancer une réimpression…

Juliette, sans voix, écouta l'éditrice babiller avec un curieux détachement. Elle n'arrivait pas à y croire. Émilie en bégayait d'énervement, pourtant, cela devait être vrai.

Sébastien débarqua dans son bureau alors qu'elle relisait pour la troisième fois l'article du *Elle* que Nathalie lui avait rapporté en même temps que leur déjeuner à toutes deux. Elle avait la bouche pleine de sandwich, évidemment – l'élégance personnifiée.

— Je n'ai pas encore fini, tu sais, lui dit-elle lorsqu'elle eut enfin fini d'avaler sa bouchée. Si on veut avoir une chance de faire passer les cinq agences que tu as mises en priorité, on a intérêt à blinder les chiffres.

Il hocha la tête, l'air préoccupé, et Juliette se demanda s'il avait entendu ce qu'elle venait de dire. Lui qui était toujours si vibrant d'énergie paraissait aujourd'hui presque éteint. Il s'assit sur la chaise qui lui faisait face, mais c'était comme si elle n'était pas là. C'était la première fois qu'elle le voyait dans cet état. Elle ouvrait la bouche pour lui demander ce qui se passait quand le regard de Sébastien tomba sur le magazine – et la photo de couverture de *La Belle et la Bête XXL*, qui illustrait l'article. Cela parut le réveiller.

Il s'empara prestement du journal, se délectant de ce qu'il y voyait.

— Mmm ! Tu prépares tes lectures de l'été ? Ça m'a l'air intéressant, dis donc !

Juliette le lui reprit des mains en rougissant.

— Ceci étant, si tu te l'achètes, évite de le laisser traîner sur ton bureau. Ce n'est pas le genre de bouquin que John s'attend à voir dans les locaux ! Surtout chez une DRH aussi convenable que toi !

— Que puis-je faire pour toi, Sébastien ? lui demanda Juliette, évacuant fermement la question du livre.

Le sourire de l'homme disparut, et il s'éteignit de nouveau. Il devait s'absenter pour raisons familiales : la dame qui venait tous les jours rendre visite à sa mère et l'aider dans ses tâches ménagères l'avait prévenu que celle-ci, de plus en plus confuse, ne pouvait rester seule plus longtemps sans danger.

— Alzheimer, dit-il, navré. Il faut que je lui trouve une résidence dans la région.

Le cœur de Juliette se serra. C'était une saloperie, cette maladie, elle l'avait constaté en voyant Laurence se débattre avec la perte d'autonomie de son père. Spontanément, elle posa sa main sur celle de Marvel, dont les yeux s'étaient voilés.

— Je suis désolée. J'ai une amie qui a eu le même problème avec son père ; elle habite dans le coin, je vais lui demander ce qu'elle a trouvé, si tu veux.

Tandis qu'il la remerciait, elle retira sa main en rougissant. Quelle mouche l'avait piquée ? Sébastien ne paraissant pas choqué, elle se rasséréna : c'était une marque de compassion normale, après tout.

— Tu as des frères et sœurs ? interrogea-t-elle. C'est plus facile, quand on est plusieurs.

Ça, ça dépend, nuança-t-elle mentalement en pensant à Jean-Jacques. Pas sûr qu'il serait d'une grande aide, dans ce type de situation. Elle pinça le bord de son bureau (en bois) subrepticement. Même si toucher du bois relevait de la superstition, ça ne pouvait pas faire de mal, n'est-ce pas ? Cependant, Sébastien secouait la tête.

— Non. Mon père est mort l'an dernier, et ma mère vit toute seule en province. Ça allait jusqu'ici, mais maintenant…

Sa voix vacilla et Juliette fixa son attention sur le coin droit de son bureau, lui laissant le temps de se reprendre.

— Je te donnerai les infos demain, lui promit-elle. Tu es joignable sur ton portable ?

Il acquiesça. Lorsqu'il fut parti, Juliette rangea le *Elle* dans son sac : elle ne se sentait plus d'humeur.

Chapitre 13

Le livre démarrait, en effet. À la demande de la chargée de communication de l'éditeur, Juliette dut aller faire des photos, pour lesquelles elle étrenna sa nouvelle garde-robe. Elle préférait ne pas la porter au bureau : si ses tailleurs convenables l'avaient aidée à gagner la confiance de Reminger, ce n'était pas le moment d'en changer. Bien sûr, elle regrettait que Sébastien ne puisse voir cette Juliette en couleurs, fraîchement éclose de sa chrysalide gris-beige, mais ce n'était pas comme si elle avait une chance avec lui. Il n'avait pas d'alliance, mais il boxait dans une tout autre catégorie qu'elle. Sexy, célibataire, avec un joli poste… Il ne devait pas manquer de compagnie féminine, que ce soit à Paris ou ailleurs : les candidates devaient se battre sur son perron.

Les clichés la surprirent agréablement : ses cheveux roux étalés sur les épaules, le décolleté crémeux dans sa tunique verte, elle ressemblait aux beautés pulpeuses célébrées par les peintres italiens du XVIe siècle, en plus… coquine ? Sur un des clichés, le photographe avait réussi à saisir un sourire entendu qu'elle ne se connaissait pas, comme si la fin de la séance photo annonçait une tout autre séance, beaucoup plus torride. Une autre photo, où elle apparaissait en veste noire avec des bijoux dorés, lui donnait l'air d'une femme fatale, déterminée, avec un soupçon d'ironie. On ne pouvait faire plus éloignée de la DRH sérieuse et un peu terne, se dit-elle, rassurée : personne ne la reconnaîtrait. Alors qu'elle avait espéré de tout son cœur que son livre marcherait, elle se retrouvait désormais en proie à des sentiments contradictoires devant ce début d'exposition médiatique. Plusieurs magazines avaient demandé à l'interviewer or elle avait la certitude que, pour Reminger, être l'auteur d'un livre érotique à succès ne constituerait pas un atout.

Les interviews se passèrent bien, à son grand soulagement, car elle craignait de ne savoir quoi dire et de passer pour une cruche aux yeux des journalistes. Son écrivain préféré était Jane Austen – pas vraiment original –, et elle ne connaissait rien en littérature française contemporaine, dans la mesure où elle lisait essentiellement des romances. Cependant, les journalistes qui l'interviewaient ne semblaient pas attendre d'elle de réflexion poussée sur les courants littéraires ni sur les auteurs « sérieux », non plus que sur la faim dans le monde, si bien qu'elle se rasséréna au fur et à mesure. Le seul sujet un peu sensible, c'était la controverse sur le consentement et la liberté d'importuner prônée par certains, ce qui ne lui posait pas de difficulté.

— Flirter, draguer… je n'y vois pas de problème, commenta Juliette à une journaliste qui l'interrogeait sur le sujet, dans la grande brasserie proche de la gare du Nord où elles s'étaient retrouvées. La demoiselle, une petite brune qui ressemblait à un renard avec ses grands yeux vifs et sa grâce nerveuse, enchaînait les questions à toute allure, comme un film en accéléré.

— Oui, mais importuner ? relança-t-elle.

Juliette haussa les épaules.

— J'écris, donc je fais attention aux mots. Dans « importuner », il y a « importun ». On m'a appris que notre liberté s'arrête là où commence celle des autres. Quand on importune, on ne s'arrête pas aux signaux émis par l'autre qui disent qu'on n'est pas le bienvenu. Cela veut dire qu'on ne respecte pas la personne en face…

La brunette la coupa.

— Vous n'êtes donc pas pour cette liberté d'importuner ?

Juliette la regarda avec des yeux ronds. Ce n'était pas ce qu'elle venait de dire ? Elle s'apprêtait à le réaffirmer avec toute la détermination possible quand l'autre enchaîna, ne lui laissant pas le temps de parler.

— Pourtant, on pourrait dire que la Bête importune la Belle, dans votre roman, non ?

Les yeux de Juliette s'agrandirent encore. Elle ne l'avait pas lu, ce n'était pas possible ! Cette fois, elle réussit à réagir avec la vitesse requise pour pouvoir s'exprimer.

— Non, certainement pas ! À aucun moment la Bête ne s'impose à la Belle… Je suis contre le manque de respect, donc contre le fait d'importuner les autres, hommes ou femmes d'ailleurs !

— Ah ! Bon, d'accord.

La brunette, qui espérait sans doute un scandale, avait l'air un peu déçue. Elle lui sourit néanmoins et la remercia, avant de partir d'un pas preste, laissant Juliette interloquée, sa tasse à la main.

— Okay… dit-elle en prenant une gorgée de thé encore chaud.

Cette interview éclair ne lui avait même pas laissé le temps de tiédir !

À côté d'elle, Lise éclata de rire une fois la journaliste échappée par la porte tournante. La chargée de relations presse, qui l'accompagnait dans ces entretiens, en avait les larmes aux yeux tellement elle riait.

— Oh, votre tête, Juliette !

Elle rougit, contente que cet entretien soit le dernier de la série. Si ça avait été le premier, elle aurait probablement eu du mal à poursuivre.

— Elle était… un peu bizarre, non ? Elle avait abusé de substances illicites, ou elle est tout le temps comme ça ?

Lise secoua la tête puis s'essuya les yeux, prenant garde à ne pas étaler son mascara. Contrairement à Juliette qui était affreuse après avoir pleuré, la chargée de communication était toujours aussi pimpante et son maquillage impeccable.

— Je crois qu'elle est toujours comme ça, en fait. En tout cas, merci beaucoup !

Lise lui porta un toast avec son coca light. Pourquoi la remerciait-elle ? Juliette, un peu surprise, la regarda, en attente d'explications.

— Vous répondez gentiment, vous êtes patiente…

Elle leva le doigt, comme pour asséner une vérité fondamentale.

— Et vous êtes à l'heure ! Vous n'imaginez pas…

— En même temps, quel intérêt de faire des caprices ? lui demanda Juliette. Ils viennent m'interviewer et parler de mon livre ! Ce serait idiot !

Lise haussa les épaules.

— Disons que les gens sont plus ou moins susceptibles, et c'est vrai pour les écrivains aussi. Certains peuvent mal réagir si le journaliste en face fait un contresens, par exemple.

À voir son expression tandis qu'elle finissait son verre, elle parlait d'expérience, se dit Juliette, en pensant à la collection de littérature sérieuse, voire exigeante, de l'éditeur. Pour sa part, elle ne voyait pas l'intérêt de maltraiter les journalistes : elle avait envie que son livre se vende ! Et puis, ça la changeait de la lutte permanente avec Reminger.

Chapitre 14

Juliette avait convenu avec Sébastien qu'ils iraient ensemble à la réunion avec Thierry et John sur les risques d'accidents du travail. Le financier ayant besoin de temps pour étudier le dossier, elle avait prévu de le lui transmettre la semaine avant la réunion, mais au moment d'envoyer le mail elle se ravisa. Emportant une chemise en carton dans laquelle elle avait fourré toutes les impressions des tableaux de chiffres, elle se dirigea vers la finance.

Les contrôleurs de gestion qui s'affairaient sur leurs claviers dans l'open space lui jetèrent à peine un coup d'œil. Ils avaient l'habitude de travailler avec les ressources humaines pour le budget ou les négociations salariales, si bien que la vue de Juliette au sein du département était un non-événement. L'assistante de Thierry se montra plus surprise, puis s'inquiéta et vérifia frénétiquement les agendas papier et électronique de son boss.

— Vous n'aviez pas rendez-vous, Juliette, si ?

Pâle et voûtée, cachée derrière sa frange et ses grosses lunettes, la jeune femme était une grande stressée que la moindre remarque angoissait. C'était également la seule assistante à s'être montrée suffisamment organisée et à l'aise avec les chiffres pour que Thierry la supporte plus de quarante-huit heures. Juliette la rassura :

— Non, ne t'inquiète pas. Mais j'aurais besoin de voir Thierry assez vite – c'est pour préparer la réunion avec Reminger et Marvel de la semaine prochaine. Je me suis dit que j'allais lui donner un peu d'avance.

Elle fit une petite grimace d'excuses à l'assistante, qui approuva énergiquement. Elle savait mieux que personne que son patron détestait par-dessus tout être bousculé avec des données inconnues qu'on lui présentait au dernier moment. Elle décrocha son téléphone et, après un bref échange, fit signe à Juliette d'y aller.

Après avoir toqué à la porte, elle entra. Thierry avait aménagé son bureau de telle sorte qu'il était assis dans l'angle le plus éloigné de la pièce, dos à la fenêtre, caché par ses deux écrans d'ordinateur. Bon, se dit-elle, déjà il faisait face à la porte, c'était un progrès par rapport à quelques années auparavant.

Il décala son fauteuil à roulettes pour l'accueillir, et sa tête penchée apparut sur le côté de l'écran, les yeux plissés et vaguement méfiants derrière ses lunettes à monture d'écaille.

— Juliette ? Agnès me dit que tu as des chiffres pour moi ?

Elle lui sourit et lui montra la chemise en s'asseyant. Il avait, comme elle, une vue imprenable sur l'autoroute et l'espèce de no man's land d'herbe qui l'entourait de chaque côté, protégé par des grillages.

— L'accident du travail nous pend au nez si on ne change pas certains matériels, m'a dit Marvel. On a regardé ensemble et je t'ai apporté à la fois le dossier qu'il a fait sur les investissements nécessaires… et les simulations de coûts en cas d'accident dans trois sites, un grave et deux plus légers. Voilà !

Lui prenant la chemise des mains, il parcourut les documents rapidement, puis les mit de côté pour ne garder que les deux tableaux récapitulant les coûts en hochant la tête.

— Tu sais que rien de tout ça n'est budgété cette année ?

Elle haussa les épaules.

— Sinon, je ne serais pas là.

Il reprit l'une des feuilles, l'examinant en détail. La simulation de coûts en cas d'accident, se dit Juliette. Il vérifiait les hypothèses utilisées – ce n'était pas un financier pour rien.

— Tes simulations sont correctes, finit-il par commenter.

Elle lui sourit.

— Ça tombe bien ! Je les avais vérifiées mais bon, je n'ai pas ton acuité en matière de chiffres. Je préférais te les montrer avant de me faire envoyer bouler par Reminger.

Il soupira et retira ses lunettes pour en nettoyer les verres. On voyait rarement ses yeux bleu pâle sans leur protection. Ce regard clair donnait envie de lui faire confiance, et son allure innocente, presque juvénile, en avait berné plus d'un.

— Tu penses qu'il y a un vrai risque ?

Juliette grimaça.

— En fait, oui. J'ai déjà été alertée par les partenaires sociaux, j'en avais parlé à Xavier. Il faut vraiment qu'on fasse quelque chose.

Il remit ses lunettes, et la regarda par-dessus la monture.

— Mais pas partout ?

Elle sourit, cette fois.

— Pas partout tout de suite, en tout cas. Mais même les moins urgents seront à budgéter pour l'année prochaine, on ne pourra pas attendre deux ans.

Il hocha la tête.

— Je regarde ça. Tu m'envoies les fichiers ?

Le financier referma la chemise en y rangeant les feuilles puis repassa derrière son écran, signe que la conversation était terminée. Juliette était contente d'elle, en revenant à son bureau : son message était passé. Il ne restait plus qu'à convaincre Reminger et ça… ça, c'était une autre paire de manches.

Chapitre 15

Lorsque Sébastien revint, il était soulagé.

— Finalement, une place s'est libérée dans la résidence que tu m'avais conseillée, et j'ai pu y installer ma mère, expliqua-t-il à Juliette qu'il était venu voir avec une boîte de chocolats pour la remercier.

Assis en face d'elle, il souriait, mais la tristesse qu'il éprouvait se lisait dans son regard.

— Franchement, merci, parce que j'ai visité d'autres endroits et bon, c'était pas terrible. Là, elle est dans une chambre confortable avec vue sur un parc, les gens sont gentils… C'est réglé. J'ai même trouvé un garde-meubles pour ses affaires. Il ne reste plus qu'à mettre la maison en vente.

Juliette acquiesça. Il n'y avait pas grand-chose à dire, juste accepter le fait que la vie vous envoyait parfois des coups qu'il était difficile d'encaisser.

— Je vais te dire… je suis content d'être revenu. Le boulot, il n'y a rien de tel pour se changer les idées.

Son sourire était un peu forcé, mais elle n'allait pas lui jeter la pierre.

— On voit toujours Thierry et John tout à l'heure, après le comité de direction ? demanda-t-il en se levant.

— Oui. C'est exactement ce qu'il te faut, non, une bonne négociation ?

Il rit, spontanément cette fois. Le cœur de Juliette se serra – elle était en train de devenir accro à ce son.

— Exactement ! À tout à l'heure.

Il lui adressa un clin d'œil en sortant et elle ferma les yeux. Pas de doute, elle était mal.

C'est Sébastien qui prit la parole pour présenter son état des lieux du matériel déficient, motif de cette réunion. Il n'avait pas fait de fioritures : son tableau présentait pour chaque agence le matériel à changer, avec le niveau d'urgence et le coût. John fronça les sourcils.

— Guy m'avait dit qu'il y avait des investissements importants à faire, mais je ne pensais pas qu'il y en aurait autant. Je suis désolé, Sébastien, mais je te l'ai déjà dit, ce n'est pas au budget de cette année.

Thierry, que l'Américain regarda pour confirmation, opina.

— Ce n'est pas au budget, non. Mais est-ce qu'il y a un risque si on ne fait rien ?

Sébastien hocha la tête.

— Nous avons eu de la chance jusqu'ici – il n'y a pas eu d'accident. Mais ça tient du miracle par endroits. Quand il s'agit de chariots élévateurs... le danger est réel, à mon sens. J'ai insisté pour que les chefs d'agence renforcent au maximum les règles de sécurité, mais si le matériel lâche...

John releva vivement la tête.

— Qu'cst-ce que tu veux dire ? On ne met pas des employés en danger, tout de même ?

Sébastien eut une grimace gênée. Il était excellent !

— Si.

Les yeux bleus du PDG se fixèrent sur Marvel, le vrillant sur place.

— Je ne comprends pas. C'est ton job de t'assurer que tout se passe bien.

Embarrassé, Sébastien leva les mains en signe d'impuissance.

— Je sais bien, John, je sais bien ! Mais comment veux-tu que je fasse si je ne peux pas remplacer un chariot élévateur cassé ?

Se raidissant, Reminger se tut, l'air contrarié.

Juliette jugea le moment opportun pour intervenir.

— Ce qui est ennuyeux, c'est que nous avons déjà été alertés par les partenaires sociaux. S'il y a un accident grave – ce qui serait avant tout un drame sur le plan humain, évidemment –, la responsabilité pénale de la direction sera engagée. En plus des coûts absolument faramineux que cela entraînerait, bien sûr.

Reminger la fusilla du regard à son tour. Soumise au faisceau de ces yeux bleus perçants, Juliette résista tant bien que mal à l'envie subite de se cacher sous la table.

— Qu'est-ce que vous voulez dire ?

— Eh bien, les coûts que vous voyez là sont ceux que nous aurions à supporter en cas d'accidents…

Il la coupa.

— Non ! Qu'est-ce que vous voulez dire, avec cette histoire de responsabilité pénale ?

— Eh bien, cela peut se traduire par une condamnation et même de la prison…

Les yeux de Reminger semblèrent lui sortir de la tête, comme dans un Tex Avery. À son côté, Thierry pinça les lèvres, pour retenir un sourire, sans doute. Elle n'avait pas du tout envie de rire, pour sa part, clouée sur place par ce regard dont le bleu s'était fait métallique. Sébastien, discrètement, hocha la tête en signe d'approbation.

— De la prison pour qui, Mrs Duchemin ?

Wow. Elle l'avait vraiment, vraiment contrarié. Elle se tassa sur son siège instinctivement. Leur plan marchait, c'était bien. Mais ce n'était pas très confortable à vivre…

— Euh…

Elle laissa traîner un peu, comme si elle n'osait pas le dire – et, si elle était honnête, ce n'était pas complètement faux.

— Alors ? s'impatienta Reminger.

— Eh bien, normalement, ce serait la responsabilité du directeur des opérations, mais s'il n'a pas les moyens d'accomplir sa mission… ça remonte à l'échelon supérieur, finit-elle sur un ton d'excuse sincère.

— C'est-à-dire que je risque la prison, moi ? C'est ça ?

Elle se redressa, avec l'impression de marcher à l'échafaud.

— Oui. C'est ça.

Le visage orageux, Reminger se leva, pour aller se planter devant la fenêtre, en leur tournant le dos. Elle se détendit, appréciant de ne plus être la cible de ces espèces de rayons laser. Profitant du dos tourné du boss, Sébastien leva le pouce à son intention tandis que Thierry lui adressait une mimique impressionnée.

Au bout de quelques instants, l'Américain se retourna et s'adossa à la vitre, les bras croisés.

— Cela n'est pas acceptable. Quelles sont les possibilités ? Trouvez-moi une solution.

Thierry intervint prudemment.

— J'ai peut-être une possibilité…

L'Américain lui faisant signe de continuer, il enchaîna :

— Nous avions budgété pour le second semestre une somme conséquente en prévision de plusieurs prud'hommes qui ne se présenteront pas, grâce aux efforts de Juliette. Si vous êtes d'accord, on peut réallouer ce montant aux opérations. Ça ne permettra pas de tout faire, bien sûr, mais ça devrait permettre de traiter les quatre ou cinq agences qui en ont le plus besoin.

Il tendit à Reminger le budget prévisionnel et lui indiqua un chiffre du stylo. Reminger examina le document, puis regarda le financier.

— Et ça ne plantera pas le budget ?

Thierry déglutit, victime à son tour de l'attention intense et déstabilisante du PDG.

— Non, parvint-il à bredouiller. Pas d'impact.

— Alors, faites-le, ordonna-t-il. J'espère que vous n'avez pas d'autres surprises de ce genre, déclara-t-il ensuite en les regardant tous les trois. Parce que, une fois, ça passe. Pas deux.

Il sortit de la salle, où Juliette et Thierry s'affaissèrent sur leur siège sous le regard amusé de Sébastien.

— Wow, dit Juliette.

— Je suis d'accord avec toi, et avec John, commenta Thierry en nettoyant ses lunettes. Pas deux fois !

— C'était parfait, sourit Sébastien. Exactement ce qu'on avait prévu, chapeau Juliette. Et merci Thierry. Je suis content d'être venu te voir pour en discuter avec toi avant la réunion.

Juliette éclata de rire, tandis que Thierry haussait les épaules.

— En fait, vous êtes tous les deux venus me voir avant la réunion. Ça m'a permis de vérifier ce que vous disiez.

Tournant les talons, il sortit de la salle tranquillement tandis que Juliette et Sébastien se regardaient en riant.

— Tu as le temps de déjeuner ? C'est moi qui t'invite, dit Sébastien. Je te dois bien ça, après t'avoir obligée à affronter le Man of Steel ! Et bravo pour ne pas t'être défaite sous le feu ennemi…

— Je suis d'accord, tu me dois bien ça, sourit Juliette. Où allons-nous ? De toute manière, on y va en voiture et c'est toi qui conduis, parce que je ne suis pas certaine que mes jambes me portent !

Chapitre 16

Un matin que Juliette arrivait au bureau, elle fut interceptée par Nathalie : Reminger voulait la voir de toute urgence. La panique la saisit : avait-il découvert qu'elle était Justine de Lenclos ? Des interviews d'elle, avec sa photo, avaient parues dans plusieurs revues féminines. Ce n'était pas le genre de lecture qu'elle aurait attribué à l'Américain, mais on ne savait jamais – chez le coiffeur, ou dans la salle d'attente du dentiste… Le cœur battant à cent à l'heure, elle ajusta sa veste et se rendit au bout du couloir. Derrière le bureau de bois massif, John lui fit signe d'entrer, dévoilant ses magnifiques dents blanches comme pour une pub de dentifrice. Rassurée, elle le rejoignit.

— J'ai une excellente nouvelle ! lui annonça-t-il en anglais. Kathleen Harris va nous rejoindre, elle a accepté le poste de directrice marketing !

Juliette afficha l'expression attentive qui s'imposait et garda la bouche fermée pour s'empêcher de lui demander des précisions complémentaires, du genre qui diable pouvait bien être Kathleen Harris, et pourquoi c'était une si bonne nouvelle : il allait le lui dire, de toute manière. Il valait mieux le laisser présenter les choses comme il l'entendait : toute question qui l'amenait à dévier du discours qu'il avait préparé l'agaçait profondément.

Voyant qu'elle l'écoutait, Reminger enchaîna.

— Kate est une jeune femme absolument brillante ! Après avoir développé la direction marketing d'une filiale américaine, elle a pris la responsabilité des produits internationaux de l'entreprise, et elle a fait un travail incroyable.

Juliette hocha la tête, l'air dûment impressionné. Les Américains et leurs superlatifs… Un vrai Monsieur Loyal de cirque, il ne lui manquait que la grande moustache. *Et maintenant, sous vos yeux émerveillés, la fabuleuse, l'extraordinaire, la mirifique Kate Harris, dans un numéro prodigieux venu tout droit de l'exclusif cirque United Express* ! *Elle brave le danger dans un numéro d'une prouesse acrobatique sans égale, mesdames et messieurs je vous demande d'applaudir notre nouvelle étoile, Fantastic Kate, au trapèze volant* ! Bon, déjà, c'était une spécialiste du marketing, se dit-elle. Ç'aurait pu être la fille ou la nièce d'un actionnaire quelconque, avec un diplôme en psychologie ou histoire de l'art.

Les deux mains sur le bureau, John se pencha en avant, l'enthousiasme brillant dans ses yeux bleus, que sa chemise faisait ressortir. Il ressemblait un peu à cet acteur qui jouait dans le film sur le billard, *L'Arnaque* ou quelque chose comme ça, mais comment s'appelait-il ?

— Et elle a accepté de venir en France pour structurer la stratégie marketing de Hervouët !

Se levant, il commença à faire les cent pas, de la fenêtre à l'armoire contre le mur de droite, puis retour.

— Pourtant, elle avait refusé les autres propositions dans le groupe, parce qu'elle ne voulait pas quitter New York. Mais je la connais depuis longtemps, et je sais son point faible : Kate ne recule jamais devant un défi.

Il regarda Juliette droit dans les yeux, brandissant le doigt dans son enthousiasme et sa volonté de la convaincre. On aurait dit un prêcheur galvanisant ses fidèles.

— C'est une vraie sportive, avec un esprit de compétition hors pair – elle fait de la course depuis longtemps. Je lui ai décrit l'ampleur du challenge ici, l'entreprise, l'équipe, la stratégie que j'envisageais... Elle a tout de suite dit oui.

Il se rassit en se carrant confortablement dans son fauteuil, l'air satisfait, puis posa les coudes sur la table et ses doigts les uns contre les autres. Ses mains formaient une petite cage devant son visage comme les hypocrites ou les prélats dans les films… Paul Newman ! Il ressemblait à Paul Newman.

— Elle doit me confirmer sa date d'arrivée, il faut qu'elle négocie son délai. Mais je compte sur vous pour préparer son installation. Je ne voudrais pas qu'on lui fasse perdre du temps. Déjà que la direction internationale m'a reproché de l'avoir contactée…

Lui ayant assuré qu'elle ferait le nécessaire, Juliette regagna son bureau, songeuse. Elle se demandait ce qui avait bien pu pousser l'incroyable, l'extraordinaire, la fabuleuse Américaine à renoncer à un poste au siège pour venir chez Hervouët : si la société française était une pièce importante de la stratégie de développement du groupe, elle n'était pas très grande, en revanche. Ça voulait dire que la marketeuse passait dans la catégorie inférieure… Et ça, ça n'existait pas, sauf en cas de problème caché ou de motivation externe à l'entreprise. Elle regrettait l'absence de Sébastien, reparti en agence. Il aurait sûrement pu lui apporter quelques éléments de réponse.

De retour à son bureau, mue par la curiosité, elle profita d'une pause pour googler la jeune femme. La photo, un cliché professionnel à voir la pose de trois-quarts, montrait une jolie brune aux grands yeux noirs, à la coupe courte soignée. Elle avait le sourcil arqué et ses lèvres rouge vif souriantes découvraient de petites dents blanches impeccables. La chaleur voulue de son sourire n'atteignait pas son regard et malgré la position dans laquelle elle était installée, ou peut-être à cause d'elle, elle se tenait raide dans son chemisier blanc. Elle avait l'air rigide. Si elle était aussi fun que Reminger, on allait s'amuser.

Chapitre 17

Le samedi après-midi, Juliette tenait sa première séance de dédicaces, à la libraire Folies d'Encre de Montreuil. Elle avait refusé pour le moment d'en faire une à Aulnay, craignant de tomber sur des têtes connues, anciennes institutrices d'Arthur, voisins ou amis. Elle n'avait pas vraiment envie d'être « celle qui a écrit le livre porno, tu sais » dans les réunions de parents d'élèves.

Elle se prépara soigneusement : la robe verte qu'elle n'avait pas encore portée, une veste noire, des collants noirs et les escarpins vernis à talons aiguilles qu'elle s'était achetés pour un nouvel an. Une fois qu'elle se fut maquillée et coiffée, lâchant ses cheveux en vagues sur les épaules, elle rit devant sa propre transformation : exit Juliette, bonjour Justine. Elle était à la fois chic et sexy, comme il se devait pour l'auteur de ce qui commençait à s'annoncer comme le best-seller de l'été. Elle ne poussa cependant pas le vice jusqu'à arriver en retard, et arriva à la librairie une bonne demi-heure en avance.

Une affiche en vitrine, ornée d'une photo, annonçait la séance de dédicaces et l'équipe de la librairie avait déjà installé sa table – avec des piles invraisemblables de *La Belle et la Bête XXL* de chaque côté. Le libraire – une légende dans le métier, d'après Émilie – lui offrit un café en attendant l'heure. Ils le buvaient sur le pas de la porte, profitant du soleil qui faisait une apparition timide entre deux averses, lorsque le regard de Juliette fut attiré par une silhouette familière qui s'arrêta devant la vitrine de la librairie. Sébastien ! Elle s'immobilisa, le cœur battant, en priant pour qu'il reprenne sa route sans la remarquer. Malheureusement, les dieux n'étaient pas de son côté. Tournant la tête, il l'aperçut et son visage se fronça. Évidemment, elle ne ressemblait pas à ça, d'habitude. Au bout de quelques instants cependant, il s'avança, souriant et légèrement perplexe.

— Juliette ? C'est toi ?

Tétanisée, Juliette réfléchit à toute allure. Il ne fallait pas qu'il le sache ! Elle ne pouvait pas prendre ce risque ! Si Reminger l'apprenait ? Une idée folle lui traversa subitement l'esprit et elle affecta un étonnement prudent.

— Bonjour. Je ne crois pas que nous nous connaissions, si ?

Interloqué, il la regarda attentivement. Vêtu d'une veste sur une chemise blanche et un jean fatigué, la mâchoire ombrée de noir, il était encore plus beau que d'habitude.

— Mais, enfin, Juliette…

Elle eut un petit rire de gorge.

— Vous devez connaître ma sœur, alors. Je suis Justine Duchemin. Nous sommes jumelles.

Les yeux de Sébastien s'écarquillèrent.

— Oh ! C'est impressionnant, à quel point vous vous ressemblez !

Justine-Juliette fit la moue.

— Ah bon, vous trouvez ? Nous n'avons pas vraiment le même style, pourtant. Comment connaissez-vous Juliette, dites-moi ?

— Je travaille avec elle chez Hervouët... Sébastien, Sébastien Marvel.

Regardant l'heure, le libraire lui fit signe. Il fallait rentrer.

— Excusez-moi, je dois y aller. À bientôt, peut-être, Sébastien ?

Elle tourna les talons, trop heureuse de s'échapper. Alors qu'elle s'asseyait sagement derrière la table, cependant, elle s'émerveilla de l'aisance avec laquelle elle avait joué le rôle de Justine. Attitude, flirt... elle était définitivement quelqu'un d'autre, quand elle endossait la personnalité de Justine : une femme sexy, affirmée, capable de flirter sans rougir. Soulagée de s'en être sortie, elle se concentra sur les signatures à venir.

Deux heures plus tard, elle reposa son stylo, le cœur en fête. Des dizaines de lecteurs – enfin de lectrices – étaient venus pour elle, Juliette ! Elle n'en revenait pas. Il y avait même eu un jeune homme charmant, mi-rieur, mi-embarrassé, qui avait acheté deux exemplaires, l'un pour l'anniversaire de sa sœur, l'autre pour son amie. Elle avait soigné ses petits mots : un garçon qui se sentait suffisamment à l'aise pour offrir ce genre de livre à sa copine le méritait bien, cette dernière avait de la chance. L'heure de la fin de la séance approchant, le flot s'était peu à peu tari. Elle commençait à rassembler ses affaires quand un dernier lecteur s'approcha de la table. Son sourire se figea : Sébastien.

— Rebonjour, lui dit-il. En repassant devant la librairie, j'ai vu l'affiche annonçant que vous veniez, alors je me suis dit que j'allais passer. J'avoue que je suis curieux.

Juliette rougit, avant de se ressaisir. Elle était Justine. Elle n'avait aucune raison d'être gênée ! Elle était l'auteur d'un livre à succès, et les lecteurs avaient fait la queue pour un petit mot de sa main, pourquoi serait-elle déstabilisée par la simple présence de Marvel, si attirant soit-il ? Après avoir examiné un exemplaire du roman qu'il avait pris sur la table, il le lui tendit.

— Vous me le signez, alors ?

Sa demande la fit glousser, tellement c'était absurde : c'était pour pouvoir rêver à des hommes comme lui qu'on achetait son livre, après tout. Mise en joie par l'idée de Sébastien lisant sa prose, elle le regarda, les yeux pétillant de malice.

— Je ne suis pas sûre que ce soit votre genre, vous savez.

Il leva les sourcils, l'amusement se lisant dans son regard.

— Qu'en savez-vous ? Peut-être que c'est tout à fait mon genre, au contraire…

Il laissa sa phrase en suspens, son sourire en coin lui creusant une fossette sur la joue gauche. Était-il en train de flirter ? Avec toute l'assurance de Justine, Juliette releva le défi.

— Vous avez parfaitement raison, je n'en sais rien. Mais disons que la majorité de mes lecteurs sont plutôt des lectrices !

— Ah, il fallait prendre le mot « genre » au sens propre, alors ?

Elle haussa les épaules.

— Je serais néanmoins tout à fait ravie de vous le dédicacer. J'aimerais beaucoup savoir ce qu'un homme en pense, pour tout vous dire.

Tandis qu'elle lui écrivait machinalement quelques mots sur la page de garde, il rebondit sur sa déclaration.

— Si vous voulez, on peut prendre un verre ensemble la semaine prochaine ? Comme ça je vous dirai si j'ai aimé.

Elle se figea. Ce n'était sans doute pas une bonne idée, de prolonger le jeu de masques… Mais Justine avait pris les rênes, et elle s'entendit répondre qu'elle en serait enchantée. Alors qu'ils échangeaient leurs numéros, elle constata, soulagée, que son alter ego démoniaque n'avait pas complètement perdu le nord – elle lui avait donné le numéro de son portable personnel. Il lui adressa un sourire en partant, après avoir réglé.

— À la semaine prochaine, alors ?

Justine acquiesça, charmante, tandis que Juliette, vaguement hébétée, se demandait dans quoi elle s'était engagée.

Chapitre 18

— Mais Lili, c'est top ! Fonce !

Judith, avec qui Juliette dînait le soir même – deux fois en deux mois, c'était de l'inédit – débordait d'enthousiasme. Elle avait accueilli la version « Justine » de sa sœur avec un sourire radieux, sans doute autant dû à la transformation de Juliette elle-même qu'à la satisfaction de savoir que c'était grâce à ses conseils. Elle n'avait pas tari d'éloge sur le nouveau look de sa sœur, ajoutant en gloussant qu'elle allait faire tourner les têtes. Et effectivement, dans la brasserie où elles s'étaient retrouvées, une tablée de messieurs se retournait fréquemment dans leur direction – mais Juliette n'aurait su dire si c'était elle ou Judith qui attirait les regards : en rouge sombre voluptueux, sa sœur flamboyait, comme toujours.

Elle lui avait expliqué la situation invraisemblable dans laquelle elle se retrouvait, ce qui avait beaucoup fait rire Judith, mais lorsque Juliette lui avait avoué que Sébastien ne la laissait pas indifférente, sa sœur avait repris son sérieux.

— Franchement, vas-y ! C'est le premier type auquel tu t'intéresses depuis Arnaud, qu'est-ce qui te retient ?

Judith balaya d'un revers de main toutes les raisons pour lesquelles elle ne pouvait pas donner suite.

— *Bullshit* ! Déjà, il ne sait pas que tu es Juliette, et quand bien même, qu'est-ce que ça changerait ? Au contraire, d'ailleurs… C'est un type intelligent, sinon il ne te plairait pas. Donc il ne va pas aller cafter auprès du big boss sur le fait que tu es l'auteur du best-seller hot de l'été. Ni qu'il te fréquente, cela lui nuirait autant qu'à toi – ce serait comme fournir la corde pour se faire pendre.

Juliette concéda que, effectivement, Sébastien était loin d'être si idiot.

Lui prenant la main, Judith la regarda dans les yeux.

— Alors, tu me promets que s'il t'appelle, tu y vas. D'accord ? Et tu lui dis qui tu es ! S'il t'a invitée, c'est que tu lui plais, toi. Et tu t'amuses…

Juliette hocha la tête faiblement.

— Okay, j'y vais. Et je lui dis que Justine, l'écrivain flamboyante, est aussi Juliette, la très convenable DRH.

— Si tu mets ce décolleté-là, je te garantis que ça ne changera rien à sa manière de te regarder, rit Judith. C'est fou, quand je suis avec toi, j'ai l'impression de changer de métier. Coach de vie ! Mais je ne pense pas qu'il y ait un marché, tu es un cas à part.

Juliette prit un peu de vin pour cacher son embarras – sa sœur avait raison, pourquoi était-elle si timorée ? Elle passait son temps à essayer de ne pas se faire remarquer, à avoir peur de son ombre. Elle avait adoré être Justine, pourtant : quand elle incarnait l'écrivain, elle se sentait plus libre, plus audacieuse… tout ce que Juliette n'était pas.

Subitement, Judith changea de sujet.

— Au fait, tu sais ? Je suis méga fière, je crois que c'est grâce à moi que tu as eu l'article dans *Elle*.

Juliette attendit l'explication de ce commentaire sibyllin.

— Tu te souviens que j'avais passé ton bouquin à une copine, Delphine ? Eh bien Delphine, elle est rédactrice mode chez *Elle*, en fait. Comme elle a adoré ton roman, elle l'a filé à la nana en charge des pages culture, qui du coup a décidé de faire un papier dessus. Delphine était super contente d'avoir déniché un truc qui avait échappé à l'autre snob, je peux te dire.

Amusée par cet enchaînement improbable, Juliette se demanda comment remercier la Delphine en question : après tout, elle avait littéralement transformé sa vie d'écrivain.

— Tu crois que ça lui ferait plaisir que je lui en dédicace un ? proposa-t-elle à Judith.

Sa sœur acquiesça.

— C'est clair ! C'était la première fois que nous parlions d'autre chose que de boulot toutes les deux, tu sais, genre « est-ce que le python fait son grand retour », ou « est-ce que la rentrée sera indienne ». Elle m'a même dit qu'elle l'avait offert à sa mère.

— À sa mère ? C'est pas un peu bizarre ?

Judith haussa les épaules.

— A priori, pour avoir des enfants, elle a déjà couché, non ?

Elle s'interrompit et ses yeux d'un bleu limpide se rivèrent à ceux de Juliette.

— Tu l'as dit à maman, que tu as écrit un roman, n'est-ce pas ? Elle ne va pas le découvrir par hasard chez sa coiffeuse, en tombant sur une photo de sa fille dans un magazine ?

Juliette rentra la tête dans les épaules – et Justine avec elle. Interprétant correctement l'absence de réponse de sa sœur, Judith se fâcha.

— Mais tu es inconsciente ! On en parle partout, de ton bouquin, maintenant ! Elle va bien s'en rendre compte ! Tu imagines la peine que ça va lui faire si elle ne l'apprend pas par toi ?

Juliette releva la tête. Elle n'avait pas pensé que ça pouvait blesser sa mère, mais en se mettant à la place de cette dernière, elle sentit son cœur se serrer.

— Tu as raison, je vais l'appeler demain. Honnêtement, je ne pensais pas lui en parler : ce n'est pas comme si j'étais publiée chez Gallimard, ou sur la liste du Goncourt... C'est un roman érotique, pas le genre de truc que tu as envie de partager avec ta mère.

Le regard de Judith s'égaya, et elle pouffa derrière sa main, comme une gamine.

— Vu comme ça... Mais avec ton succès, tu ne peux plus faire l'impasse.

Juliette souffla, agacée.

— Mais tu m'enquiquines, à me dire de tout raconter à tout le monde ! D'abord Sébastien, puis maman... Je suis un écrivain introverti, moi, pas une baroudeuse de la mode à l'aise partout, quelle que soit la compagnie !

Judith la regarda d'un œil amusé.

— Baroudeuse de la mode ?

Elle secoua la tête.

— Sérieusement, Lili, t'as pas l'impression d'exagérer un chouïa ? Je ne te dis pas de partir dans l'Himalaya, ou d'aller dîner avec un charmant négociant italien. Je te dis de parler à un collègue que tu apprécies, et à maman ! Et puis, tiens, j'ai une idée. Si tu ne le fais pas, je balance tout à Jean-Jacques.

Juliette la regarda, horrifiée.

— Oh non ! Il ne me lâchera plus, si j'ai du succès ! Tu ne ferais pas ça, tout de même ?

Le regard innocent de Judith était une réponse en soi.

— Tu n'as pas honte, de faire chanter ta sœur aînée ? Et puis d'abord, c'est quoi, cette histoire de négociant italien ?

Judith rougit violemment.

— N'essaye pas de changer de sujet ! Je te signale qu'on parle de ton livre à toi, dont tu dois parler à notre mère.

Juliette lui sourit, magnanime.

— Okay. Je parle à maman… et tu me racontes tout sur le beau Giuseppe.

Judith la regarda, les yeux ronds.

— Il s'appelle Luca, pas Giuseppe…

Sa voix s'éteignit quand elle réalisa qu'elle venait de tomber dans le panneau, comme quand elle avait dix ans.

— Oh, tu m'énerves, dit-elle. Je te préviens, la baroudeuse de la mode que je suis appellera maman la semaine prochaine, t'as intérêt à t'être confessée d'ici là !

En rentrant chez elle, Juliette dut bien s'avouer que Judith avait raison : il fallait qu'elle parle à leur mère. Mais elle redoutait la conversation au téléphone… Tiens, elle allait plutôt faire un saut au Touquet le lendemain lui apporter un exemplaire. Ça lui permettrait de penser à autre chose qu'à son rendez-vous avec Sébastien, en outre. Si rendez-vous il y avait, bien sûr…

Chapitre 19

Il était à peine dix heures et demie quand Juliette arriva au Touquet. Les hortensias devant la maison étaient magnifiques, cette année-là, débordant de grosses fleurs éclatantes. Le jardin aurait empli son père de fierté, songea-t-elle avec un petit pincement au cœur. La joie, mais aussi l'étonnement, se peignirent sur le visage de sa mère quand elle ouvrit la porte, et elle se sentit coupable de ne pas venir plus souvent. Ses échanges avec Sébastien, au sujet du déclin de sa mère à lui, lui avaient rappelé la fragilité de ce qu'on prend pour acquis, comme la santé ou les êtres chers. Même si sa mère allait bien, Juliette était contente de pouvoir s'en assurer.

Suivant ses bonnes résolutions, elle avait passé une de ses nouvelles tuniques, d'un bleu profond, et mis par-dessus un poncho au crochet bleu et vert que sa mère lui avait fait. Ce changement de look ne passa pas inaperçu.

— Ma chérie, je suis contente de voir que tu t'es décidée à mettre un peu de couleur. Ça te va tellement bien ! Tu es seule ? Et alors, qu'est-ce qui me vaut cette visite, si ce n'est pas pour nourrir mon petit-fils ? Viens, je vais nous faire un café.

Cette rafale de questions n'attendant pas de réponse immédiate, Juliette posa son ordinateur dans la salle à manger. Elle aurait peut-être le temps d'écrire dans l'après-midi. Elle rejoignit sa mère dans la cuisine, où elle remplissait avec soin le filtre de son antique cafetière. Si la pièce avait été repeinte en jaune, les cadeaux qu'ils avaient faits, enfants, à leurs parents étaient encore exposés : le torchon « *Home Sweet Home* » que Jean-Jacques avait rapporté d'Angleterre à quatorze ans était accroché au-dessus de la table, sur la hotte trônait l'assiette qu'elle avait peinte à la maternelle et le pense-bête fabriqué par Judith décorait toujours le frigo. Une nouvelle toile cirée ornée d'un motif lumineux d'oiseaux et de fleurs multicolores recouvrait la table. S'asseyant, elle prit son courage à deux mains.

— Je suis venue t'apporter ça, en fait, dit-elle à sa mère, étonnée, qui s'était elle aussi assise, en lui remettant l'exemplaire qu'elle lui avait dédicacé. La vieille dame jeta un coup d'œil au livre puis regarda sa fille d'un air interrogateur. Elle s'était pomponnée, comme toujours, légèrement maquillée et les cheveux mis en plis maintenus par de coquettes barrettes en écaille à strass.

— C'est très gentil, ma chérie…

Elle ne savait visiblement pas quoi dire. Son expression perplexe égaya Juliette, qui se mordit la lèvre pour garder son sérieux.

— Lis la dédicace, tu verras.

Passant les fines lunettes métalliques qui pendaient à son cou, la vieille dame lut à voix haute.

— « À la meilleure mère qu'on puisse trouver, qui partage avec la Belle ces qualités rares que sont l'intelligence, l'élégance et la gentillesse, signé Justine de Lenclos – Juliette ». Qu'est-ce que ça veut dire ? Tu connais l'auteur, c'est ça ?

Cette fois, Juliette éclata de rire.

— Je la connais très bien – c'est moi, l'auteur.

Les yeux clairs, d'un bleu un peu délavé, de sa mère s'écarquillèrent tandis qu'elle retournait le livre pour en lire le résumé.

— C'est toi qui l'as écrit ? Ça alors ! Mais… Ça m'a l'air un peu olé-olé, non ?

Juliette rougit.

— Ne t'inquiète pas, tu n'es pas obligée de le lire, s'empressa-t-elle d'ajouter.

Elle se racla la gorge.

— C'est un peu, euh, osé. Érotique, en fait.

Une étincelle s'alluma dans le regard de la vieille dame.

— Oh, mais je vais le lire avec plaisir, crois-moi ! Il ne faut pas confondre vieillesse et couvent, hein ! Je ne suis pas une nonne. Même si, à mon âge, bien sûr, on a moins d'occasions.

Elle soupira.

— J'ai lu *Cinquante nuances de Grey*, tu sais, on ne parlait que de ça au club de bridge. Bon, ce n'était pas terrible, je n'ai pas compris pourquoi on en faisait tout un foin, mais il y avait tout de même des scènes intéressantes. Et ce Christian est, si tu veux mon avis, tout à fait charmant ! Alors que la petite Anastasia, franchement…

Juliette, hilare, se tourna pour prendre deux mugs dans le placard. *Cinquante nuances !* Judith allait être scotchée.

— Mais tu ne m'avais pas dit que tu écrivais, ma chérie, ça fait longtemps ?

— C'est mon troisième roman, mais le premier à être publié. Je l'ai commencé quand on s'est séparés, avec Arnaud, au moment où j'ai découvert qu'il me trompait allégrement depuis déjà un certain temps. Ça me changeait les idées, d'écrire, et puis je me suis défoulée en mettant Arnaud dedans…

Sa mère fit de grands yeux.

— Vraiment ?

Juliette éclata de rire.

— Je te rassure, ce n'est pas le héros, loin de là ! Disons que je ne l'ai pas dépeint sous des couleurs très flatteuses.

— À mon humble avis, il n'a eu que ce qu'il méritait, ma chérie… Et tu continues à écrire ?

— Oui. Je suis en train de reprendre un autre conte, en ce moment. *Blanche-Neige.*

— Oh…

La vieille dame prit un air songeur.

— Oui, bien sûr. Blanche-Neige, le prince, le chasseur… et les nains, ajouta-t-elle en gloussant. J'espère que tu me le donneras aussi. J'ai hâte de le lire !

Les yeux s'éclairant soudain, elle se tourna vers sa fille :

— Et puis je vais apporter ton livre à la bibliothèque, comme ça s'ils ne l'ont pas, ils pourront le commander. Marie-Cécile et Chantal ne vont pas en revenir !

Le plaisir sans mélange que sa mère affichait soulagea Juliette d'un poids.

— En fait, il marche super bien ! Il est dans les meilleures ventes depuis trois semaines, et j'ai déjà été interviewée par deux magazines. J'ai aussi fait une séance de dédicaces samedi, et il y avait plein de monde, tu n'imagines pas. Je vais même passer à la radio et à la télé. Je te préviendrai, ajouta-t-elle en voyant les yeux ronds de la vieille dame. Je ne sais pas encore quand ce sera diffusé.

Sur le visage de sa mère, la joie avait fait place à une expression plus nostalgique.

— Ton père aurait été fier… Quoique, un livre olé-olé, je ne sais pas comment il l'aurait pris. Je pense qu'il préférait imaginer que vous étiez encore vierges, toutes les deux. Ses filles dans le lit d'un homme, c'était inenvisageable.

Elle leva les yeux au ciel devant cette preuve de l'absurdité masculine, avant de continuer, ironique.

— Même si la naissance d'Arthur avait un peu mis à mal sa conviction, je dois dire !

Elle but une gorgée de café puis reposa sa tasse.

— Et Arthur, justement, qu'est-ce qu'il en dit ?

Juliette grimaça, encore une fois prise en flagrant délit de déni.

— Je ne lui en ai pas parlé, pour l'instant. Une mère qui écrit des romans érotiques, je ne suis pas sûre qu'il le prenne bien.

— Ma chérie !

Sa mère posa la main sur celle de Juliette.

— Tu as du succès, il ne peut qu'en être fier… même si ça risque d'être un peu difficile à digérer au début. Dis-lui, quand même. Ça lui fera du bien de constater que sa mère n'est pas qu'une victime quittée par son mari pour une gourdasse de dix ans de moins. Ça rééquilibrera un peu les choses, tu ne crois pas ?

Émue et contrariée à la fois, Juliette hocha la tête.

— Bon, que veux-tu faire, aujourd'hui ? Je n'avais rien de prévu, j'ai un plaid que je veux avancer au crochet, mais c'est toi qui me dis. Si tu veux manger ici, j'ai fait de l'*irish stew*.

— Ça me semble parfait. Et on pourra se faire une balade rue Saint-Jean, après. On pourrait peut-être passer au Chat bleu ?

Sa mère la regarda d'un œil éberlué.

— Enfin, Juliette ! Ça allait sans dire !

Juliette put écrire une bonne partie de la journée, sa mère se concentrant pour comprendre les explications du plaid qu'elle était en train de crocheter. Elle fut seulement interrompue par une série de jurons inattendue : sa mère avait interprété de travers les consignes, « écrites avec les pieds » d'après elle, si bien qu'il lui fallait défaire ses trois derniers rangs et les recommencer. Après le déjeuner, elles se firent plaisir en dégustant avec leur café des chocolats achetés en ville et firent un sort à un paquet de shortbreads en accompagnement de leur pause darjeeling à quatre heures.

— Normalement, je fais attention, commenta sa mère. Mais bon, comme tu es là… j'ai un excellent prétexte pour donner libre cours à ma gourmandise.

Juliette prit un air de martyr.

— Je sais. Telle mère, telle fille. Mais tu aurais pu me transmettre ton métabolisme, aussi, plutôt qu'à Judith. Parce qu'être gourmande sans rester naturellement mince…

Sa mère lui fit un petit sourire d'excuses.

— Oui, tu tiens de ton père… mais d'un autre côté, je ne voudrais pas te changer : tu es magnifique, comme ça ! Avec tes jolies formes, ton teint pâle et tes cheveux roux, dès que tu renonces à te cacher dans ces espèces de housses en lin beige que tu appelles des vêtements, tout le monde se retourne sur toi !

— *Tu quoque, mia mater*, grommela Juliette.

C'était sans doute du latin de cuisine, mais qu'est-ce qu'elles avaient toutes contre sa penderie ?

— Que dis-tu ma chérie ?

— Rien, rien.

Elle avait à nouveau quinze ans, subitement, et sa mère n'aimait pas son jean troué. Secouant ce sentiment de déjà-vu troublant, elle rusa comme à l'époque.

— Et alors, tu lis quoi, en ce moment ?

Chapitre 20

John confia à Juliette la mission d'accueillir la fameuse Kathleen Harris à son arrivée : il avait un rendez-vous chez un gros client ce vendredi matin, si bien qu'il ne pouvait pas le faire lui-même. Juliette en était ravie. Elle était curieuse, objectivement, de rencontrer enfin cette Wonder Woman accourue de New York à leur rescousse. En outre, Sébastien se promenait aux quatre coins de la France pour organiser le remplacement du matériel hors service, si bien que ses semaines étaient un peu mornes. Leur café du matin lui manquait – et elle n'avait même pas eu l'occasion de lui demander s'il connaissait l'incroyable, la prodigieuse, l'extrrrraordinaire, Kate Harris, en plus !

Elle se dépêcha donc de descendre accueillir la directrice marketing… pour ralentir à la vue de la nouvelle arrivante. Ah oui, se dit-elle. S'il existait une Barbie femme d'affaires, Kate Harris en était la version grandeur nature, tout juste sortie de son emballage plastique. Tailleur bleu marine, escarpins assortis, ongles longs vernis du même rouge vif que son rouge à lèvres… Son carré brun acéré frôlait sans le toucher le col blanc de son chemisier et elle arborait une lourde frange qui s'arrêtait net aux sourcils à l'arc parfait.

Essayant de ne pas la détailler trop ostensiblement, Juliette s'avança et se présenta, lui adressant son sourire le plus professionnel.

— Bienvenue, miss Harris ! Je suis Juliette, la directrice des ressources humaines. John est chez un client, il m'a demandé de vous accueillir et de vous montrer la maison.

La jeune femme hocha la tête.

— Oui, je sais, il m'a prévenue.

Elle sourit à Juliette, mais ses yeux, sombres sous la frange épaisse, restèrent froids.

— Venez, je vais vous montrer votre bureau, lui proposa Juliette en lui donnant le badge qu'elle lui avait fait préparer.

— Je suis impatiente de me mettre au travail, dit la jeune femme. Apparemment, il y a tout à mettre en place, ici, au point de vue marketing. C'est très excitant, de tout pouvoir créer !

Elle inspecta la pièce, fit la moue en découvrant la vue sur l'autoroute, puis ouvrit l'ordinateur portable, à moitié assise sur le bureau.

— Un informaticien va venir pour vous donner tous les mots de passe, ainsi que votre téléphone, précisa Juliette, en voyant la jeune femme fixer l'écran de connexion au réseau.

Kathleen fit un signe de la tête pour indiquer qu'elle avait compris.

— Oui, bien sûr ! J'aimerais faire le tour des équipes, maintenant.

Surprise, Juliette se raidit puis se composa un visage neutre.

— Les équipes ? Lesquelles ?

L'Américaine, qui était déjà en train de quitter le bureau, se retourna sur le seuil de la porte. L'étonnement se lisait sur son visage et c'était l'expression la plus sincère que Juliette lui ait vue depuis son arrivée.

— Comment ça, quelles équipes ? Les miennes ! Les équipes marketing, bien sûr !

Tout en gardant un visage calme et détaché, Juliette grinça des dents en son for intérieur. À sa connaissance, rien n'avait encore été décidé, ni communiqué. Visiblement, John avait oublié de préciser ce léger détail… mais à qui ? À Kate, ou à elle-même ?

— Alors, je propose que nous attendions un peu. Les employés savent que vous arrivez et que vous partagerez l'assistante du directeur commercial, mais rien n'a encore été annoncé concernant l'organisation et les équipes de la direction marketing.

Les yeux de la marketeuse parurent lui sortir de la tête, avant qu'elle se reprenne et affiche un visage tout aussi neutre que celui de Juliette. Elle méritait des points bonus pour son self-control, se dit Juliette *in petto*. John lui avait fait – leur avait fait ! – un sale coup, en ne clarifiant pas ce point auprès de la nouvelle arrivante. Peut-être par peur qu'elle ne vienne pas sans la perspective d'une équipe digne de ce nom, et à juste titre : le regard de la jeune femme était glacial, tandis que son visage avait légèrement pâli. De rage ?

Juliette fit appel à son expression la plus rassurante.

— Ne vous inquiétez pas, miss Harris. Si John n'a rien annoncé, c'est qu'il veut que vous puissiez constituer votre équipe comme vous l'entendez, plutôt que de vous l'imposer.

John préférait également retarder au maximum le moment de contrarier le directeur commercial, à qui les équipes marketing étaient pour l'instant rattachées, mais ça, Juliette s'abstint de le préciser.

— Je vous propose en revanche de rencontrer les membres du comité de direction, si vous voulez. J'ai organisé un déjeuner ce midi avec eux, bien sûr, mais comme ça vous verrez où se trouvent leurs bureaux.

— Je serais ravie de les rencontrer. En revanche, je n'ai pas l'habitude de sortir déjeuner le midi, merci. Ce n'est pas très bon pour la ligne, n'est-ce pas ? Et puis, je n'aime pas perdre du temps à table.

Juliette ne releva pas. Wonder Woman ratait une occasion parfaite d'échanger avec ses collègues et de les connaître. Il lui faudrait attendre les entretiens que Juliette avait programmés, pour certains beaucoup plus tard. Tant pis pour elle...

Tous les membres du comité de direction étaient là, sauf John et Sébastien. Terminant par la direction informatique, elles arrivèrent dans l'open space où les « types chelous », comme les avait baptisés une jeune stagiaire, pianotaient sur leurs claviers, regards rivés sur leurs écrans. La vue des piercings, barbes hirsutes et tee-shirts aux effigies de groupes de métal arborés par les informaticiens ne sembla pas émouvoir l'Américaine, non plus que les canettes de soda sur les étagères. Balayant le tout d'un regard indifférent, elle se tourna vers Juliette.

— Je n'ai pas vu Sébastien Marvel, John m'avait dit qu'il avait rejoint l'équipe.

Juliette acquiesça.

— Il est en province, je ne sais pas quand il doit revenir.

— Ah, d'accord. Je suis contente de le retrouver, c'est un vrai professionnel. Ça fera du bien, dans l'équipe.

Juliette s'enfonça les ongles dans la paume de la main pour ne pas répondre. Après tout, l'insulte n'était pas forcément intentionnelle : peut-être que l'Américaine était juste maladroite. Et puis Kate se pencha vers Juliette.

— C'est dommage, tout de même, que John n'ait pas travaillé avec vous sur l'organisation marketing. Aux States, c'est à ça que servent les ressources humaines.

Elle adressa un petit sourire innocent à Juliette, qui le lui rendit avec une totale absence de sincérité. Maintenant, elle était fixée.

Chapitre 21

Miss Harris, malgré les espoirs qu'avait nourris Juliette, ne se détendit pas avec le temps. Systématiquement, elle écourtait toute tentative de discussion avec ses collègues français. Le plus souvent, elle ne leur cachait pas qu'ils étaient à peine dignes de sa présence, puisqu'elle venait du siège. Seule la compagnie de John la déridait. Avec lui, elle se montrait aimable, voire enjouée. Ce n'était pas uniquement pour le flatter : à ses yeux, John était un professionnel, contrairement aux autres. Évidemment, ceux-ci le prenaient plus ou moins bien.

Le directeur commercial, en particulier, ne décolérait pas, arpentant de long en large le bureau de Juliette :

— Mais rends-toi compte, Juliette ! Je me suis battu pendant deux ans pour créer une vraie équipe marketing ! Deux ans à convaincre Guy, à négocier le budget, à recruter les bons profils… et puis *Killer Kate* se pointe, et c'est elle qui empoche la mise !

Juliette éclata de rire.

— *Killer Kate* ?

Il eut un geste vague de la main.

— Je ne sais pas qui lui a donné ce surnom... mais ça lui va comme un gant. C'est Thierry qui l'utilisait, l'autre jour.

— On dirait le nom d'une tueuse à gages chez Tarantino, commenta Juliette, sans protester outre mesure.

Le commercial la regarda.

— C'est bien ce que je disais : comme un gant. Si on la laisse faire, il ne va pas rester grand monde au marketing. Elle prend les autres pour des cons, alors qu'elle ne connaît rien au marché français.

À tourner ainsi il ressemblait à un ours en cage. Un ours athlétique, blond et sportif, mais qui grognait comme un vrai. Juliette prit un air lénifiant, espérant le calmer. Ses chances d'avancer sur son dossier avant son rendez-vous s'amenuisaient de minute en minute.

Il se tourna vers elle et s'immobilisa, brandissant le doigt – exactement comme John l'avait fait, releva-t-elle, amusée.

— Pour elle, on est tous des grouillots de base, des exécutants. Tu es français ? Tu es mort !

Juliette grimaça. Elle avait eu du mal à recruter l'équipe de marketing et n'avait pas envie de recommencer à cause d'une petite Américaine arrogante.

— Je ne sais pas quoi te dire, Éric. Sébastien devrait être au siège la semaine prochaine, il pourra peut-être nous aider à arrondir les angles. En attendant, vois si tu peux calmer le jeu avec les équipes…

Elle ne voyait pas bien ce que Sébastien pourrait faire. C'était d'ailleurs bizarre qu'il trouve grâce à ses yeux, alors qu'il portait comme eux la tare d'être français !

Deux jours plus tard, Éric revint la voir, scandalisé.

— Tu n'imagineras jamais la dernière !

Juliette l'accueillit d'un sourire artificiel. Il commençait à l'agacer, avec ses plaintes. Elle n'était ni Madame Irma, ni sa maman, alors s'il pouvait en venir au fait, on gagnerait du temps. Depuis quand était-elle censée leur tenir la main au moindre bobo ? Elle était DRH, pas thérapeute, bon sang !

— Elle est venue courir avec nous ! Tu te rends compte ? Dans l'équipe de running !

Non, Juliette ne se rendait pas compte. Elle ne savait même pas de quoi il fallait se rendre compte !

Éric ne remarqua rien, pris par son mélodrame sportif.

— Apparemment, c'est John qui lui en a parlé. Du coup, elle s'est pointée pour l'entraînement, hier, alors que personne ne s'y attendait !

— Et ? relança Juliette, qui cherchait le problème. Elle ne sait pas courir ?

— Quoi ? Euh, si... Elle faisait de la compétition à l'université et elle a de sacrés restes. Mais quand même !

Un effort surhumain permit à Juliette de ne pas s'énerver, enfin pas trop.

— Donc. Si j'ai bien compris, Kate vient de rejoindre l'équipe.

— Hmm hmm.

— C'est une excellente athlète, donc plutôt un atout pour l'équipe.

— Hmm hmm.

— Et ça te contrarie.

Juliette prit une grande inspiration et posa ses coudes sur le bureau, pour former une petite cage avec ses doigts, comme John. Voilà.

— Pourquoi ?

Elle n'avait pas crié, ce qui était tout à son honneur. Dix bons points pour la DRH. Elle aplatit la petite cage et colla ses mains l'une contre l'autre, comme si elle priait. Oui, c'était bien aussi. Elle le regarda par-dessus les extrémités jointes de ses doigts. Il avait l'air sincèrement étonné.

— Tu ne vois pas ?

— Non, je ne vois pas. Elle a voulu changer l'entraînement ? Elle a remis en cause la manière dont tu t'y prenais ? Elle a critiqué l'équipe ?

— Mais non, bien sûr que non ! Ce n'est pas ça, tu ne comprends pas.

Qu'on l'achève, maintenant. C'était un directeur commercial ou un pré-ado geignard, qu'elle avait dans son bureau ? Sentant sans doute qu'elle arrivait au bout de sa patience, il s'expliqua :

— Tu vois, elle arrive, elle me pique mon équipe marketing. Elle sait que je ne suis pas d'accord, que ça m'emmerde. Elle s'en fout. Et elle vient courir avec moi ?

Et la montagne accoucha d'une souris… D'un autre côté, il avait des raisons d'être perplexe. Sentant qu'ils auraient bientôt fini, elle retrouva son indulgence coutumière.

— Je comprends que tu te poses des questions, mais tu vas peut-être chercher la petite bête là où il n'y en a pas. Elle aime courir, elle faisait de la compétition… Hervouët a une équipe de running qui fait de la compétition, c'est plutôt logique qu'elle ait envie de se joindre à vous, non ?

Le commercial inclina la tête, en pleine réflexion, une moue aux lèvres.

— Et puis, elle a peut-être envie de s'intégrer, aussi, ajouta Juliette, qui en doutait fortement. Si Kate voulait s'intégrer, alors Juliette était la Reine d'Angleterre.

— Tu crois ?

— Accorde-lui le bénéfice du doute, au moins, renchérit-elle, se sentant la pire des hypocrites.

Ceci étant, il n'avait pas vraiment le choix, puisque c'était John qui avait indiqué à Kate où s'entraînait l'équipe.

Il opina, l'air pensif.

— Oui, tu as raison.

Se secouant, il quitta le bureau de sa démarche conquérante retrouvée, la tête haute, après l'avoir remerciée pour son aide. Juliette souffla, tout en ayant l'impression bizarre de l'avoir envoyé à une mort certaine.

Chapitre 22

— Deux semaines ? Deux semaines de vacances entières ? Ça se fait pas ! T'aurais pu me demander, avant de réserver !

Elle leva les bras au ciel, désemparée par la réaction d'Arthur, à la limite de la crise de larmes. Ses lèvres tremblaient comme quand il était petit. Il se tenait debout devant elle, tendu comme un ressort et ses poings, enfouis dans les poches, tendaient son sweatshirt à capuche gris.

— Mais je pensais que ça te brancherait ! Comme vous partez ensemble, avec Théo, ça ne m'est même pas venu à l'esprit que ça puisse ne pas te plaire.

Il avait toujours le regard méfiant, mais sa tension sembla se relâcher un peu.

— Ah, oui, il y a Théo ?

Il n'avait rien donc écouté ? Elle soupira.

— Mais oui, c'est ce que je te disais ! On a fait en sorte que vous partiez ensemble !

L'ado se détendit suffisamment, cette fois, pour s'affaler de nouveau dans le canapé d'où il s'était levé d'un bond quand il avait compris qu'il partait en séjour linguistique.

— J'avais pas capté. S'il y a Théo, ça ira. Mais, m'man…

— Oui ?

— Tu pensais vraiment que ça me brancherait d'aller deux semaines en Angleterre pendant mes vacances ? En Angleterre ?

— Ben… oui. Vraiment. J'étais contente, de partir, à ton âge, moi…

Arthur secoua la tête en la regardant avec ce qui ressemblait à… de la commisération ? De la condescendance ?

— T'es quand même bizarre, m'man !

Il se mordait la lèvre pour ne pas rire. Elle affecta la dignité outragée.

— Je te rappelle, monsieur « je fais le malin », qu'à ton âge, je n'avais pas de smartphone, pas de console, pas d'Internet comme aujourd'hui… Donc pour voir le monde, il fallait voyager ! Non mais ! Sale môme !

Il lui sourit.

— T'inquiète, je le sais, que t'es vieille… Par contre, je ne me souviens pas… Comment ça se passe, le reste des vacances ? Ça veut dire que je ne reste que deux semaines au Touquet ?

Elle le rassura.

— Non, trois semaines avec moi au Touquet, puis trois semaines avec ton père en Corse. On donne chacun une semaine de nos vacances avec toi pour que tu partes en Angleterre.

Se renfrognant, il marmonna qu'ils auraient vraiment pu s'abstenir, avant de se saisir de sa manette de jeu et de fixer l'écran. La discussion était close.

Laurence éclata de rire quand elle la lui raconta, quelques heures plus tard. Installées sur la terrasse, elles se partageaient une pizza, profitant du temps magnifique de cette fin de printemps. Arthur, Théo et leurs potes dormaient tous chez Laurence. Celle-ci leur avait fait à manger, puis s'était réfugiée chez Juliette, chassée par les bruitages d'un combat de jeux vidéo.

— Parfois, je me demande comment tu peux bosser dans les ressources humaines, ma cocotte ! Tu n'es pas très psychologue ! Je n'ai eu aucun problème, de mon côté. Comme une lettre à la poste, c'est passé !

Juliette attrapa le carton de pizza et l'éloigna de Laurence.

— Continue, et tu n'as plus de pizza ! Je te préviens gentiment, parce que je suis ton amie...

Laurence leva les mains.

— Je me rends.

Juliette fit glisser le carton vers elle.

— Comment tu as fait, toi ? Il avait envie de partir en Angleterre, Théo ?

Est-ce qu'il n'y avait que son fils qui n'avait pas envie de partir ? Laurence se resservit une part avant de répondre.

— Ce n'est pas tout à fait comme ça que j'ai présenté les choses. Je lui ai demandé si ça lui plairait de partir en vacances avec Arthur.

Juliette secoua la tête en la regardant, puis se mit à rire.

— Ça, c'est pas de la psychologie, c'est de la manipulation !

Laurence, en train de manger sa pizza, haussa les épaules.

— Tant que cha marche, parvint-elle à dire.

Elle finit sa bouchée.

— Après, je lui ai demandé si ça lui plairait toujours si on les envoyait en Finlande, ou en Allemagne... Là, il m'a regardée avec de grands yeux, avant de chercher l'arnaque. Visiblement, ça se neutralisait un peu, Arthur *versus* Allemagne.

Juliette, qui imaginait la tête de l'ado, sentit les larmes lui monter aux yeux tellement elle riait.

— Tu n'as pas honte ? C'est diabolique ! Je vais te signaler à la DDASS !

La contagion gagna Laurence, qui se mit à rire aussi.

— Ah oui, mais du coup quand je lui ai dit Angleterre, sport… c'est passé tout seul ! Comme quoi, tout est affaire de présentation !

Juliette s'essuya les yeux.

— Ce qui est étonnant, c'est que ça marche encore. À force, il devrait te connaître, ton fils !

Son amie grimaça.

— Pour l'instant, il est encore jeune ; mais je crois que je me prépare des jours difficiles ! D'un autre côté…

— Quoi ?

— D'un autre côté, c'est un garçon. Ça peut durer un bout de temps : ça se laisse facilement aveugler, les mecs.

Juliette espérait de tout son cœur que ce n'était pas vrai.

— Tiens, je ne t'ai pas parlé de notre nouvelle directrice marketing…

Chapitre 23

Le lundi matin, Juliette se retrouva happée par une réunion de crise avec le directeur financier et l'informaticien en charge de la cybersécurité, en présence du directeur informatique. Lorsqu'elle les rejoignit, ils étaient tous les trois assis à la table de réunion de Thierry qui, accablé, se tenait la tête entre les mains.

Sous l'œil noir du directeur informatique, les bras croisés sur son siège, le responsable de la cybersécurité, qui n'avait pas l'air très à l'aise, expliqua à Juliette de quoi il retournait :

— Une des contrôleuses de gestion a piraté la boîte mail de Thicrry, ce week-end. Flle a envoyé des mails d'insulte à tous ses contacts.

— Mais…

La protestation mourut sur les lèvres de Juliette. Elle comprenait mieux le stress du responsable sécurité : le type avait déjà dû se faire passer un sacré savon.

— C'est une catastrophe, gémit Thierry, le visage caché par ses mains. J'ai écrit au directeur financier monde qu'il n'était qu'un débile profond ! Un débile profond !

Juliette se mordit la lèvre inférieure pour ne pas rire : ce n'était pas le moment, même si c'était affreusement tentant.

— Ok, alors voilà ce qu'on va faire…

Lorsqu'elle reçut l'employée pour lui signifier sa mise à pied immédiate, Juliette réprima un mouvement de recul. Épouvantablement négligée, les cheveux gras, les vêtements sales, la fille était très perturbée. Elle se tordait les mains, les larmes aux yeux, en expliquant à Juliette qu'elle avait voulu se venger de Thierry, qui refusait de reconnaître qu'elle était son âme sœur, mais qu'en même temps elle s'en voulait beaucoup de lui avoir fait du mal.

Juliette, qui avait prévu de la renvoyer, ne mit pas longtemps à y renoncer : la jeune femme se trouvait de toute évidence dans une profonde détresse psychologique. Ce n'était pas un problème de droit du travail, c'était une urgence psychiatrique. Confiant l'employée à Nathalie pour qu'elle la surveille, elle contacta les urgences médicales, la sœur de l'employée puis le médecin du travail : il n'était pas question de la laisser partir toute seule dans cet état-là. Si c'était un épisode aigu de quelque chose, il fallait qu'elle soit soignée.

En début d'après-midi, quand Juliette rejoignit le comité de direction, la crise était en passe d'être résolue. L'informatique avait envoyé un message à tous les destinataires des mails d'insultes pour expliquer que le compte avait été piraté, et Thierry complétait avec des excuses personnalisées au téléphone pour les plus « sensibles ». Le directeur financier monde avait ainsi beaucoup ri… après coup. Quant à l'employée, elle avait été prise en charge. Juliette était totalement lessivée.

Sandwich à la main, elle arriva dans la salle la dernière avant Reminger. Kate était assise à côté de Sébastien, et elle lui parlait à voix basse avec animation. Elle était vraiment très belle, les cheveux bruns brillant sous les néons, les yeux sombres soulignés par sa frange épaisse. Malgré elle, Juliette ressentit un pincement de jalousie.

Lorsque Reminger entra, Kate posa la main sur le bras de Sébastien pour mettre un terme à leur discussion. Cette familiarité serra le cœur de Juliette, tant ce geste était éloigné du professionnalisme brutal habituel à la jeune femme. Le reste de l'assemblée, en dehors de John bien sûr, n'eut en revanche pas droit à une miette d'intérêt. Lorsque Reminger félicita Juliette d'avoir géré la crise de la matinée, un œil noir et froid la détailla, avant de se reporter vers son voisin, avec un commentaire inaudible qui le fit se raidir.

Juliette avait rejoint le comité soulagée, après le stress de la matinée, mais elle sortit de la réunion plutôt à plat. L'arrivée inopinée de Thierry dans son bureau la réconforta : il venait lui offrir un énorme coffret de chocolats ! Cette attention la toucha. Comme elle lui faisait signe de s'asseoir, il ferma la porte derrière lui puis lui tendit la boîte.

— Tu m'as sauvé la vie, ce matin. Merci infiniment, Juliette.

— Je n'ai fait que mon boulot, tu sais. Je n'ai rien fait d'exceptionnel !

Il secoua la tête.

— Pour moi, si. Kaïna fait partie de mon département, et je n'ai rien vu venir. Tu n'imagines pas comme je me sens mal d'être passé à côté de ça.

Elle opina.

— Je comprends, mais je ne pense pas que tu aies raté quoi que ce soit. Tu as entendu comme moi ce que le reste de l'équipe a dit : la semaine dernière encore, elle allait bien – enfin, elle paraissait aller bien. Si ceux qui bossent avec elle toute la journée n'ont rien vu, comment aurais-tu pu faire, toi ?

— Je sais bien… mais je me sens coupable, tout de même.

Elle lui offrit un chocolat et en prit un elle-même, savourant avec délectation le praliné aux éclats d'amande.

— Tu ne vois pas les choses sous le bon angle. Le fait qu'elle ait fondu un fusible dans le cadre du travail, ça a permis qu'on intervienne et qu'elle soit prise en charge. Qu'est-ce qui se serait passé, sinon ? Elle n'avait pas l'air très entourée.

Grignotant le coin d'un chocolat, il inclina la tête, pensif. L'idée allait faire son chemin, maintenant. Ce n'était pas la peine d'en rajouter.

— Tu en penses quoi, alors, de la nouvelle équipe ? lui demanda-t-elle avec un sourire pour atténuer le côté abrupt de son changement de sujet.

Il réfléchit avant de lui répondre.

— Reminger est très bon, déclara-t-il. Il a l'œil pour les chiffres, il comprend vite. Mais c'était plus facile de parler à Guy.

Évidemment : l'impatience de Reminger tétanisait Thierry, qui mettait encore plus de temps à répondre.

— Et pour un directeur des opérations, Marvel a l'air assez convenable.

Juliette sentit ses yeux s'écarquiller devant ce compliment inouï – Thierry détestait presque autant les responsables des opérations, pour leurs dépenses non budgétées, que les commerciaux dont il jugeait les bonus injustifiés.

— En revanche, je suis moins convaincu par la marketeuse ; son correspondant au contrôle de gestion m'a dit qu'il avait dû lui expliquer deux fois comment lire les états des ventes, elle comprenait tout de travers.

Il ne tenait pas Kate en haute estime, si elle n'avait même pas droit au nom propre ! Cela réjouit Juliette, qui se sentit idiote de sa réaction. Mais à la voir si proche de Sébastien… elle avait un mauvais pressentiment. Même si, bien sûr, il n'y avait rien entre Marvel et elle, à part un rendez-vous hypothétique. Et encore : pas avec elle, avec Justine !

Chapitre 24

Le lendemain, Juliette s'apprêtait à prendre son café quand une tête brune passa dans l'encadrement de la porte. Sébastien, deux mugs à la main. Depuis la librairie, c'était la première fois qu'elle le revoyait seul. Elle lui fit signe d'entrer.

— Comment ça va ? demanda-t-elle.

Il affecta un petit sourire mystérieux.

— À merveille ! J'ai fait une rencontre tout à fait étonnante, le week-end dernier, enfin, celui d'avant.

Son cœur accéléra comme un sprinter aux Jeux olympiques, tandis qu'elle adoptait une expression vaguement intéressée.

— Figure-toi que je passais devant la librairie, à Montreuil, quand je t'ai vue.

— Tu m'as vue ? Moi ?

Elle espéra que sa mimique interloquée avait l'air naturelle.

— Oui, oui, je t'ai vue, toi.

Il coupa court à ses dénégations.

— Sauf que ce n'était pas toi, mais ta sœur, Justine ! C'est fou, vous vous ressemblez comme deux gouttes d'eau ! Elle dédicaçait son roman – et là je me suis souvenu que c'était la critique que tu lisais, dans *Elle*, l'autre jour. Du coup, je l'ai acheté. Tu l'as lu ?

Pinçant les lèvres, elle acquiesça.

— Tu as aimé ? demanda-t-il.

Elle grimaça en guise d'excuse.

— Oui, mais je ne suis pas certaine d'être objective…

Après avoir trempé ses lèvres dans son café, Marvel renonça et souffla sur la surface.

— Ce café est bouillant, encore ! Je ne comprends pas comment c'est possible. Pour en revenir à *La Belle*, je m'y attaque ce soir. Je suis curieux, je dois l'avouer.

Il fit une pause, avant de relever la tête vers elle.

— Et sinon, ça se passe comment, avec Kate ? On ne s'est pas vu depuis qu'elle est arrivée.

Il hésita, se concentra sur son café, remuant la tasse pour y créer un mouvement de houle qui fascina Juliette. C'était presque hypnotique, ce liquide qui tournait ainsi.

— Parce qu'elle peut parfois se montrer un peu… froide avec les gens qu'elle ne connaît pas, compléta-t-il.

Juliette parvint à n'émettre qu'un petit reniflement au lieu du rire sarcastique que cette déclaration méritait. Si ce n'était pas l'euphémisme du siècle, ça !

— Tu la connais bien ? demanda-t-elle en baissant la tête sur son café à son tour, désireuse d'éviter son regard.

Quand elle releva les yeux, il la fixait, le front plissé.

— Je crois que j'ai ma réponse, alors.

— Je note que je n'ai pas la mienne, fit-elle remarquer.

Il ouvrit les mains et en fixa la paume.

— Disons que ça faisait un bout de temps que je ne l'avais pas vue.

Ce n'était pas vraiment une réponse, mais c'était visiblement la seule qu'elle obtiendrait de sa part.

— Si tu veux mon avis, elle n'est pas très… ouverte ? Ou intéressée par les gens d'ici, l'équipe, je ne sais pas. Je me demande bien pourquoi elle est venue. Au siège, elle avait un poste plus prestigieux. Et sans remettre en question l'attrait d'un nouveau challenge, cela me semble un peu court pour motiver un déménagement. Surtout quand on voit qu'elle n'a pas vraiment l'air de vouloir s'intégrer…

Sébastien regardait son mug, sans mordre à l'hameçon. Elle tenta néanmoins de le relancer.

— D'un autre côté, comme elle a rejoint l'équipe de running, c'est peut-être juste une phase de transition. Le temps pour elle de s'habituer au pays, à l'entreprise… Qu'est-ce que tu en penses, toi ?

— C'est possible. Je ne sais pas. Ce n'est pas quelqu'un de facile à décrypter.

La moue de Juliette le fit rire, creusant sa satanée fossette.

— Sauf quand elle n'aime pas quelqu'un, d'accord. Dans ce cas-là, c'est comme un mammouth dans le couloir : difficile de ne pas le voir, ajouta-t-il avec une pointe d'ironie.

Ça, elle l'avait remarqué. Il testa la température de son café nouveau, puis but une gorgée, en fermant les yeux pour mieux le goûter. Le geste parut à Juliette curieusement intime, peut-être parce que le col de sa chemise n'était pas fermé, comme s'ils se préparaient à aller travailler après avoir passé la nuit ensemble. Ce cou nu, c'était un mélange de virilité et de vulnérabilité émouvant, dangereux. Son cœur rata un battement, tandis que son estomac se nouait. Intérieurement, elle se tança pour ses réactions exagérées. C'était un café, bon sang, pas un strip-tease !

Finissant la boisson en question, Marvel se leva.

— Si jamais il y a un problème… viens m'en parler, d'accord ? Je verrai avec Kate, ou je trouverai une solution.

En le regardant s'éloigner, elle se demanda comment il pouvait être aussi certain de son influence sur Kate.

Chapitre 25

Avant d'entrer dans le bar où il lui avait donné rendez-vous, du côté d'Opéra, elle se regarda dans les vitrines du magasin voisin, l'œil critique.

La robe noire qu'elle portait mettait en valeur ses formes, avec son décolleté en cœur. Elle ne l'avait mise qu'une fois auparavant, à cause de cet imbécile d'Arnaud. Elle y avait ajouté quelques bijoux, une paire d'escarpins à talons hauts et l'étole soyeuse que Judith lui avait offerte. La métamorphose était complète. Exit la terne Juliette, place à Justine !

Poussant la porte avec une assurance renouvelée, elle découvrit avec plaisir un endroit calme, aux lumières douces, dont la musique d'ambiance ne déchirait pas les tympans. Sébastien, vêtu comme à la librairie d'un jean et d'une chemise sous une veste, l'attendait à une table ronde entourée de fauteuils profonds. Elle retint son souffle en le voyant se lever pour l'accueillir, les yeux brillants sous l'éclairage tamisé, un sourire ravageur aux lèvres qui la troubla.

Elle se reprit. Elle était Justine, pas la cruche incapable de décrocher un mot sans rougir. Bon, même Justine avait des papillons dans l'estomac en sa présence. Lui, parfaitement détendu comme toujours, faisait montre de cette aisance naturelle que Juliette lui enviait. Heureusement, Justine n'était pas facilement gênée ! Ignorant les réactions immédiates qu'il suscitait au creux de son ventre, elle lui sourit en retour.

— Ça me fait plaisir que vous ayez pu venir, lui dit-il. Je craignais que vous ne vous défiliez.

Juliette fit la moue devant la lueur de malice dans son regard.

— J'aime le risque ! Il faut de temps en temps savoir se lancer sans avoir toutes les garanties. Ou alors, renoncer à vivre, ce qui serait infiniment triste, vous ne croyez pas ?

Il inclina la tête en signe de défaite.

— Vous avez raison. Et, pour ce que vaut ma parole, je ne suis pas un serial killer. Ceci établi, que voulez-vous boire ? Ils ont une carte des whiskies digne d'un pub écossais, mais il y a aussi une vraie gamme de cocktails.

La carte était presque aussi touffue, en effet, qu'un menu de restaurant chinois. Ayant repéré la jolie bouteille turquoise de Bombay Sapphire derrière le bar, elle hésita entre un Gin sling et un Gin mule, avec du gingembre et du citron vert : elle ne connaissait aucun des deux, mais les deux la tentaient beaucoup.

— Qu'est-ce que vous prenez, dites-moi ? J'hésite.

— Un whisky. Ils ont mon favori, un Islay. À chaque fois, je me dis que je vais en tester un autre, mais je l'apprécie trop pour gâcher une occasion d'en déguster !

Juliette réfléchit. Tant qu'à se lâcher… Qu'est-ce que c'était libérateur, de se dire que ce n'était pas vraiment elle, mais son alter ego ! Elle n'était pas tenue de respecter le carcan de règles, de contraintes et de prudence qui enserrait la timorée Juliette. Enfin, jusqu'à ce qu'elle lui dise qu'elle était Juliette, bien sûr. Sa sœur avait raison : elle ne pouvait pas le voir ainsi et lui mentir. Elle lui ferait ses aveux plus tard dans la soirée, après en avoir profité un peu : c'était tellement agréable de ne pas être elle-même ! Se sentant Justine jusqu'au bout des ongles, elle le regarda, la joie pétillant dans ses veines comme du champagne. Elle avait trouvé une solution à leur dilemme.

— C'est simple ! Je vais prendre mes deux cocktails, et vous deux whiskies différents. Comme ça on pourra comparer. Qu'en pensez-vous ?

Surpris, il releva la tête en riant.

— Ça, c'est une manière de choisir : ne pas choisir du tout !

Elle secoua la tête.

— Mais non, mon cher, ça s'appelle étendre ses horizons.

Une fois qu'ils eurent passé leur commande, il prit la parole.

— J'ai lu votre livre.

Juliette se raidit. Elle n'avait pas cru qu'il le lirait vraiment.

— Alors ? demanda-t-elle du ton le plus neutre possible.

— Eh bien… J'ai beaucoup aimé, à ma grande surprise. Je n'étais pas fan des contes de fées, mais je commence à les apprécier. D'autant plus que ce n'est pas vraiment la version de Disney.

Juliette se détendit un peu.

— Vous avez un vrai don pour écrire des scènes carrément torrides !

— Ah bon, vous trouvez ?

Réalisant un peu tard qu'elle avait l'air de chercher les compliments, elle compléta aussitôt sa pensée :

— En tant qu'homme, je veux dire. J'avais déjà eu ce retour, mais de la part de femmes uniquement.

Il réfléchit un instant.

— Je vous assure que pour un lecteur masculin, c'est tout à fait torride aussi. Et comme c'est décrit du point de vue de la femme, c'est intéressant, vu que par nature...

— Ce n'est pas ce que vous, vous connaissez, compléta-t-elle.

— Ceci étant, j'aurais tout de même une remarque.

La lueur amusée dans ses yeux rassura Juliette – cela n'avait pas l'air grave.

— Allez-y, dites-moi tout.

— Vous attribuez à votre héros une endurance épatante. Quelle santé ! D'autant plus que dans les contes, *a priori*, on peut écarter toute aide pharmaceutique.

Juliette éclata de rire.

— C'est l'intérêt de la fiction... on peut prendre quelques libertés avec la réalité stricte. Ou avec tout réalisme, d'ailleurs, tant que c'est cohérent.

Le serveur qui apportait leurs verres les interrompit, et ils jouèrent à pile ou face celui qu'ils goûteraient en premier. Elle tira le Gin sling, qui s'avéra excellent, tandis que Sébastien devait commencer par l'Oban.

— Mais c'est un vrai saut dans l'inconnu que je dois faire là, plaisanta-t-il. Si jamais ce n'est pas bon ?

Elle leva un sourcil, le regard moqueur.

— 50 % de risque pour vous et 100 % pour moi... et vous vous plaignez ?

Il éclata de rire puis goûta son Oban sans se faire prier.

— Pas mauvais. Pas mauvais du tout, même.

Il en reprit une gorgée, avant de se pencher vers elle.

— Vous ne m'avez pas dit… ça fait longtemps que vous écrivez ?

— Mmm. J'avais écrit pour les ados, auparavant, mais sans être publiée.

— Et vous avez toujours écrit ?

Juliette n'eut pas à réfléchir longtemps – on lui avait posé les mêmes questions à chaque interview, ou presque, elle était rodée désormais.

— Plus ou moins. J'ai commencé plusieurs romans, quand j'avais une vingtaine d'années, sans être capable d'en finir un. Je pense que je manquais de maturité, et de persévérance surtout. C'est très laborieux, d'écrire, en fait… Soit la muse de l'écrivain est un mythe, soit elle a décidé que je ne la méritais pas. Moi, j'ai un ordinateur, et il faut que je trouve des mots à aligner à l'écran pour former des phrases qui, peut-être, formeront une histoire. Après, ce ne sont pas forcément les bons mots, alors il faut les reprendre. C'est un peu comme de la construction, je trouve. Il faut chercher les mots qui s'emboîteront au mieux dans la charpente, supprimer ceux qui alourdissent sans rien apporter, et espérer que ceux qui restent sont assez costauds pour supporter le tout sans s'effondrer. Pas très flamboyant, donc.

Il avait l'air sincèrement intéressé par ce qu'elle disait. À moins que ce soit de la simple politesse…

— Mais je ne veux pas vous ennuyer, désolée ! Quand je parle d'écriture, j'ai tendance à me laisser emporter et à ne plus savoir quand m'arrêter.

— Non, non, c'est passionnant, au contraire. Et plus impressionnant que le mythe de l'écrivain emporté par l'inspiration, qui suppose qu'écrire est un acte passif dont vous n'êtes pas responsable. Quand vous dites que c'est à vous de trouver les mots, les uns après les autres, pour faire des phrases, les assembler… on comprend mieux que c'est du travail. Un énorme travail, même ! Et le mérite vous en revient, et pas à une quelconque muse.

Il avait apparemment réfléchi à la question.

— Merci, dit-elle.

— De rien. Pourquoi me remerciez-vous ?

— De prendre ça au sérieux. Le plus souvent, cela n'intéresse pas les gens.

— Ah bon ?

Son étonnement n'était pas feint. Il haussa les épaules.

— Je n'ai pas grand mérite. J'aime bien comprendre comment les choses sont faites, les mécanismes… qu'il s'agisse de créer ou d'autre chose. En plus, je trouve votre discours plutôt rassurant.

Voyant qu'elle ne comprenait pas, il s'expliqua, un peu gêné :

— Vous ne trouvez pas que le côté écrivain illuminé, c'est un peu effrayant ? Je préfère vous imaginer en train de réfléchir devant votre ordinateur, normalement, plutôt que comme une sorte de spirite visitée par l'Esprit de l'Écriture !

Les majuscules étaient presque palpables dans sa bouche.

— Et donc, vous avez prévu d'en écrire un autre, ou vous êtes trop prise par la promo de celui-là pour y penser ?

Elle rougit un peu, en se félicitant que la lumière tamisée dissimule sa réaction.

— En fait, je suis déjà en train d'en écrire un autre. Un autre conte. *Blanche-Neige*, ajouta-t-elle en voyant son regard interrogateur.

Un lent sourire apparut sur son visage.

— Ah, oui. Effectivement, ça peut faire quelque chose d'assez hot, remarqua-t-il, appréciateur. Mais comment allez-vous faire pour les nains ? Pas très sexy, non ? Surtout Grincheux, ajouta-t-il en riant franchement.

— À qui le dites-vous ! Je pense avoir contourné la difficulté, je ne vous dirai pas comment, ajouta-t-elle. Je vous laisserai le découvrir tout seul.

— J'ai hâte, avoua-t-il. Si on m'avait dit, il y a un mois, que j'attendrais avec impatience la parution d'un conte de fées, je n'y aurais pas cru ! Vous avez un autre job, ou vous ne faites qu'écrire ?

Sans attendre sa réponse, il secoua la tête.

— Ma question est idiote. Si c'est votre premier roman publié, et même s'il semble avoir du succès, vous devez avoir une autre source de revenus.

Juliette hocha la tête.

— L'écriture est mon hobby. Je travaille dans les ressources humaines…

Elle hésita. C'était l'opportunité parfaite de lui avouer que c'était elle, Juliette ! Ceci étant, elle ne le sentait pas, pas encore. C'était trop tôt. Elle termina sa phrase le plus naturellement du monde.

— Exactement comme Juliette, conclut-elle. Il faut bien vivre, n'est-ce pas ! Et vous, alors ? Comment ça se passe chez Hervouët ? J'ai cru comprendre que cela ne faisait pas longtemps que vous y travailliez.

— On dirait que vous vous êtes renseignée, la taquina-t-il.

— On n'est jamais trop prudent. Il fallait bien que je m'assure que vous n'étiez pas un dangereux criminel spécialisé dans le détournement d'écrivains !

— Qu'est-ce qui vous dit que ce n'est pas le cas ? Je pourrais être le docteur Jekyll de la logistique le jour, et le mister Hyde de la littérature érotique la nuit !

Juliette prit un air faussement résigné.

— Je prends le risque… mais vous n'avez pas répondu à ma question.

— Oh, ce n'est pas très intéressant, dit-il. Même si j'aime beaucoup travailler avec votre sœur. Sous ses airs très *comme il faut*, elle est redoutable.

Juliette n'eut pas à feindre la surprise : elle l'était vraiment.

— Redoutable ? Juliette ?

Il hocha la tête.

— Je ne vais rien vous apprendre. Derrière une façade adorablement sereine, elle est à la fois maligne, retorse et hyper efficace. C'est impressionnant ! Mais on ne va pas parler de Juliette alors que vous êtes là, n'est-ce pas ?

Elle tiqua, mais n'en laissa rien paraître. Décidément… Allez, elle se lançait. Il fallait qu'elle lui dise. Rassemblant son courage, elle ouvrit la bouche mais il se détourna pour faire signe au serveur au même moment.

Elle le regarda, admirant le tableau qu'il formait à la lumière douce des appliques. Il était beau à se damner, avec ses pommettes larges et sa mâchoire dessinée sous la barbe naissante. À part son front, droit sous les boucles brunes, son visage n'était que creux et reliefs, le nez fort, la bouche sensuelle. Il ne pourrait jamais être le prince charmant de Blanche-Neige, il n'était pas assez lisse. Le rôle du chasseur pourrait lui convenir, ou un personnage de capitaine corsaire. Il avait l'allure désinvolte, un peu voyou, de ceux qui savent prendre des libertés avec la loi sans pour autant la mépriser totalement. Comme il la regardait avec amusement, elle réalisa qu'elle avait été prise en flagrant délit de contemplation.

— À quoi pensiez-vous ? lui demanda-t-il alors qu'elle se mordait la lèvre en rougissant.

— Je me demandais quel personnage vous incarneriez dans une histoire, en fait.

— Et ?

Après une hésitation, elle lui fit part de ses réflexions.

— Pas le prince charmant ? Mon cœur se brise, plaisanta-t-il. Un vieux rêve s'effondre. Ceci étant, le corsaire me convient bien. Savoir quand respecter les règles ou non, c'est exactement mon job au quotidien.

— Ah oui ? Pour tout vous dire, j'avais une conception un peu moins romantique d'un directeur des opérations.

— Mais si, je vous assure. Il faut savoir passer en force pour obtenir le matériel nécessaire en ignorant les diktats financiers, ruser pour assurer le service impossible vendu par ces imbéciles de commerciaux, et puis parfois contourner les règles un chouïa rigides des ressources humaines…

Une étincelle de malice brillait dans ses yeux sombres, et avec ses dents blanches luisant à la lumière des appliques, on aurait dit un beau diable. Juliette secoua la tête.

— Je m'avoue vaincue, lui dit-elle. Je ne verrai plus jamais ce boulot du même œil ! Quoique… je m'en doutais un peu, à vrai dire.

Une lueur passa dans le regard de l'homme, que Juliette ne parvint pas à identifier. Ils finirent en silence leur second verre.

— Je connais un excellent restaurant italien, à côté, dit-il au bout d'un moment. Est-ce que vous voulez rentrer maintenant, ou est-ce que je peux vous tenter avec des pâtes aux truffes ou un risotto aux fruits de mer ?

Elle accepta sa proposition, même si ce n'étaient pas vraiment les pâtes qui la tentaient. Ainsi, elle aurait tout le repas pour lui avouer son identité.

Chapitre 26

Le restaurant était situé dans une des rues qui se croisaient derrière l'Opéra. Ils y furent accueillis par un parfum délicieux d'osso bucco, de basilic et de romarin, qui les accompagna jusqu'à un patio couvert d'une verrière. Sur le sol pavé, inégal, des palmiers et autres plantes en pots séparaient de petites tables d'extérieur en métal peint, avec leurs chaises assorties. Des plantes et des céramiques ornaient également les étagères aux murs terra cotta, comme dans les villas toscanes. C'était ravissant, une petite oasis de calme dans l'agitation parisienne. À peine s'étaient-ils assis que l'estomac de Juliette gronda bruyamment, la faisant rougir.

Sébastien lui jeta un coup d'œil amusé.

— Votre estomac dit tout haut ce que le mien crie tout bas, commenta-t-il. D'ailleurs… peut-être peut-on se tutoyer, si nos estomacs en sont à communiquer ?

Un peu rouge, elle plongea le nez dans son menu pour cacher son embarras.

— Mmm, ça me va, assura-t-elle, à l'abri derrière son paravent improvisé.

Après tout, ils se tutoyaient déjà au bureau, même s'il ne le savait pas.

— Sûre ? Tu es toujours là ?

L'amusement perceptible dans sa voix finit par la faire craquer et poser la carte. Elle en fut récompensée aussitôt par le sourire qu'il lui adressa.

— C'est mieux. Je commençais à maudire cette carte, plaisanta-t-il. Je dîne avec une femme superbe, et tout ce que je vois, c'est un bout de carton !

Après avoir commandé tous les deux un risotto, ils se regardèrent un instant en silence. L'envie féroce qu'elle avait de lui coupait toutes ses capacités à converser, la laissant désarmée. Elle ne savait que dire, incapable de faire autre chose que de le regarder dans les yeux. Il finit par mettre un terme à ce moment irréel en se raclant la gorge.

— Cela fait très longtemps que je ne me suis pas trouvé sans mots devant une femme... Tu n'es décidément pas ordinaire, Juliette – pardon, Justine.

La sincérité vibrait dans sa voix, moins assurée qu'elle ne l'était d'habitude. Elle retint son impulsion naturelle, qui consistait à balayer les compliments, pour concentrer son attention sur Sébastien.

— C'était quand, la dernière fois ? Tu t'en souviens ?

— Je crois que ça m'est arrivé deux fois... non, trois, sans compter ce soir. La première, c'était avec ma petite amie quand j'étais étudiant. On était à la bibliothèque, l'un en face de l'autre... et on se regardait, au lieu de bosser nos examens.

Il grimaça.

— Elle m'a largué quand je suis parti aux États-Unis, elle ne voulait pas d'une relation à distance.

— Et la deuxième ?

Il joua un instant avec son verre à pied avant de répondre.

— La deuxième fois, c'était avec ma femme. Enfin, mon ex-femme, maintenant. On s'est rencontré à New York, chez des amis. On était assis sur un banc, dans Central Park… et là, plus moyen de trouver mes mots. J'avais la tête vide.

Juliette but un peu de la San Pellegrino que le serveur leur avait apportée.

— Qu'est-ce qui s'est passé ? Tu veux en parler ?

Il haussa les épaules.

— Pas spécialement. On s'est séparés au bout de sept ans, assez classiquement. Elle est remariée, elle vit à Scarsdale, dans l'État de New York… on s'envoie nos vœux en début d'année, voilà.

Le serveur ayant apporté leurs plats, ils se concentrèrent quelques minutes sur les délices crémeux et parfumés qui garnissaient leurs assiettes.

— Mmm, fit Juliette en goûtant l'explosion de saveurs délicates sur ses papilles, avant de rougir : Sébastien la regardait comme si c'était elle qui était au menu, les yeux assombris.

Elle reposa sa fourchette : elle voulait prendre son temps pour savourer ce chef-d'œuvre gourmand.

— Et la troisième, alors ? interrogea-t-elle.

Sébastien, qui finissait sa bouchée de risotto, but un peu d'eau avant de répondre.

— Au-dessus d'un café à la cannelle, dans un Starbucks. C'est le nouveau romantisme, ajouta-t-il, l'enseigne le fournit avec les douze différentes variétés de café et de « toppings ». Tu as le lait demi-écrémé, écrémé, le lait de soja, le lait d'avoine… et le regard muet mort d'amour, avant le parfum citrouille.

— Citrouille ?

— *Pumpkin Spice*, si tu veux tout savoir !

Juliette grimaça, avant de reprendre une bouchée de risotto en fermant les yeux pour mieux la goûter. Quand elle les rouvrit, Sébastien la contemplait, fasciné.

— Et alors ? Qu'est-ce qui s'est passé avec la fille au café ?

— En fait, je crois qu'elle avait pris un latte à la cannelle, dit-il en faisant mine de réfléchir.

Redevenant sérieux, il haussa les épaules de nouveau.

— Elle voulait faire carrière, pas s'installer. *The end.* Enfin…

— Quoi, enfin ?

Juliette était déstabilisée : ce n'était pas fini, avec la fille au latte ? Il lui prit la main sur la table et se pencha pour y poser ses lèvres. Prise au dépourvu, elle écarquilla les yeux, ce qui le fit sourire. Il croisa son regard tout en gardant sa main dans la sienne.

— Enfin, c'est la fin de cette histoire-là. Et la fin d'une histoire, ça permet le début d'une autre…

Il lui caressa la main et sous la table, une cheville se pressa contre la sienne. Elle aurait pu se dégager, bien sûr. Elle n'en avait juste pas envie.

Ils terminèrent le repas, liés par ce contact discret, à parler de leurs parents et de la vieillesse, de son mariage à elle, de sa crédulité. C'était une preuve de droiture, selon lui : être crédule, c'était appliquer aux autres son honnêteté personnelle, sans imaginer qu'ils puissent mentir. Sur le principe, elle était d'accord. En l'occurrence, en revanche… c'était une autre question. Comment pouvait-elle être honnête, quand elle lui cachait qui elle était ? Mais le moment était précieux, d'une grande douceur… elle ne voulait pas le gâcher. Ils firent traîner le repas jusqu'au second café, répugnant à se quitter.

Il était minuit quand il la raccompagna à la station de taxis de l'Opéra. Ils marchaient presque enlacés mais pas tout à fait, se frôlant à chaque pas, la main de l'homme posée dans son dos comme une brûlure. Lorsqu'ils se séparèrent, il l'embrassa sur la joue, près de l'oreille, dans un souffle chaud qui la fit frissonner, et puis une seconde fois au coin des lèvres, avant de s'éloigner.

Son téléphone vibra alors qu'elle allait se coucher ; c'était un texto :

J'ai passé une soirée merveilleuse. J'espère que toi aussi, et que nous pourrons renouveler l'expérience rapidement…

Chapitre 27

L'énormité de la mascarade dans laquelle elle s'était engagée frappa Juliette de plein fouet le lundi matin, lorsque Sébastien passa lui dire bonjour dans son bureau.

— J'ai dîné avec ta sœur, samedi, annonça-t-il en lui tendant un café, mais tu es sans doute déjà au courant.

Juliette acquiesça, le cœur battant la chamade depuis qu'il était apparu dans l'embrasure de la porte. Comment allait-elle faire pour ne pas se trahir ? Pourquoi diable ne lui avait-elle pas tout avoué au restaurant ? Elle s'embrasa au souvenir de la chaleur de son souffle près de son oreille, et du frôlement complice de leurs chevilles. Ses joues s'empourpraient, elle le sentait. C'était une catastrophe !

— Ceci étant, nous ne nous disons pas tout, ajouta-t-elle comme pour le rassurer.

Il ne releva pas.

— Si elle t'a parlé, j'espère qu'elle a apprécié sa soirée. Parce que moi oui, beaucoup !

Il s'assit à la chaise devant le bureau, décontracté – et Juliette faillit lui demander de partir au prétexte d'un rendez-vous. Elle s'en abstint : ils partageaient la même assistante, il lui était facile de voir qu'elle n'avait rien de prévu.

Le problème, c'est qu'elle n'avait pas envie de lui mentir davantage, en demandant des détails sur leur soirée, par exemple.

— C'est drôle, parce qu'en parlant à ta sœur, continua-t-il sur sa lancée, parfois, j'avais l'impression de discuter avec toi. Vous vous ressemblez beaucoup, même si elle est moins secrète que toi ! Moins réservée, aussi. Évidemment, ce n'est pas difficile…

Juliette rougit de plus belle, en maudissant les néons du bureau et leur éclairage impitoyable. Pas de lumière tamisée pour dissimuler sa rougeur, ici… C'était rageant : il lui tendait une perche en or, mais elle ne pouvait pas la prendre, ils étaient au bureau ! Sans prêter attention à son silence, ou en l'attribuant justement à sa réserve, Sébastien enchaîna :

— Franchement, qu'elle écrive comme ça… je suis scotché. Tu as déjà essayé, toi ?

Voyant sa mine horrifiée, il fit marche arrière.

— Enfin, pas comme ta sœur, enfin… je veux dire... pas la même chose, évidemment…

Elle se mordit la lèvre pour retenir un rire nerveux. Maintenant il la prenait pour une sainte-nitouche ! Elle ! Alors que c'était juste l'idée qu'il puisse l'associer à l'écriture qui lui donnait froid dans le dos. Le pauvre en était tout confus.

Se levant, il toussota vaguement.

— Bon, tu saurais à qui John doit s'adresser pour organiser un séminaire pour les managers ? Et qui doit faire la liste des participants ? C'était pour ça que je venais te voir, au départ, alors ce serait mieux si je repartais avec une réponse…

Juliette l'ayant orienté vers la chargée de communication il s'en fut, sans même avoir fini son café. Elle l'avait fait fuir, se dit-elle avec un léger remords. D'un autre côté, maintenant, elle pouvait respirer… jusqu'au comité de direction de l'après-midi !

Chapitre 28

Le hasard fait parfois mal les choses, soupira-t-elle intérieurement dans la salle où ils étaient réunis, quelques heures plus tard.

La chargée de communication faisait partie des collaboratrices qui dépendaient du directeur commercial et devaient être rattachées à Kate. Venu la voir pour son séminaire, John était tombé pile sur une prise de bec entre les deux directeurs… et le point du transfert des collaborateurs s'était ajouté à l'ordre du jour.

— Les équipes ont déjà beaucoup de travail, déclara le commercial, qui se contrôlait, à en croire son visage crispé. On s'est mis d'accord sur un transfert progressif à partir de septembre…

Kate – encore assise à côté de Sébastien – le coupa avec son arrogance habituelle.

— On ne peut pas attendre si longtemps ! En plus, pour ce qu'elles ont à faire…

Son ton méprisant, c'était le chiffon rouge devant un taureau déjà contrarié. Une veine apparut sur la tempe d'Éric, dont le visage tourna au pourpre sous son bronzage.

— Tu ne peux pas simplement aller voir les gens et leur distribuer du travail comme ça ! Ce n'est pas ce qu'on avait décidé !

Il martelait ses mots, sans crier, ce qui devait représenter un sacré effort. Ceci étant, c'était à John de mettre le holà, normalement. Mais il avait l'air de se désintéresser du sujet, et elle comprit subitement qu'il n'allait pas intervenir, ni désavouer Kate… au risque de désorganiser complètement les équipes concernées. Quant aux membres du comité de direction, déjà méfiants, ils n'auraient plus aucune confiance dans sa parole.

Kate était sur le point de répondre à Éric quand Juliette se leva et fit quelques pas dans la salle.

— Si je puis me permettre… John ?

Surpris, l'Américain lui fit signe de continuer.

— Kate, nous nous sommes mis d'accord, avec John et Éric, sur une date de transfert des équipes commerciales, n'est-ce pas ?

La brune la fusilla du regard.

— Oui, mais ce…

Juliette l'interrompit, tout en avançant à l'intérieur du U formé par les tables de réunion.

— Ce transfert progressif a été décidé pour tenir compte des projets en cours et ne pas surcharger les collaborateurs, nous sommes d'accord ?

— Oui, ceci…

Parvenue juste à côté d'elle, Juliette la coupa de nouveau, et s'appuya sur la table devant la marketeuse, en lui tournant le dos pour regarder le reste de la salle.

— Éric, y a-t-il eu des modifications dans la charge de travail des services ?

Le commercial secoua la tête.

— Donc aller les voir pour leur donner du travail en plus dès aujourd'hui mettrait en péril les projets du département ? Comme la campagne auprès des grands comptes que John a demandé de lancer ? Celle qui doit permettre d'atteindre le chiffre d'affaires exigé par le siège ?

Il opina vivement du chef – on aurait dit Oui-Oui, il ne lui manquait que le bonnet à grelots. John fronça les sourcils. Bien.

À moitié cachée à la vue des participants par Juliette, Kate tenta de reprendre la main.

— Oui mais…

C'était le moment de conclure.

— En tant que responsable des ressources humaines de l'entreprise, je ne peux que m'opposer, très fermement, à cette manière de faire. S'il y a un problème précis à traiter, on peut organiser une réunion avec Éric pour trouver une solution, et la faire valider par John. Mais en tant que directeurs, nous devons montrer l'exemple et faire passer l'intérêt de l'entreprise avant celui de notre département ! En ne respectant pas nos propres décisions, nous montrons aux collaborateurs que nous ne sommes ni fiables, ni responsables.

John, que Kate appelait à l'aide du regard, se préparait à intervenir.

— Encore un mot, John, si c'est possible. J'ai commencé par l'exemplarité et les valeurs, parce qu'il me semble que dans le fond, c'est le plus important quand on manage des équipes. Mais je rappelle à tout le monde que nous avons présenté la nouvelle organisation, le transfert et les différentes échéances aux partenaires sociaux. Ne pas les respecter, c'est prendre le risque légal réel de bloquer la réorganisation. Sans parler du risque de poursuites, bien sûr.

John croisa les bras tandis que Juliette regagnait sa place.

— Merci beaucoup, Juliette, pour cet éclairage. Bien entendu, nous n'allons prendre aucun risque, affirma-t-il, les yeux fixés sur Kate, qui avait l'air d'avoir mordu dans un citron. Nous restons sur les échéances définies ensemble. Kate, ajouta-t-il, bienveillant, je comprends ton impatience et ton envie d'avancer, et d'avoir des résultats, mais je crois que Juliette a raison : nous ne pouvons pas nous permettre de brusquer les choses. Nous risquerions d'aboutir au résultat contraire ! Je voudrais maintenant aborder le point suivant…

Elle devrait peut-être penser à changer de place, dans la salle de réunion, la prochaine fois. Elle n'était pas mécontente, mais le regard de Kate, en face d'elle, s'était fait encore plus glacial, tranchant au point que Juliette en sentait presque l'impact sur sa peau. Sébastien, à côté, affichait une neutralité qui aurait été parfaite sans la lueur amusée qu'elle avait appris à déceler dans ses yeux. Ne la quittant pas du regard, Kate se pencha vers Sébastien pour lui chuchoter quelque chose… et la bonne humeur de Juliette s'évapora.

Chapitre 29

Des sensations délicieuses tirèrent Blanche-Neige du sommeil profond dans lequel elle était plongée. Encore assommée, elle n'ouvrit pas les yeux tout de suite, savourant les caresses qui, semblait-il, éveillaient toutes les parties de son corps à la fois. Mmm... Quelque chose de chaud et d'humide parcourait ses seins, envoyant des étincelles de chaleur jusque dans son ventre. La pression sur ses seins s'accentua, se concentrant sur leurs pointes dressées, comme prises dans des pinces juste assez serrées pour infliger une exquise brûlure, tout en picotant un peu, à côté. Dans un geste instinctif, elle arqua le torse, cherchant à prolonger ce délice, tout en écartant les jambes. Une image du chasseur flotta devant ses paupières. Dieu, que ç'avait été bon ! Il lui avait fait découvrir un plaisir qu'elle n'imaginait pas, avec une douceur inattendue de la part d'un homme aussi rude en apparence. Bien sûr, il avait aussi fait preuve de la brutalité nécessaire, s'appropriant son corps sans hésitation aucune, la comblant au-delà de toute mesure. Elle sentait encore la morsure sur ses seins et gémit, serrant les jambes pour tenter de soulager ce besoin qui la saisissait. Elle devait rêver, se dit-elle : les caresses remontaient le long de ses jambes, dessinant une traînée de feu sur la peau fine de l'intérieur de ses cuisses. Oh oui ! Elle ouvrit les paupières. Elle ne rêvait pas… le petit lit dans lequel elle s'était assoupie était entouré de jeunes gens, petits, qui se figèrent en voyant ses yeux ouverts.

— Elle est réveillée ! Elle est réveillée !

La phrase courut de l'un à l'autre, de barbe rousse en barbe blonde, jusqu'à un imberbe à l'air tout jeunot, qui passa l'information à la barbe brune à côté de lui. Tous ceux qui se tenaient debout se penchèrent vers elle, tandis que les deux qui avaient posé leur bouche sur elle se redressaient, souriants. Sept paires d'yeux brillants, les uns clairs, les autres sombres, la fixèrent, dans l'expectative.

— Bonjour, mademoiselle, dit la barbe rousse. Qui êtes-vous, et que faites-vous là ?

Derrière l'ordinateur, quelque chose faisait du bruit. Son téléphone, bien sûr. Elle l'avait mis sur vibreur pour ne pas être dérangée, mais cela faisait déjà trois heures qu'elle écrivait : une pause serait la bienvenue.

— Hello Sis' ! Comment vas-tu ?

— Ça va. Je batifole gaiement avec les nains.

— Attends, quoi ? Je n'ai pas dû bien comprendre ce que tu disais.

— Je batifole avec les nains, répéta Juliette. Gaiement. Guillerettement, si tu préfères.

Elle était ravie d'avoir réussi à semer la confusion dans l'esprit de sa sœur. Affectant d'être inquiète, elle insista, la voix dégoulinant de sympathie :

— Ça va, tu es toujours là ?

— Oh, tu m'énerves, je viens de comprendre… Tu es en plein dans *Blanche-Neige*, c'est ça ?

— Gagné !

— Mais comment vas-tu faire ? Parce que, honnêtement, il y a plus sexy… J'ai du mal à imaginer une scène érotique avec Prof, Simplet ou Grincheux !

— D'abord, il va falloir que tu te débarrasses de la référence à Disney. Pas de bonnet de schtroumpf, pas de gros nez, pas de barbe grise. À la place… imagine un mélange de la troupe de stripteaseurs de *Magic Mike* et de Tyrion Lannister dans *Game of Thrones*. Intelligents, musclés et sexy. Avec quand même quelques barbes, pour diversifier un peu. Et en plus, ils sont sept ! Ta da !

— Là, tu m'épates. Maintenant j'ai hâte de lire la scène, alors qu'au départ… disons que j'étais moins enthousiaste.

— Yes ! Pfouh, souffla Juliette. Tu n'imagines pas comme ça me fait plaisir – je n'étais pas sûre que ça marche.

— Et dans la vraie vie ? Parce que je suis ravie de te servir de lectrice test, mais ce n'était pas pour ça que j'appelais. Je venais aux nouvelles : comment ça s'est passé avec le beau Marvel ? Comment a-t-il pris la révélation de ta double identité ?

— Ah. Oui, c'est vrai. Je ne m'attendais pas à ton appel, d'ailleurs, je pensais que tu étais… en Inde ou au Népal, je ne me souviens plus. Tu m'avais parlé du Tibet, non ?

— Juliette…

La voix de Judith avait pris un ton réprobateur, on aurait cru leur mère. Juliette soupira. La Judith adulte se montrait beaucoup plus difficile à berner que la Judith de dix ans.

— Okay, okay… je ne lui ai pas dit.

— Non !

— Ben si. J'ai voulu lui dire, et puis ce n'était pas le moment… et puis voilà. Mais j'ai passé une excellente soirée…

— J'en suis ravie pour toi, mais ce n'est pas le problème ! Enfin, Lili ! Vous bossez ensemble ! Il a tout de même le droit de savoir que c'est à sa collègue DRH qu'il a fait ses confidences ! Tu imagines ? Mets-toi à sa place !

Juliette tiqua. Elle aurait bien simulé une coupure de réseau, mais Judith rappellerait sur la ligne fixe. Elle n'avait pas d'échappatoire possible.

— Je sais, je sais, c'est ça le pire. Je n'aimerais pas du tout qu'on me fasse ce coup-là. On devrait se voir bientôt, enfin je l'espère. J'en profiterai pour tout lui avouer et battre ma coulpe. Avec un peu de chance, il ne m'en voudra pas trop.

— Plus tôt tu lui diras, mieux ça se passera… Après, tu fais comme tu veux, je ne suis pas ton directeur de conscience, non plus.

— Pourtant tu fais ça très bien ! remarqua Juliette, pince-sans-rire.

— Et j'étais en Inde, patate. Révise un peu ta géographie !

— Arrête, ou je te parle des programmes d'Arthur… et on verra bien qui pleure.

Juliette soupira en raccrochant. Là, le thé ne suffirait pas. Il lui fallait du chocolat, aussi !

Chapitre 30

Lorsque Sébastien la recontacta – enfin, recontacta Justine – pour l'inviter à dîner, elle se décida : elle lui dirait tout, cette fois. Plus elle prolongeait la comédie de la sœur jumelle, plus elle avait de chances de tout faire foirer. Et puis, elle pouvait expliquer pourquoi elle avait menti au début – elle ne le connaissait pas encore assez bien pour lui faire confiance. Mais justifier qu'elle ait continué ? Non, Judith avait mille fois raison. Il fallait tout lui dire.

Ils avaient rendez-vous à Montreuil, devant la librairie, ce qui la laissait perplexe : le coin n'était pas connu pour ses bars et restaurants, qu'avait-il en tête ? Il n'avait pas voulu lui en dire plus, dans leur échange de messages, piquant sa curiosité. Lorsqu'elle arriva, il l'attendait devant la vitrine, en chemise de lin blanche et jean. Il n'avait pas passé de veste, cette fois, seule concession à la chaleur étouffante qui venait de s'abattre sur la région parisienne. Qu'est-ce qu'il était sexy, comme ça… D'un autre côté, il l'aurait été tout autant dans un sac-poubelle, se raisonna-t-elle, tentant de calmer les battements frénétiques de son cœur. Elle-même avait adopté une tenue entièrement noire, avec un haut et un pantalon en lin sur des sandales qui faisaient partie de ses nouvelles acquisitions vestimentaires. Elle se sentait l'air d'une Italienne, comme ça, une Vénitienne, peut-être, avec ses cheveux roux. Elle s'était relevé les cheveux en chignon à cause de la chaleur, les maintenant par des piques dorées assorties à ses bracelets et ses grosses boucles d'oreilles.

— Tu es magnifique, la complimenta-t-il, en portant la main de Juliette à ses lèvres. Et ponctuelle, en plus. Viens, je t'emmène. C'est à deux pas, mais c'est plus simple d'y aller en voiture. À moins que tu ne me soupçonnes toujours d'être un serial killer ?

— Si c'est le cas, alors tant pis, dit Juliette en riant. Il fait trop chaud pour marcher, la chaleur me tuerait de toute façon !

Sébastien manœuvrait avec aisance dans le dédale des petites rues pentues de Montreuil, empruntant un chemin que compliquaient des sens interdits anarchiques.

— Si tu voulais me perdre, c'est gagné, plaisanta Juliette. J'ai l'impression que cela fait trois fois qu'on passe au même endroit !

— Nous y sommes presque, la rassura-t-il. Et voilà !

Ils s'engagèrent dans ce qui ressemblait de loin à une entrée de parking. Juliette ouvrit de grands yeux. C'était bien un parking, les quelques voitures déjà garées en attestaient, mais un rideau de grands arbres sombres remplaçait l'immeuble attendu.

— Mais… c'est un bois ?

— Presque, s'amusa Sébastien en descendant de voiture avant de lui ouvrir sa porte.

Il lui prit la main pour l'aider à descendre et la garda.

— J'adore cet endroit, reprit-il en l'entraînant vers un sentier entre les arbres. Je craignais que tu ne le connaisses déjà, pour tout te dire.

Elle ne risquait pas. Arnaud et elle ne sortaient que rarement. Remisant sa rancœur passée dans le coin le plus poussiéreux de son cerveau, Juliette se concentra sur l'instant présent. Le chemin qu'ils empruntaient, sombre et silencieux, sinuait sous de hauts pins touffus avant de s'éclaircir. Sur leur gauche apparut un jardin d'herbes aromatiques bordé de clapiers, et puis le sentier déboucha sur une terrasse entourée d'érables, au fond de laquelle se dressait le bâtiment bas du restaurant. Sur un plancher de teck, des tables étaient dressées, nappées de blanc et protégées par de grands parasols ivoire, tandis que des rosiers grimpant sur des treillages ajoutaient leur touche de couleur au tableau. Le lieu était d'autant plus charmant qu'il était inattendu, comme un secret caché au cœur de la ville. Conquise, Juliette en tomba aussitôt amoureuse.

Le garçon s'approchant pour les accueillir, Sébastien se retourna vers Juliette.

— J'ai réservé en terrasse, mais si tu préfères, l'intérieur est climatisé.

Elle secoua la tête. La climatisation ne valait pas de renoncer à ce cadre magique.

— Tu vas voir, on mange très bien, ici.

Le serveur les installa, puis revint aussitôt avec la bouteille d'eau pétillante qu'ils avaient demandée – la chaleur était encore caniculaire, pesant sur leurs épaules comme une couverture plombée. Juliette se plongea dans l'étude de la carte, dont la plupart des plats lui mettaient l'eau à la bouche, malgré la température ambiante.

Une fois qu'ils eurent commandé, Sébastien, hésitant, finit par lui demander ce qui avait motivé son divorce. Il avait l'air si gentil, en lui posant la question, que Juliette se trouva à lui raconter les « séminaires » d'Arnaud, qui avaient fini par entraîner leur séparation.

— Comme je te le disais la dernière fois, j'étais crédule, et naïve, commenta-t-elle. Je ne m'étais rendu compte de rien. J'imagine que notre mariage n'aurait pas duré très longtemps, même si je n'étais pas tombée sur des messages très « imagés » de Stéphanie sur son téléphone. Mais, je ne sais pas… notre fils n'avait pas dix ans, je n'imaginais pas qu'Arnaud puisse avoir envie d'autre chose.

— C'est un imbécile, déclara Sébastien en lui prenant la main et la serrant doucement. Aller voir ailleurs quand on a une femme comme toi à la maison, franchement, je ne vois pas d'autre explication !

Juliette allait nier et défendre Arnaud, quand elle se ravisa. Elle était Justine, après tout, pour encore quelques instants. Elle le remercia d'un sourire.

— Cette pensée m'a effleurée, et plus d'une fois, je l'avoue. Et je suis arrivée à la même conclusion que toi : c'est un imbécile ! Bon, nous nous sommes aussi mariés trop jeunes. J'ai eu Arthur à vingt-deux ans – et on change beaucoup, entre vingt et trente ans. Si nous avions attendu un peu, sans doute ne nous serions-nous pas mariés. Mais je ne le regrette pas, ne serait-ce que pour mon fils.

Comme Sébastien hochait la tête, Juliette nota la tristesse dans son regard.

— Et toi ? dit-elle, que s'est-il passé pour que tu divorces ?

En face d'elle, Sébastien avait baissé la tête et jouait machinalement avec sa serviette sur la table. Il releva les yeux, mais sans la voir vraiment, reparti dans son passé.

— Je suis stérile, déclara-t-il. Nous l'avons découvert alors que nous essayions d'avoir un enfant, en vain. Nous étions mariés depuis quatre ans : notre couple n'y a pas résisté. Je lui ai proposé d'adopter, ou de tenter une insémination avec donneur – aux États-Unis tu peux choisir les caractéristiques que tu cherches – mais elle ne voulait pas. Ce n'était pas sa famille rêvée. On a divorcé rapidement. Elle a eu deux enfants, après. Un garçon et une fille, comme elle le souhaitait.

— Je suis désolée, dit Juliette. Ça a dû être difficile à vivre.

— J'ai fini par m'y faire. C'est à ce moment-là que je me suis dit que je pourrais peut-être rentrer en France... et puis j'ai rencontré ma numéro trois, mais ça n'a pas marché, finalement. Elle voulait faire carrière, pas s'installer. Quand United Express a racheté Hervouët, j'ai dit à John que j'aimerais bien être de la partie. Et j'en suis heureux. Je ne sais pas comment j'aurais fait, pour ma mère, si j'avais encore été aux States ou en train de vadrouiller dans le monde.

— Elle se plaît, dans sa résidence ? demanda Juliette.

Sébastien haussa les épaules.

— Je crois, oui. C'est difficile à dire, en fait. C'est confortable, mais comment le vis-tu quand ce n'est pas vraiment toi qui l'as choisi ? Et puis, l'état de certains pensionnaires...

Il grimaça. L'arrivée de leurs entrées mit un terme à la conversation un petit moment. Juliette était émue par la franchise de Sébastien. Il devait se sentir très seul, en fait. Pas de famille, des amis aux États-Unis... Ce n'était pas étonnant que sa connaissance des bars et restaurants parisiens batte la sienne à plate couture : quand on était célibataire et que personne ne vous attendait à la maison, sortir devenait plus qu'une distraction, une nécessité. Elle eut honte de s'être étalée sur son petit malheur. Elle avait la chance d'avoir eu Arthur, et puis elle avait un frère, une sœur, une mère en pleine santé… sans compter l'écriture.

— C'est bien que tu puisses la voir, tout de même, et être près d'elle pour les moments où elle est moins confuse. Je n'ai jamais été très proche de mon père, mais lorsqu'il est mort subitement, je me suis rendu compte que je ne pourrais plus jamais apprendre à le connaître.

Il acquiesça. Son père à lui était décédé alors qu'il était à l'étranger, il était revenu juste à temps pour l'enterrer.

— Mais j'étais toujours avec lui au garage, quand j'étais gamin, ajouta-t-il. J'adorais ça : les outils, l'odeur de graisse, d'essence… Encore maintenant, il suffit que j'entre chez un garagiste pour me sentir chez moi !

— Pour ta mère…

Juliette hésita. Elle ne connaissait pas la même douleur, elle n'avait pas de conseils à donner.

— Oui ? l'encouragea-t-il.

— Laurence me disait qu'avec son père, ce qui marche bien, c'est de lui montrer de vieilles photos. Ça fait resurgir des souvenirs et ça leur permet de discuter un peu. Elle lui apporte des douceurs, aussi, des chocolats ou des petits gâteaux.

Il hocha la tête.

— Tu as raison, c'est une bonne idée. Et ça fait des sujets de conversation, aussi. Quand elle a sa tête, elle me demande quand elle aura des petits enfants. Je n'ai pas osé lui dire la vérité, ça me fend le cœur. De toute manière, elle ne posera pas longtemps la question.

Juliette lui serra la main à son tour.

— Ce qui compte, c'est que tu sois là pour elle. Et qui sait, peut-être pourras-tu lui présenter des petits-enfants d'adoption, si tu rencontres quelqu'un qui en a déjà.

Il la regarda, l'air impénétrable.

— Tu as raison. Ou alors, je pourrais en louer, ajouta-t-il en plaisantant.

Reconnaissant sa tentative d'alléger la conversation, elle continua dans son sens.

— C'est une idée… je suis sûre qu'il peut y avoir un marché !

Il caressa machinalement le bord de son verre.

— Ça fait longtemps que le père de ton amie a été admis dans une résidence spécialisée ?

— Ça fera deux ans à la rentrée. C'est grâce à elle que j… que Juliette a pu te donner les contacts.

Elle avait failli se trahir, réalisa-t-elle. Il la regardait. C'était peut-être le moment de lui dire ? Elle allait se lancer quand leurs plats arrivèrent, orientant la conversation sur les restaurants parisiens – que Juliette avoua ne pas connaître très bien.

— Il va falloir remédier à cette inculture crasse, la taquina-t-il. Et ton statut d'auteure à succès ? Tu as un standing à maintenir !

Alors qu'ils cheminaient sous les arbres pour regagner la voiture, Sébastien lui reprit la main. Il avait vraiment passé une excellente soirée, serait-elle d'accord pour recommencer ? Le contact de sa main sur la sienne la troubla. Dieu, elle réagissait vraiment comme une midinette ! Elle écrivait des scènes d'un érotisme torride, et la simple chaleur de sa paume contre la sienne suffisait à la mettre dans tous ses états ! Du pouce, il lui caressa doucement le dos de la main, ce qui aggrava son émoi. Elle en avait la chair de poule, malgré la température extérieure qui s'était à peine adoucie tandis qu'ils dînaient. Parvenu au bout du chemin, Sébastien se retourna vers elle, plutôt que de continuer vers la voiture.

Ses yeux brillaient dans la pénombre, les arbres filtrant de leurs branches la lumière des réverbères.

— Justine…

La gorge nouée, elle le regarda, le cœur battant à cent à l'heure. Elle était incapable de dire quoi que ce soit, hypnotisée par son regard intense et par la main chaude sur sa joue. Se rapprochant encore, il posa une main légère dans le creux de sa taille tandis que l'autre portait la sienne à ses lèvres pour l'embrasser, avant de la libérer. Et puis, les yeux toujours rivés aux siens, il l'attira vers lui tout en venant à sa rencontre, en un mouvement doux. Son visage se leva spontanément vers celui de Sébastien et ce dernier lut son accord dans l'inclinaison de sa tête, dans son regard, dans ses lèvres entrouvertes en un espoir muet. Sa bouche se posa sur la sienne, en un baiser presque chaste. Ses lèvres étaient chaudes et fermes et son étreinte solide, rassurante autour d'elle. Comme Juliette lui rendait son baiser, il la serra plus fort, l'amenant tout contre lui, et elle noua ses bras autour de son cou. Tout s'effaça dans sa tête pour ne laisser plus que la conscience de son corps dur plaqué contre le sien, du feu qui couvait dans son ventre et de leurs lèvres unies qui se mordaient. Quand Sébastien prit possession de sa bouche, la fit sienne, Juliette s'enflamma. Ils ne faisaient plus qu'un, communiant dans la même joie tangible et indicible à la fois, habités par le même besoin de se connaître et de se posséder. Mais il s'écarta, posant sa joue contre celle de Juliette.

— Allez, je te ramène. Sinon on ne va pas être raisonnables…

— Et après ?

Être raisonnable lui semblait subitement le comble de la bêtise.

— Je ne veux pas tout gâcher en allant trop vite, chuchota-t-il dans ses cheveux, la faisant frissonner.

Il se détacha d'elle et la regarda, les yeux brillant d'émotion.

— Tu vaux la peine que je me donne un peu de mal...

Il posa rapidement ses lèvres sur les siennes, comme pour en garder un souvenir, et se dirigea vers la voiture pour lui en ouvrir la porte.

— Après toi, fit-il avec une courbette pleine de panache ressemblant au salut qu'il lui avait fait, une fois, au bureau.

Elle ne voulait pas qu'il la ramène chez elle, si bien qu'il la déposa à une station de taxis, se contentant de lui embrasser la main en guise d'au revoir. Juliette eut un mal fou à trouver le sommeil, cette nuit-là. Son baiser l'avait réveillée, comme une princesse de conte de fées. Toutes sortes d'images et de questions défilaient dans sa tête sans qu'elle puisse mettre fin à ce tourbillon infernal. Elle se demandait quel effet ses mains, puissantes et mates, feraient sur la peau blanche de ses cuisses ou sur ses seins pâles. Et sa bouche, ses lèvres pleines et ourlées de mauvais garçon ? Et puis la voix de Judith résonna dans sa tête : « Si tu ne lui dis pas vite qui tu es… tu ne le sauras pas ! »

Atterrée, elle mit l'oreiller sur sa tête. Ce n'était pas possible d'être aussi cruche… Elle avait encore oublié de lui dire !

Chapitre 31

— Je n'arrive pas à croire que tu ne lui aies encore rien dit... soupira Judith. Tu es inconsciente...

Elle secoua la tête, démolissant encore un peu plus son chignon dont des mèches blondes s'échappaient en tous sens. Ayant pour une fois atterri à Roissy à une heure convenable, elle avait appelé Juliette dans l'espoir de passer les voir, elle et Arthur. Pour ce dernier, c'était raté, il était chez son père, mais Juliette avait quitté le boulot plus tôt pour venir la chercher et la ramener chez elle.

Après avoir mis en route le micro-ondes, Juliette leva les bras au ciel.

— Ce n'est pas vraiment faute d'avoir essayé... enfin, pas seulement. À chaque fois que j'ai voulu lui dire, j'ai été coupée. Promis-juré !

Sa sœur la fixa, dubitative. Juliette céda.

— Bon, d'accord, je n'ai pas beaucoup essayé, non plus. D'abord je n'avais pas envie de gâcher le moment...

et après, j'ai oublié. Je m'en suis rendu compte en rentrant.

— Mais comment tu vas bien pouvoir lui expliquer, Lili ? Vous n'avez pas encore couché ensemble, rassure-moi ?

Juliette rougit.

— Non. On s'est embrassés, c'est tout. Et il m'a proposé d'aller au cinéma vendredi – demain, je veux dire. Le micro-ondes émit un bip, et elle en sortit le mug de lait bouillant avec précaution. Après y avoir plongé un sachet d'infusion « Chaï », elle posa le tout sur la table devant Judith, puis lui tendit le sucre.

— Tu es certaine que ça ne va pas te couper l'appétit ?

Avachie sur sa chaise de cuisine, Judith secoua la tête.

— M'en fiche. Je suis trop fatiguée, là, j'ai besoin d'un coup de fouet. Avec beaucoup de sucre, ce sera parfait.

Elle inspira le parfum épicé qui s'exhalait de la tasse avec un sourire d'extase.

— Hmm… ça sent trop bon ! Tu n'y as jamais goûté, vraiment ? Avant, on n'en trouvait qu'à Londres ou aux States, mais maintenant il y en a partout à Paris.

— Pas dans ma zone industrielle ! rit Juliette.

— Mais ne crois pas que j'oublie notre sujet, la menaça sa sœur. Parce que ça m'embêterait que tu plantes tes chances de vivre une belle histoire. Ça ne court pas les rues, et il a l'air de te plaire vraiment, ce Sébastien…

Juliette hocha la tête.

— J'ai peur qu'il ne veuille pas continuer, en apprenant que c'est moi… je veux dire Juliette, la DRH.

Judith souffla sur son lait, avant d'y tremper les lèvres.

— Pourquoi ? Pourquoi déciderait-il de tout arrêter ?

Juliette ne voyait pas de raison évidente, mais il y en avait sûrement. Judith enchaîna :

— Si tu lui avais dit que tu étais l'héritière de L'Oréal, multimilliardaire… bon, je comprendrais. Et je serais aussi très contente qu'il te plaque, parce que ça voudrait dire que tu ne l'intéressais que pour ton argent. Tu lui as dit que tu gagnais des millions, en tant qu'auteur ?

Interloquée, Juliette la regarda.

— Bien sûr que non ! Je lui ai dit que je bossais dans les ressources humaines, comme ma sœur !

— Donc apprendre ton job ne va pas le choquer ?

— Non, évidemment !

— Tu lui as fait croire que tu étais en fait une grande brune maigre, sous ton apparence de rousse pulpeuse ?

Juliette éclata de rire.

— Judith, je te le dis tout de suite, il faut que tu arrêtes le Chaï latte, ça ne te réussit pas !

Sa sœur la regarda sans ciller.

— Mais je suis très sérieuse, au contraire. Si je te pose ces questions idiotes, c'est pour te montrer qu'il n'y a qu'une différence entre Justine et Juliette : le prénom. Donc à moins qu'il ait une phobie des Juliette, auquel cas, effectivement, ça risque d'être compliqué… la seule chose qui peut le faire tiquer, c'est le fait que tu aies menti. Et plus tu attends… pire c'est !

— Je sais, soupira Juliette. Mais j'adore être Justine. Elle est libre, elle est sexy, elle ose… tout ce que moi je ne sais pas faire.

— Tout ce que toi tu ne t'autorises pas à faire, tu veux dire, la reprit Judith. Parce que sans tomber dans la psychologie de comptoir, hein… Justine, c'est toi !

Juliette se prit la tête entre les mains, prise d'un rire nerveux.

— Cette conversation est surréaliste !

Judith, qui était en train de boire, se mit à glousser.

— Moi, ça va, avec le décalage horaire et le voyage, c'est comme si j'avais bu. Du coup, ça passe assez bien, comme conversation. Normal. Toi, en revanche…

Ses gloussements redoublèrent, et elle manqua de s'étrangler. Elle essuya ses yeux du revers de la main.

— Toi, t'es vraiment grave !

Chapitre 32

Lorsque Juliette retrouva Sébastien à Bercy-Village, il lui proposa de dîner rapidement avant d'aller voir le film, pour éviter à son estomac de se manifester durant la séance. Juliette se rendit de bonne grâce à cet argument imparable, d'autant plus qu'elle avait faim, elle aussi – elle n'avait eu que le temps de manger un sandwich à midi pour boucler tous ses dossiers. Elle avait passé une de ses nouvelles robes légères et, la température étant revenue à des niveaux plus raisonnables, avait lâché ses cheveux sur ses épaules. Alors qu'ils se rendaient au restaurant, les pavés de la rue lui firent amèrement regretter ses talons fins.

— Comment se porte Blanche-Neige ? lui demanda-t-il.

Installés en terrasse, ils attendaient leurs plats en contemplant le flot de touristes et de badauds qui encombraient la rue piétonne. À la grande satisfaction de Juliette, la moitié féminine de la foule s'avérait tout aussi handicapée qu'elle sur les pavés inégaux – enfin, celle qui n'était pas chaussée de Birkenstock ou de baskets.

— On ne peut mieux, répondit-elle. Malheureusement pour elle, la méchante reine va faire son retour. Avec la pomme, tout ça tout ça… Je prévois de le finir pendant les vacances.

Il l'écoutait attentivement, son regard sur elle chaud et caressant à la fois. Sa chemise en lin, bleu pâle, contrastait avec son teint hâlé et sa barbe naissante.

— J'ai suivi ton conseil, lui dit-il. J'ai apporté des macarons à ma mère, cet après-midi. Elle était dans un de ses bons jours, et ravie que je me sois souvenu de ses parfums préférés – framboise et praliné, ajouta-t-il en croisant son regard interrogateur.

— Je suis impressionnée. Les gens qui font l'effort de se souvenir de ce que les autres aiment ne sont pas nombreux. Mon frère, par exemple, continue à me proposer des olives à l'apéritif alors que j'ai toujours détesté ça ! Ou alors, réfléchit-elle à voix haute, c'est le contraire… c'est parce que je déteste ça qu'il me les propose. Ce serait bien son style.

Sébastien eut un rire incrédule.

— Tu n'es pas sérieuse ?

— On voit que tu ne le connais pas ! Heureusement, il vit à Londres, ce qui limite nos échanges. L'argent et le statut social, c'est tout ce qui compte, pour lui. Il n'y a que Judith qui trouve grâce à ses yeux, parce qu'elle a un job hyper fashion dans une grande marque de luxe, et qu'elle voyage partout dans le monde. En plus, cerise sur le gâteau, elle côtoie des gens connus ! Ça fait chic de dire dans les dîners mondains « Ce créateur ? Ah, c'est drôle, ma sœur prenait un verre avec lui, l'autre soir… ».

— Tu te rends compte que toi aussi, maintenant, tu vas devenir intéressante ?

Juliette le regarda, interloquée.

— Tu es un auteur à succès. Tu as écrit le best-seller de l'été ! Tu es passée à la radio, à la télé...

— Comment le sais-tu ?

Ce n'était pas elle qui lui en avait parlé, ni en tant que Justine, ni en tant que Juliette. Il lui fit un large sourire.

— Je m'intéresse ! Je t'ai écoutée. En replay, parce que les heures de diffusion n'étaient que moyennement compatibles avec mes horaires de travail, bien sûr. Tu étais super. Naturelle, drôle, sympathique, pas prétentieuse pour un sou. Si je n'avais pas déjà lu ton livre, j'aurais filé me l'acheter. Je suis très fier de dîner avec toi ! Et pas seulement avec l'auteure, avec la femme...

Quelque chose passa dans son regard, qui se départit de la lueur amusée qui y brillait pour se faire plus profond, plus doux.

— Et j'en suis très heureux, surtout. Pas seulement parce que tu es brillante, mais parce que tu es une femme incroyable, à la fois sexy, et douce, et intelligente... Que je serais ravi de connaître même si elle n'écrivait pas.

Juliette se sentit devenir écarlate. Troublée, et émue, elle chercha le salut dans l'humour.

— Oh, tu n'es pas si mal, non plus, si on cherche bien...

Mais ses yeux, rivés à ceux de Sébastien, trahirent son émoi et, le regard plein de promesses, il lui prit la main jusqu'à l'arrivée de leurs plats.

Un peu grise, Juliette vacillait sur ses talons en sortant du restaurant.

— Fichus pavés ! grommela-t-elle, en se raccrochant à son compagnon.

L'ayant aidée à se stabiliser, Sébastien lui prit la taille pour marcher, en un geste si naturel qu'elle s'y abandonna spontanément. La chaleur de son corps, son odeur fraîche, ne contribuèrent pas à diminuer son trouble. Lorsqu'ils parvinrent au cinéma, Juliette atteignait son point d'ébullition. Heureusement qu'ils avaient choisi un blockbuster américain, et pas un film demandant de la concentration, se dit-elle en contemplant le profil de Sébastien, éclairé par une série d'explosions à l'écran. Elle aurait été totalement incapable de comprendre ce qui se passait. Dans la salle, il lui avait repris la main, qu'il caressait doucement. Quand les lumières se rallumèrent, elle sortit en somnambule, le suivant dans le labyrinthe d'escaliers métalliques menant vers la sortie.

La nuit était tombée mais il faisait doux, dehors, après la climatisation agressive de la salle. Sébastien s'arrêta sur le parvis et se tourna vers Juliette.

— Qu'est-ce que...

Elle voulait lui demander ce qu'il avait pensé du film, mais les mots moururent sur ses lèvres comme Sébastien s'approchait d'elle. Levant la main, il lui caressa la joue.

— Justine...

Elle tendit le visage vers lui, cherchant sa bouche, la trouvant. Leurs lèvres s'épousèrent tandis qu'il l'enlaçait pour la serrer contre lui. Le désir explosa dans son ventre, l'enflammant tout entière, et Juliette gémit tandis que ses mains s'élevaient pour le toucher, parcouraient ses épaules solides et son dos, fourrageaient dans ses cheveux. Elle se perdit dans leur baiser, dans la chaleur de son corps dur contre le sien, se raccrochant à lui pour ne pas s'effondrer sur place, les jambes flageolantes. Elle aurait voulu que ce baiser ne se termine jamais, mais il s'éloigna un peu, tout en la gardant dans ses bras.

— Tu n'imagines pas comme j'en avais envie depuis tout à l'heure, lui dit-il, la voix enrouée. Puis-je te convaincre de venir prendre un verre chez moi ?

— Ça dépend...

Plissant les yeux, il la regarda, un peu méfiant.

— Ça dépend de quoi ?

Elle précisa sa pensée, le coin des lèvres frémissant d'un rire contenu.

— Est-ce que ta proposition n'inclut que le verre ? Parce qu'il y a un bon moyen de me convaincre...

Il leva les sourcils, intrigué. Elle se hissa sur les pointes de pied pour lui parler à l'oreille, inspirant son odeur boisée, délicieuse.

— Un verre, bon, je peux m'en passer. Si tu prévois de prolonger ce baiser, en revanche, voire plus si affinités… alors, je risque de me laisser tenter !

Les yeux brillants de désir, Sébastien se pencha vers elle, lui parlant à l'oreille comme elle venait de le faire. La chaleur de son haleine, le frôlement de ses lèvres la firent frissonner.

— Je crois qu'on devrait pouvoir s'arranger…

Il lui embrassa le cou puis la prit par la taille pour l'entraîner vers le parking.

Chapitre 33

— Veux-tu de l'alcool, un café ? lui proposa Sébastien en arrivant chez lui.

— Un café, je veux bien, répondit Juliette en s'approchant, curieuse, des fenêtres.

Nul voilage ne les masquait, on avait une vue plongeante sur les appartements éclairés de l'immeuble d'en face : des tableaux, un lustre, une cuisine, des silhouettes qui s'agitaient en ombres chinoises.

— Le café de madame est avancé, annonça une voix chaude juste derrière elle.

Juliette se retourna, pour se retrouver dans ses bras.

— Mais je ne sais pas si je vais te laisser le boire, ajouta-t-il en posant ses lèvres sous son oreille, la faisant frissonner.

Sa bouche dessina une traînée brûlante sur sa peau, le long de sa mâchoire et Juliette renversa la tête en arrière pour s'offrir à ses baisers. Cependant, les doigts qui enserraient sa taille la relâchèrent brusquement.

— Il faut que j'arrête maintenant, si tu veux avoir une chance de boire ton café, commenta-t-il, le souffle court.

Le café était à des années-lumière de ses pensées, en fait. Le cœur battant, elle voulait qu'il la reprenne dans ses bras, elle mourait d'envie de sentir sa peau sur la sienne, de le sentir en elle et d'éprouver la force de son corps, mais une timidité soudaine l'empêcha de formuler ses désirs : cela faisait trois ans qu'elle n'avait touché personne. Elle le désirait et le craignait à la fois, comme une jeunette à son premier rendez-vous.

Sébastien lui sourit, d'un sourire carnassier qui lui fit monter le rouge aux joues.

— Oh, j'insiste. Tu n'en auras plus le temps, ensuite...

Assise sur le bord du canapé, telle une dame d'antan en visite de courtoisie, elle but son café en le regardant à travers ses cils baissés : il était beau comme le diable, les cheveux en bataille, un peu débraillé – était-ce elle qui lui avait à moitié sorti la chemise du pantalon ? Ses yeux sombres la dévoraient du regard tandis qu'elle buvait à petites gorgées le breuvage trop chaud, des papillons s'agitant dans son ventre – sûrement, les dames d'antan ne devaient pas se trouver face à de telles tentations ! Enfin elle reposa la tasse, d'une main tremblante, et releva les yeux vers lui.

— J'ai cru que tu n'en finirais jamais, remarqua-t-il. Comment peut-on mettre aussi longtemps pour boire une si petite tasse ? Viens, ajouta-t-il en lui tendant la main pour l'aider à se relever. J'ai compris qu'il fallait que je me conforme à ton programme... À moins que tu n'aies changé d'avis ?

Écarlate, elle secoua la tête, n'osant le regarder. Mais qu'est-ce qui lui avait pris ? C'était un coup de Justine, sans aucun doute, Juliette n'aurait jamais dit une chose pareille. Cependant, il l'enlaçait de nouveau, lui relevant la tête doucement.

— J'ai très envie de toi, tu sais, souffla-t-il. Mais on n'est pas obligé.

Elle trouva enfin le courage de croiser son regard, dans lequel brûlait le même désir que celui qui bouillonnait dans ses veines à elle. Ses hésitations s'envolèrent, mises en déroute par la chaleur des yeux de Sébastien, et le besoin de lui qui battait dans son corps.

— Moi aussi, j'ai très envie de toi, Sébastien, chuchota-t-elle.

Il l'embrassa, la serrant comme pour la fondre en lui, faisant s'évanouir le reste de ses craintes par la magie de ses bras et de sa bouche.

— Viens, on sera mieux dans la chambre, souffla-t-il.

Il la guida le long du couloir, ne s'écartant d'elle que le temps de tirer les rideaux et d'allumer la petite lampe de chevet qui s'auréola d'un halo de lumière douce. Puis il la reprit dans ses bras, et ses lèvres chaudes coururent le long du cou de Juliette qui frémit. Comme sa bouche descendait dans son décolleté, il rit à voix basse, contre sa peau. Elle avait atteint son point de fusion, elle craignait de se liquéfier sur place, mais ses mains hésitantes s'enhardirent, trouvant la peau tiède sous la chemise de l'homme, s'émerveillant de la dureté des muscles et de la souplesse de la chair sous ses doigts.

— Tu es beaucoup trop couverte, remarqua-t-il, les yeux luisant dans la pénombre.

Joignant le geste à la parole, il dégrafa sa robe d'un mouvement preste et la fit glisser le long de ses épaules, jusqu'à ce qu'elle ne forme plus qu'un petit tas à ses pieds. Une gêne subite la paralysa : malgré ses jolis dessous en dentelle bleu ciel, elle était loin d'avoir le corps d'une top model, avec ses kilos en trop et sa peau blanche.

— Tu es magnifique, souffla-t-il en la dévorant du regard. La Vénus de Botticelli, sortie des eaux juste pour moi.

Juliette se détendit, alors que les doigts de Sébastien s'enfonçaient dans les mèches rousses, les étalant sur ses épaules, avant de caresser la peau dénudée de ses épaules, du dessus de ses seins. Sa chair se hérissa instantanément, réagissant au contact de ses doigts.

— Jolie dentelle, observa-t-il, le désir comme une flamme sombre dans ses yeux. Mais ce qu'il y a dessous m'a l'air encore mieux...

Après avoir détaché son soutien-gorge, il le lui ôta délicatement, prenant ses seins dans la paume brûlante de ses mains. Il la regardait et la touchait comme un collectionneur contemplerait une œuvre d'art longtemps convoitée et, sous son regard, Juliette se sentit belle et sexy, même dépouillée des atours de Justine.

— Une merveille...

Sa bouche fondit sur le sein droit de Juliette, happant la pointe dressée, envoyant des éclairs de chaleur dans tout son corps. Un gémissement lui échappa, alors que Sébastien faisait subir le même sort à son sein gauche. Et puis il la fit reculer jusqu'au lit, où il l'allongea.

— Est-ce que je te laisse tes chaussures ? Ce serait dommage de les enlever, c'est très sexy toutes ces brides.

Se penchant sur elle, il finit de la déshabiller, en faisant attention à ne pas accrocher la dentelle sur les talons fins des sandales.

— Maintenant, c'est moi qui me sens trop habillé, remarqua-t-il en se débarrassant de sa chemise et de son pantalon, dévoilant un torse musclé recouvert d'un duvet sombre, un ventre plat et des jambes solides.

Retenant son souffle, Juliette leva les mains pour les poser sur ce corps masculin, et le caresser à son tour, en découvrant les creux et les reliefs, suivant du doigt les os saillants des hanches.

Alors qu'il se penchait sur elle, la main de Juliette descendit le long de son torse, sur son ventre et passa sous l'élastique du boxer pour se poser sur son sexe dressé, qu'elle caressa doucement, faisant s'accélérer la respiration de l'homme.

— Je crois que *tu* es encore trop habillé, chuchota-t-elle, taquine, en lui ôtant le caleçon. Voilà, maintenant, nous sommes à égalité.

Il roula sur elle, la clouant de son poids sur le lit.

— Égalité, vraiment ?

Son regard était bien celui d'un pirate, se dit-elle mais déjà, partant de son cou, sa bouche dessinait un sillon de feu sur son corps, tandis que ses mains torturaient habilement sa poitrine, jouant avec les pointes dressées.

— Sébastien... implora-t-elle, comme sa bouche parvenait entre ses jambes.

Il releva la tête, un sourire diabolique aux lèvres.

— Égalité, tu disais ?

Il replongea sur elle, l'explorant de sa langue et de ses lèvres, sa barbe naissante la râpant délicieusement. Tout son corps n'était plus que lave en fusion, et elle gémit. Elle le voulait en elle, maintenant, mais comme il continuait ses manœuvres démoniaques, elle sentit le plaisir prendre racine dans son ventre.

— Sébastien, s'il te plaît...

— Les désirs de madame sont des ordres, chuchota-t-il en remontant sur elle et en ravageant son cou de baisers, avant de rouler sur le côté pour attraper un préservatif dans la table de nuit.

Une fois équipé, il glissa de nouveau sur elle, et elle accueillit son poids avec bonheur, passant les mains autour de son cou. Joueur, il ne la prit pas immédiatement, la faisant attendre jusqu'à ce qu'elle proteste avant de la pénétrer enfin. Elle ne se souvenait pas que c'était aussi bon, pensa-t-elle fugitivement, et puis il la posséda complètement et elle cessa de penser. Il commença à aller et venir, lentement, faisant naître en elle des vagues de plaisir de plus en fortes qui menaçaient de tout emporter sur leur passage. Gémissante, Juliette s'agrippa à lui. Sous ses doigts, elle sentait rouler les muscles de son dos, machine magnifique et impitoyable. Chaque vague l'emportait un peu plus loin, un peu plus haut. Les yeux de Sébastien s'assombrirent encore au-dessus d'elle. Le visage tendu par le désir, les yeux plongés dans les siens, il céda à la même urgence qu'elle et dans le ventre de Juliette, le raz-de-marée déferla, jusqu'à l'envahir tout entière, la faisant crier comme si son monde se fragmentait. Lui mordant la bouche, il la rejoignit presque aussitôt, avant de nicher sa tête dans son cou.

Elle sentait les battements précipités de son cœur contre le sien, et le poids de son corps, et elle serait bien restée là comme ça… mais il releva la tête, et les yeux sombres se rivèrent aux siens, plus tendres désormais. Il l'embrassa doucement, avant de se lever pour se débarrasser du préservatif.

— Je crois que je ne vais plus te laisser quitter ce lit, dit-il en revenant.

Il lui caressa la joue avant de s'étaler à côté d'elle les bras en croix. À la lueur douce de la lampe, tout son corps luisait de sueur comme ceux des gladiateurs entrant dans l'arène, la lumière du soleil sur leur corps huilé.

— Je ne suis pas sûre d'avoir envie de le quitter, pour tout te dire. Je me sens toute molle. Comme de la gelée.

— Je vais te laisser un temps de récupération, alors.

— De récupération ? Avant quoi ?

— Avant de recommencer, bien sûr.

Comme Juliette le regardait avec de grands yeux, il joua l'indifférence, affichant un petit air satisfait en calant sa tête sur ses bras, repliés derrière lui.

— Un commentaire ? demanda-t-il d'un ton dégagé.

S'accoudant à côté de lui, elle laissa courir ses doigts sur son torse, jouant avec la toison légère qui recouvrait sa poitrine.

— Tu m'avais dit que tu enviais l'endurance de mon héros, je ne m'attendais pas à ce que tu cherches à rivaliser !

— Je suis peut-être présomptueux, ceci étant. Mais il n'y a qu'une manière de le savoir…

Attrapant Juliette par les poignets, il la fit rouler sur lui. Ses yeux sombres brûlaient à nouveau, intenses, rivés aux siens. Elle ne se lassait pas de le regarder. Ses pommettes larges, sa mâchoire affirmée ombrée de noir, sa bouche sensuelle… Baissant la tête, elle l'embrassa tandis que les mains de Sébastien parcouraient ses hanches et son dos, légères comme des ailes de papillon.

Elle aurait pu passer une éternité à l'embrasser, blottie dans ses bras.

Ils firent l'amour doucement, en prenant cette fois tout leur temps pour s'explorer. Le corps dur et solide de Sébastien épousait parfaitement le sien, tout en rondeurs, tandis que les mains puissantes de l'homme ne se lassaient pas de la parcourir. Alors qu'ils reprenaient leur souffle, allongés côte à côte, le cœur battant, il tourna le visage vers elle.

— Tu restes dormir, n'est-ce pas ?

Affalée à plat ventre sur le lit, la tête sur l'oreiller, Juliette soupira d'aise.

— Mon cher, la question ne se pose pas. Il en faudrait beaucoup pour me faire bouger d'ici !

Elle ferma les paupières tandis qu'il riait doucement contre elle, puis lui caressait la chute des reins. Depuis quand n'avait-elle pas ressenti un tel sentiment de plénitude ? se demanda Juliette alors qu'elle sombrait dans le sommeil, le bras de Sébastien sur son dos comme un bouclier contre la réalité. Mais elle ne lui avait rien dit…

Chapitre 34

C'est Sébastien qui la réveilla, le lendemain matin, la tirant du sommeil par une myriade de baisers légers sur tout son corps. Grommelant un peu pour la forme, elle retrouva néanmoins ses bras avec le même plaisir que la veille. Il était décidément très doué… et très éveillé, contrairement à elle, à qui tout cet exercice n'avait donné qu'une envie : se rendormir. Des chatouilles intempestives l'arrachèrent à sa somnolence béate.

— Eh bien… j'en connais une qui n'est pas du matin. Je veux bien te laisser dormir, mais je crois que ton fils revient tout à l'heure.

Elle ouvrit péniblement un œil, puis l'autre, sous son regard insupportablement rieur.

— Veux-tu passer à la douche pendant que je prépare le petit déjeuner ? Il y a tout ce qu'il faut dans la salle de bains.

La douche chaude fit merveille sur son corps, qui n'avait plus l'habitude de… tout ça. Les courbatures atténuées, seule restait cette sensation de satiété qu'elle avait oubliée, si elle l'avait jamais ressentie. Elle s'étira avec une satisfaction profonde : tout le corps baigné de plaisir, elle se sentait comblée. Lorsqu'elle sortit, un peu plus réveillée, une odeur alléchante de toasts et de café la guida vers la cuisine.

L'appartement ancien avait été joliment rénové. On avait gardé le parquet blond, la cheminée à manteau de marbre et les moulures au plafond, mais les murs blancs avaient été repeints, et des cloisons avaient été ôtées pour ménager un grand espace clair, lumineux. Un bar que longeaient des tabourets hauts séparait le salon d'une cuisine à l'américaine flambant neuve où s'activait Sébastien.

Ses yeux sourirent en la voyant.

— Oh, il y a un progrès, tu as les deux yeux ouverts ! la taquina-t-il. Et ce peignoir te va bien mieux qu'à moi, lui dit-il en posant une tasse sur le bar devant elle. Tiens, dans le doute, je t'ai fait du thé. Mais je peux aussi te faire un café allongé, si tu préfères.

Submergée par tous ces mots, elle plissa le front

— Tu es toujours aussi en forme, le matin ? Parce que moi non, faut pas croire. J'ai l'air réveillée, comme ça, parce que j'ai les yeux ouverts, mais c'est une ruse. Mon cerveau n'acceptera de fonctionner que dans deux ou trois tasses de thé, pas avant.

Se mordant la lèvre pour ne pas rire, il la prit dans ses bras, où elle se blottit avec bonheur. Mmm. C'était trop bien, comme ça. Le nez niché dans son cou, elle aurait pu se rendormir. Il lui posa un baiser sur les cheveux, et tira un tabouret à côté d'elle.

— Bon, d'accord. Assieds-toi et prends ton thé, j'apporte les toasts.

Alors qu'il finissait de sortir beurre, lait et confiture, elle trempa les lèvres dans sa tasse tout en admirant ouvertement le spectacle. En tee-shirt et caleçon, on voyait qu'il était carré, les épaules larges, les bras musclés, les jambes longues et puissantes… Elle releva la tête, pour croiser son regard amusé.

— Est-ce qu'il faut que je me tourne, ou est-ce que ça ira comme ça ?

Le rouge aux joues, elle plongea le nez dans sa tasse. Faisant le tour du bar, Sébastien passa derrière elle pour chuchoter à son oreille.

— Dis-moi… Est-ce que tu apprécies ce que tu vois, au moins ?

Il l'embrassa dans le cou avant de la libérer, et elle répondit d'un petit « Mm mm » en le regardant par en dessous, à travers ses cils. Ce n'était pas possible, elle avait de nouveau quinze ans ! Pas moyen d'articuler une parole sensée, elle se conduisait comme une gamine.

Sébastien s'assit face à elle et embrassa sur la paume sa main libre.

— Ça tombe bien, parce que moi, j'aime beaucoup, beaucoup ce que je vois. Je n'ai pas envie que tu partes, et j'ai hâte de te remettre dans mon lit, dit-il. J'aurais dû t'attacher pour te garder, comme dans le film d'Almodovar.

Ayant fini sa première tasse de thé, elle commençait à émerger.

— Je serais bien restée, avoua-t-elle, honnête. Même sans être attachée. Mais je dois récupérer mon fils cet après-midi. Et après, on part au Touquet.

Il souffla doucement sur sa tasse avant de boire une gorgée de café.

— Tu pars demain, c'est ça ? Et tu reviens quand ?

— Dans trois semaines. Mais…

Il la regarda, interrogateur :

— Mais tu pourrais peut-être venir me voir un week-end, si tu es libre…

Une lueur d'étonnement passa dans les yeux de Sébastien.

— Tu en es sûre ? Si tu es avec ton fils, tu n'auras sans doute pas beaucoup de temps libre.

Juliette haussa les épaules.

— Il a quinze ans, tu sais. Je ne le vois pas de la journée, il a beaucoup mieux à faire.

— Ce garçon ne sait pas ce qu'il rate. Moi je resterais volontiers toute la journée avec toi !

Elle leva les yeux au ciel.

— En revanche, je serai chez ma mère… Il vaut peut-être mieux que tu trouves un hôtel, si tu veux être tranquille.

— Je vais voir. Le Touquet en pleine saison… ce n'est pas gagné.

— Si tu ne trouves pas, ce n'est pas un problème. Ma mère sera ravie d'avoir de la visite, masculine qui plus est. Elle te fera admirer ses hortensias, ses couvertures au crochet et fera à manger pour quinze.

— Je te dirai. Mais je compte bien venir.

Se penchant par-dessus le bar, il lui posa un baiser léger sur le front.

— Trois semaines, c'est vraiment trop long. Je ne tiendrai jamais tout ce temps-là.

Comme Juliette rentrait chez elle, l'énormité de ce qu'elle avait fait lui sauta au visage : elle ne lui avait toujours pas dit qui elle était vraiment, si bien qu'il lui avait fait l'amour en croyant qu'elle était une autre… Et elle l'avait invité à la rejoindre au Touquet ! Qu'est-ce qui lui était passé par la tête ? C'était sans doute un coup des endorphines : son cerveau n'avait plus l'habitude, il avait dû court-circuiter.

Depuis le temps… Elle ferma les yeux, se remémorant le corps de Sébastien sur le sien, et le plaisir inouï qu'elle y avait pris. Est-ce que c'était aussi bien, avec Arnaud, au début ? Elle ne s'en souvenait pas. Elle ne s'était, en tout cas, jamais sentie aussi belle et désirée. Sébastien avait une manière de la regarder… Mais cela ne résolvait pas son problème : comment allait-elle faire pour lui révéler la vérité avant son arrivée ? Elle ne pouvait pas le faire au téléphone. Mais elle ne pouvait pas non plus maintenir Justine en vie en présence de sa mère et d'Arthur. Il fallait qu'elle appelle Judith, pour trouver une solution. Quelle idiote ! Elle se serait donné des claques. Le point positif de tout cela, c'était qu'elle avait engrangé plein d'idées pour son roman. Rien de tel que l'expérience de terrain !

Chapitre 35

La porte de la chaumière claqua. Le déjeuner terminé, les nains repartaient travailler à la mine. Alors qu'elle débarrassait la table, Blanche-Neige les entendait siffloter sur le chemin – un air entraînant, toujours le même, qui lui restait en tête toute la journée. Ils avaient adoré son ragoût de marcassin aux châtaignes, surtout Jack, le plus gourmand, qui faisait la cuisine jusqu'à son arrivée. Il lui avait demandé de lui montrer la recette la prochaine fois qu'elle le préparerait, et Blanche-Neige se félicitait d'avoir passé la majeure partie de son enfance dans les cuisines du château. Empilant les assiettes en terre cuite en une tour à l'équilibre précaire, Blanche-Neige les emportait vers le grand évier de pierre quand un bruit derrière elle la fit sursauter, menaçant le fragile édifice qu'elle portait. Une paire de mains secourables stabilisa la pile, évitant de peu la catastrophe. Timmy ! Le plus jeune des nains bredouilla des excuses en rougissant, comme à chaque fois qu'il lui adressait la parole. Elle le connaissait mal, car sa timidité le faisait se tenir à l'écart en permanence. Il n'avait jamais partagé sa couche, ni seul, ni avec les autres.

— Ils m'ont demandé de rester pour vous aider, bafouilla-t-il en rougissant de plus belle.

Blanche-Neige réprima un sourire. Il était adorable, avec sa tignasse dorée aux reflets rouges, ses grands yeux bleus et ses taches de rousseur. Malgré sa jeunesse, il était de solide constitution, ce qu'elle mit à profit en l'envoyant chercher de l'eau au puits. Le dur labeur qu'elle accomplissait chaque jour pour entretenir la maison, cuisiner et nettoyer l'avait rendue plus forte, mais elle n'allait pas dédaigner une aide si gentiment mise à sa disposition. Utilisant des branchages souples, ils récurèrent les plats en silence. Cela ne gênait pas Blanche-Neige : les nains faisaient un tel raffut quand ils étaient tous rassemblés qu'elle goûtait le calme qui s'installait sitôt la porte fermée derrière eux.

— Viens, Timmy, lui dit-elle quand ils eurent terminé. Nous allons battre les matelas et refaire les lits.

Il hocha la tête, mais une subite rougeur envahit tout son visage, et même son cou, comme il la suivait dans l'enfilade de pièces qui servaient à dormir.

— Tu ne viens jamais me rejoindre, la nuit, lui demanda-t-elle, curieuse, en soulevant le premier matelas. Je ne te plais pas ?

En face d'elle, le jeune homme se figea, paralysé. Son visage avait pris une teinte pourpre trahissant sa gêne. Sous son regard inquisiteur, il se décomposa.

— Non, parvint-il à mimer en secouant la tête énergiquement. Ce n'est pas ça, ajouta-t-il dans un souffle.

— Qu'est-ce, alors ? demanda la jeune fille, intriguée.

— Je ... Je... Je ne l'ai jamais fait, avoua-t-il. Je ne sais pas quoi faire. Ni comment.

Blanche-Neige ouvrit de grands yeux.

— Oh, Timmy ! Il fallait me le dire ! Ce n'est pas si compliqué.

Il releva la tête vers elle, une vive lueur d'espoir dans ses yeux clairs.

— Que dirais-tu si je te montrais maintenant ? Tous les autres sont à la mine, nous ne serons pas dérangés !

Incrédule, il la fixa sans mot dire, comme un lapin pétrifié, c'était charmant. Blanche-Neige reposa soigneusement le matelas et le contourna pour s'approcher du jeune homme, qu'elle fit s'asseoir à côté d'elle sur le lit. Penchant son visage vers le sien, elle l'embrassa délicatement sur les lèvres. Sa bouche était charnue, délicieuse, et elle s'enhardit, lui caressant la joue tandis que sa langue s'insinuait entre ses lèvres. Celles-ci s'entrouvrirent pour lui laisser le passage, et Timmy, qui était resté figé sans bouger, gémit doucement en l'entourant de ses bras. C'était lui qui l'embrassait, désormais, avec une passion surprenante. Elle ne pensait qu'à lui rendre service, au départ, mais elle allait peut-être bien y trouver plus de plaisir qu'attendu. La bouche de Timmy s'aventurait le long de sa mâchoire et dans son cou, y traçant un sillon brûlant. Elle s'écarta du jeune homme.

— Et si tu te mettais à l'aise ?

Juliette se leva et s'étira. Quinze heures. C'était l'heure du thé, décida-t-elle. De toute manière, lorsqu'elle écrivait, c'était toujours l'heure du thé. Elle mit le breuvage à infuser dans la théière anglaise de sa mère. La maison était calme : sa mère était au bridge, Arthur… quelque part. Elle n'était pas mécontente d'elle : Blanche-Neige allait parfaire l'éducation de Timmy, puis ce serait l'arrivée de la reine. Elle allait pouvoir rendre son manuscrit dans les temps. Soufflant sur le mug qu'elle s'était servi, elle se rendit à la fenêtre, contemplant sans les voir les massifs d'hortensias.

Elle était encore dans le brouillard en ce qui concernait le prince charmant. Blond ? Brun ? Les deux avaient leur charme. Bien sûr, son cœur penchait en faveur des bruns. Tout spécialement des bruns aux pommettes larges et à la mâchoire affirmée incroyablement sexy, et doués au lit. Elle tenta de chasser l'image de Sébastien de son esprit, en vain. Il lui avait confirmé qu'il arriverait le vendredi soir, si l'invitation tenait toujours. Il lui restait donc à briefer sa mère. Et Arthur.

— Tu lui as dit quoi ?

La voix de sa mère, habituellement douce et posée, avait tourné au glapissement.

— Que j'étais ma sœur jumelle.

Deux paires d'yeux incrédules, l'une bleu clair, l'autre verte, se rivèrent sur elle.

— Attends, m'man, j'ai bien compris ? Tu as dit à ce type que tu étais ta sœur jumelle ? Mais pourquoi ?

Évidemment, Arthur, en train de dialoguer avec son smartphone, s'était désintéressé du début de la conversation, ce qui lui avait fait rater l'explication laborieuse que Juliette venait de terminer. Soupirant, elle reprit.

— Déjà, ce n'est pas « un type » dit-elle en mimant les guillemets. C'est Sébastien Marvel, le nouveau directeur des opérations de Hervouët. Et comme je ne veux pas que les gens au bureau sachent que j'ai écrit ce roman…

Arthur leva les yeux au ciel, dans une parfaite incarnation du martyre adolescent. Il avait eu un peu de mal à digérer que sa mère ait écrit un livre qu'il n'avait même pas le droit de lire !

— Quand il m'a croisée en séance de dédicaces, j'ai dit que j'étais ma sœur jumelle. Justine.

— Justine ? s'exclama sa mère, horrifiée. Cet homme va croire que tes parents étaient des pervers, pour appeler leurs jumelles Justine et Juliette ! Ma chérie, enfin !

Arthur fronça les sourcils en regardant sa grand-mère. Bien, il n'avait donc pas encore mis la main sur l'exemplaire des *Infortunes de la vertu* qui traînait à la maison. Pour l'instant, il avait l'air encore plus intéressé par les arènes Pokémon et Super Smash Bros que par les lectures sulfureuses, mais avec les ados on ne savait jamais. Ceci étant, c'était un livre, donc elle pouvait dormir tranquille.

— C'est le nom des héroïnes du bouquin le plus connu de Sade, expliqua Juliette à son fils dont le regard prit l'opacité vitreuse qui le caractérisait dès qu'on lui parlait de culture. Le marquis de Sade, dont le nom a donné le mot « sadisme ».

— Mais, m'man, je ne comprends pas, reprit Arthur. Pourquoi lui as-tu dit de venir ici si tu ne veux pas qu'il sache que tu es toi ? C'est idiot !

Juliette regarda sa mère d'un air implorant, espérant que cette dernière lui sauverait la mise, mais elle gloussait dans son assiette. Aucun secours à espérer de ce côté-là.

— Alors déjà, oui, c'est idiot. Il n'y a aucun doute sur le sujet. J'ai commencé à mentir pour ne pas avoir de problème au bureau, et je ne lui ai pas encore avoué la vérité. Je compte le faire ce week-end. Normalement, vous ne devriez pas jouer la comédie trop longtemps. Je lui ai dit de venir parce que… parce que c'est quelqu'un que j'apprécie énormément.

Une lueur s'alluma dans le regard de son fils, qui hocha la tête avec un sourire.

— Aaah… d'accord !

Il y avait un monde dans ce « d'accord ». Totalement écarlate, si elle se fiait à la chaleur que ses joues dégageaient, Juliette lança un regard noir à sa mère qui gloussait de plus belle. Rassemblant au mieux sa dignité maternelle, elle prit un air hautain, espérant stopper net tout commentaire de la part de son fils. Mais Arthur se désintéressait déjà du sujet.

— De toute manière, moi je ne t'appelle pas par ton prénom, alors…

Jugeant la discussion close, il reprit sa conversation interrompue avec son téléphone. Sa mère se tourna vers elle.

— Ma chérie, je vais essayer, mais je ne peux pas te promettre que je ne me tromperai pas. Ce n'est pas grave – les gens qui ont des jumelles se trompent de prénom de temps à autre, j'imagine. Tu n'oublieras pas la rencontre à la bibliothèque, n'est-ce pas ? C'est ce week-end, et j'ai promis à Marie-Cécile que tu viendrais, elle a mis des affiches partout en ville.

Soulagée par la promesse de sa mère, Juliette acquiesça.

Chapitre 36

Sébastien arriva le vendredi soir avant le dîner, avec une boîte de macarons assortis pour la mère de Juliette, et un magnifique bouquet de roses rouges pour elle.

— Ce n'est pas très original, commenta-t-il en lui tendant, mais c'étaient les seules fleurs dans la boutique qui me faisaient penser à toi. Voluptueuses et délicates à la fois… avec quelques épines.

À voix basse, comme la mère de Juliette était rentrée dans la maison en s'extasiant sur les macarons, il ajouta :

— Est-ce que je dois bien me tenir, ou est-ce que je peux t'embrasser ? Cette semaine m'a paru interminable...

Il la regardait avec la même flamme dans les yeux que le week-end précédent. Son polo blanc, tendu sur ses épaules, dévoilait des bras mats et musclés, et son jean paraissait avoir été cousu sur lui. La tentation incarnée, se dit Juliette sans la moindre intention d'y résister. Dans son estomac, une volée de papillons avaient pris leur envol à sa seule vue. Posant le bouquet sur les marches du perron, elle s'approcha de lui.

— J'espère que tu vas très mal te tenir, ce week-end, lui chuchota-t-elle à l'oreille. Avec moi, en tout cas.

Les yeux brillants, la dévorant du regard, il la prit dans ses bras.

— J'y compte bien, ma douce.

Il l'embrassa légèrement, un effleurement de leurs lèvres, et ce simple contact fit vibrer tout le corps de Juliette, dont les yeux agrandis plongèrent dans ceux de son amant. Le désir y brillait, intense, brut.

— J'ai hâte d'être à ce soir, déclara-t-il alors qu'elle le guidait vers sa chambre à l'étage et elle lui serra la main.

Une fois la porte fermée derrière eux, ils tombèrent dans les bras l'un de l'autre et leurs bouches se trouvèrent. Son corps avait pris feu, ce n'était pas possible, se dit-elle en se collant à Sébastien, solide et masculin contre ses courbes. La bouche chaude de l'homme descendit le long de sa mâchoire pour atteindre cet endroit sous l'oreille qui la faisait frissonner. Juliette sentit ses jambes vaciller sous elle.

Il s'écarta subitement, sans la lâcher. C'était heureux : elle aurait probablement glissé à terre sinon, constata-t-elle. Il posa son front contre le sien et leurs souffles haletants se mêlèrent, lui arrachant un rire bref.

— Ma douce, tu n'imagines pas à quel point j'ai envie de toi. Mais il va me falloir un peu de temps pour être présentable, si on veut descendre voir ta mère.

Juliette acquiesça. Même elle ne se sentait pas présentable ! Cependant, lorsqu'elle fit un pas en arrière, elle ne put s'empêcher de glousser. La bosse qui déformait le jean de Sébastien n'était que la partie émergée de l'iceberg. Les pommettes rouges, il avait les cheveux hérissés en tous sens, et son polo ressemblait à un truc dans lequel on aurait dormi.

Sébastien lui jeta un regard outré avant de s'apercevoir dans le miroir et de se mettre à rire lui aussi. Le laissant sortir les affaires de son sac et rectifier son apparence, elle rejoignit sa mère qui s'affairait dans la cuisine. Cette dernière se retourna, un sourire entendu aux lèvres.

— Ce garçon est tout à fait charmant, ma puce ! Il a beaucoup de sex-appeal, comme on disait quand j'étais plus jeune. Je comprends ton intérêt.

— Maman ! gronda Juliette avec une grimace.

S'il y avait bien une chose dont elle n'avait pas envie de débattre avec sa mère, c'était de sa vie sexuelle.

La vieille dame se mit à glousser.

— Tu es au courant que je ne t'ai pas trouvée dans une rose, ma chérie ? Nous étions beaucoup plus libérés que vous, quand j'y pense. Les années 1970, c'était moins coincé que maintenant. Avec ton père, on s'est bien amusés. Une fois, alors qu'on était partis faire du camping, on a atterri dans une communauté de hippies. Il y avait un jeune homme absolument charmant, qui ressemblait un peu à ton Sébastien, d'ailleurs. Qu'est-ce qu'il était beau ! Ton père n'a pas voulu qu'on reste, je crois que c'était à cause de lui, il était jaloux. Il faut dire que le garçon en question… David, il s'appelait David ! David me trouvait tout à fait à son goût. On a passé des moments très amusants, tous les trois.

Juliette se plaqua ses mains sur ses oreilles pour ne pas en entendre davantage. S'il y avait pire que discuter de sa vie amoureuse avec sa mère, c'était bien d'écouter celle-ci parler de la sienne ! Elle ne parvenait pas à imaginer son père, l'assureur membre du Rotary, en train de s'asseoir autour d'un feu de camp avec des jeunes barbus et chevelus. Est-ce que lui aussi portait la barbe, à cette époque ? Son cerveau bloqua sur l'image d'une version rajeunie et hirsute de son père avec un joint à la main. Pas possible.

— Bon, bon, je ne dirai rien de plus, déclara sa mère en remuant le contenu de la cocotte qui mijotait sur le feu, répandant une odeur délicieuse de romarin et de tomate dans toute la pièce. Mais si son ramage vaut son plumage, alors ce Sébastien m'a l'air fort intéressant ! Tu devrais le garder.

L'intéressé, qui venait d'entrer dans la cuisine, leva le pouce, ravi, en entendant le commentaire.

— Mmm, ça sent bon, commenta-t-il à voix haute. Qu'est-ce que c'est ?

— Osso bucco, répondit la cuisinière. C'est le plat préféré de Juliette…

— Et le mien, ajouta Juliette précipitamment en coupant sa mère.

Cette dernière se retourna :

— C'est le problème avec les jumelles. Même quand elles essayent de se différencier, elles finissent par acheter le même sac, ou la même paire de chaussures…

Sébastien fit la moue.

— Je travaille avec Juliette, et elle n'a pas l'air d'avoir beaucoup de goûts en commun avec Justine, pourtant. Ses habits ne la mettent vraiment pas en valeur, c'est dommage. Elle devrait prendre exemple sur toi, déclara-t-il à Juliette.

La mère de Juliette sourit avec malice.

— C'est tout le talent de Justine, dit-elle. Je crois que Juliette préfère ne pas être remarquée !

— J'imagine, vu comment elle s'habille... Je le regrette ! Moi, je l'apprécie beaucoup, et elle est magnifique, comme toi, dit-il en s'adressant à Juliette. Mais j'imagine qu'elle préfère ne pas avoir l'air d'une femme fatale au travail, ajouta-t-il. Cela pourrait poser quelques difficultés.

Juliette acquiesça :

— Je tiens tout de même à préciser, pour défendre Juliette, que je ne m'habille pas de la même manière au bureau… Quand tu m'as rencontrée, j'étais Justine de Lenclos, pas Justine Duchemin.

L'enlaçant par-derrière, il l'embrassa dans le cou.

— Moi j'aime les deux versions, dit-il. L'auteure comme la vraie ! Mais j'espère avoir surtout fréquenté la vraie...

Il riait, et Juliette soupira. Il fallait vraiment, vraiment qu'elle lui avoue la vérité !

Chapitre 37

Lorsque Arthur rentra, il tomba nez à nez avec Sébastien dans la cuisine. L'ado marqua un temps d'arrêt, intrigué. Tout ce qui n'était pas du ressort de ses passions actuelles, à savoir Smash Bros ou Zelda, avait tendance à entrer par une oreille pour ressortir par l'autre. La lumière finit cependant par se faire dans son cerveau, et il ôta son casque.

— Arthur, je te présente Sébastien, mon ami, se hâta d'intervenir Juliette, craignant une gaffe plus ou moins volontaire de l'ado. Sébastien, Arthur, mon fils.

Arthur regarda avec étonnement la main que Sébastien lui tendait, avant de la serrer.

— Salut, dit-il. Je suis le fils de ma mère.

Juliette leva les yeux au ciel. Il allait faire le malin, maintenant. Sébastien éclata de rire.

— J'en suis heureux pour toi. Parce que si tu n'étais pas le fils de ta mère, ça deviendrait compliqué. Et est-ce que ce serait encore ta mère, d'ailleurs ?

— Vous ne pouvez même pas imaginer, commenta Arthur, narquois. J'ai de la chance de m'en tirer.

— Et tu as de la chance d'avoir cette mère-là, aussi, fit remarquer Sébastien.

L'ado eut une moue désabusée.

— De toute façon, c'est pas comme si j'avais le choix, hein…

Voyant l'air outré de Juliette, il se hâta de compléter sa déclaration peu enthousiaste.

— Mais ça va, elle est cool. Enfin, en général.

Il remit ses écouteurs, visiblement peu désireux de continuer la conversation, et fuit la cuisine après s'être servi à boire. Sébastien, qui tournait le dos à Juliette, les épaules secouées de soubresauts, ne se retourna pas tout de suite. Elle réalisa qu'il était en plein fou rire. Comme elle se plantait devant lui, poings sur les hanches, il s'essuya les yeux.

— Désolé, désolé, je ne me moque pas, promis…

Ses hoquets donnaient cependant peu de crédit à cette affirmation, si bien que Juliette finit par céder à la contagion, elle aussi.

— C'est l'adolescence, dit-elle. Une source constamment renouvelée de bonheur…

— C'est pas comme si j'avais le choix, répéta Sébastien en secouant la tête. Elle est excellente, celle-là !

La remarque plut également beaucoup à la mère de Juliette, lorsqu'ils lui racontèrent autour du fameux osso bucco. Ses gloussements, accompagnés des ricanements peu discrets d'Arthur, ponctuèrent le dîner.

Juliette et Sébastien sortirent ensuite faire un tour en ville.

— Il ne pleut pas, il faut en profiter, commenta Juliette. J'adore Le Touquet, mais il n'y a que les Anglais pour trouver qu'il y fait beau !

Sébastien passa le bras derrière ses épaules.

— De toute manière, je suis là pour te tenir chaud. Et réciproquement, ajouta-t-il, content de la voir rougir.

Alors qu'ils descendaient la rue Saint-Jean vers la plage en se tenant la main, Juliette se dit qu'elle aimerait mettre ce moment sous globe, pour pouvoir y revenir. Ça devait ressembler à ça, le bonheur : un soir de vacances où il faisait doux, et la compagnie de la personne qu'on aimait. Aimait ? La pensée la secoua, coupant court à la douce béatitude dans laquelle elle était plongée. Elle ne pouvait pas aimer Sébastien, c'était trop tôt.

L'objet de ses spéculations la regardait curieusement.

— Ça va ? lui demanda-t-il gentiment. Tu as l'air perplexe et tu as ralenti… tu veux qu'on marche moins vite ?

— Non, non, ce n'est pas la peine. Je pensais à *Blanche-Neige*, mentit-elle. Je ne visualise toujours pas le prince, c'est agaçant.

— Je sais que je n'ai pas le profil, déclara-t-il en soupirant, mais si tu as besoin d'un modèle, je peux me dévouer…

La main sur le cœur, un sourire angélique aux lèvres et les yeux luisant d'un éclat joueur, il avait plus que jamais l'air d'un pirate, prêt à ravir le cœur et la vertu de la première damoiselle venue. Secouant la tête, Juliette lui donna une petite tape sur le bras. Elle n'en revenait pas de constater à quel point elle s'amusait avec Sébastien – et à quel point sa vie, jusque-là, avait manqué de légèreté.

— En tout cas, ta mère est adorable, reprit-il. Et je ne me suis même pas extasié sur ses hortensias ni sur ses… trucs en tricot ?

— Au crochet, corrigea-t-elle.

Il ouvrit grand les yeux, l'innocence incarnée.

— Je ne vois même pas à quoi ressemble un crochet, en dehors de celui du capitaine dans *Peter Pan* !

Faussement rassurante, Juliette lui tapota la main.

— Ne t'inquiète pas : dimanche, tu seras incollable…

Une lueur amusée brilla dans le regard de son compagnon.

— Tant que je suis avec toi, lui glissa-t-il à l'oreille en resserrant sa prise sur sa taille, je veux bien tout apprendre sur le crochet. Je ne doute pas de trouver une compensation…

Parvenus sur le front de mer, ils traversèrent pour emprunter la promenade qui surplombait la plage.

— C'est marrant, ces sortes de fosses, remarqua Sébastien en voyant les grandes enclaves carrées percées dans la promenade.

Des escaliers de part et d'autre permettaient d'accéder au sable, et aux cabines qui bordaient ces espaces clos protégés du vent.

Juliette fronça le nez en le regardant.

— C'est pas des fosses ! Ce sont les patios. Ils abritent les clubs de plage. J'y ai passé tous mes étés quand j'étais petite. Arthur y est allé, aussi. Il continue à y retrouver ses copains, maintenant, même s'ils ne vont plus au club.

— Tu allais là, petite ?

— Mmmm. À celui-là, lui montra-t-elle du doigt. Caddy Sports. C'était top. Il y avait plein de jeux, des copains, des concours de temps en temps… Et à la fin août, il y avait la fête des Fleurs, où tous les clubs défilaient avec des chars recouverts de fleurs et tout le monde en costumes. J'ai été déguisée en Gauloise, en sirène, en anémone…

Se penchant sur elle, Sébastien l'embrassa sur le front.

— Tu devais être adorable, en sirène, avec tes cheveux flamboyants ! En anémone, j'ai plus de mal à m'imaginer, je dois dire.

— Là, c'est notre cabine, montra-t-elle en pointant du doigt vers une porte bleue. Enfin, celle de ma mère. On y stocke les pelles, les seaux, les filets à crevettes, les transats, la crème solaire…

Sébastien fit un bruit qui ressemblait beaucoup à un rire.

— La crème solaire ? Ici ?

Juliette lui lança un regard noir, sans trop d'espoir, la luminosité ambiante ne permettait pas de discerner quoi que ce soit.

— Si tu avais une peau de rousse, tu ne poserais pas la question. Et si tu insistes, tu ne la verras pas du week-end, ma peau de rousse !

Sébastien leva les mains, rieur.

— J'arrête ! Je me rends !

La faisant pivoter contre lui, il la serra en posant sa joue contre la sienne.

— Ce serait de la cruauté pure, tu ne te rends pas compte… Toute la semaine, j'ai attendu de pouvoir te prendre dans mes bras. C'est la perspective de te voir qui m'a permis de tenir. En plus, Juliette aussi est partie en vacances, alors je ne peux même pas aller la voir.

Dans ses bras, elle se raidit. C'était le moment idéal : ils n'étaient que tous les deux, il venait de faire référence à la simultanéité de leurs congés… Se détachant de lui, elle s'éclaircit la voix.

— Ah oui ? Eh bien…

Une main s'abattit sur son épaule :

— Mais oui, c'est ma Juju ! Comment ça va, la plus belle ?

Atterrée, elle se retourna. De tous les moments pour qu'Anthony ressurgisse ! Heureusement, il était toujours aussi lourd. Elle aurait eu l'air fin, s'il s'était mis à grandir et à l'appeler Juliette, comme elle le lui avait demandé vingt ans plus tôt. Elle avait de la chance que Juju marche aussi pour Justine, d'ailleurs.

Ne voyant aucun moyen d'y échapper, elle présenta Anthony à Sébastien, admirant le stoïcisme dont ce dernier faisait preuve.

— Ah, vous avez mis la main sur une perle rare, déclara Anthony. En plus, maintenant, elle est célèbre, n'est-ce pas Juju ? Justine de Lenclos !

Il secoua la tête.

— À l'époque, il y en a beaucoup qui lui couraient après, mais c'est moi qui ai été son premier petit ami.

Que la terre s'ouvre et l'avale, et qu'on en finisse ! Si on savait, quand on était jeune, que nos choix revenaient toujours nous hanter…

Elle regarda son ancien petit copain : il n'avait pas beaucoup changé, physiquement, toujours beau gosse, sportif d'allure et bien habillé. La maturité n'avait pas changé sa personnalité non plus. C'était toujours un jeune épagneul plein d'enthousiasme. Adorable et pas très subtil.

— Ma mère m'a dit que ton restau marchait bien ? demanda-t-elle, dans l'espoir de rerouter la conversation vers des eaux moins agitées.

Il opina avec enthousiasme.

— Mais oui, faut que vous veniez dîner, tous les deux ! Ou déjeuner, même… Je prendrai des photos, comme ça je pourrai les afficher avec les autres portraits de célébrités !

— Alors là, je suis flattée !

— Bah pourquoi ? C'est normal ! Tu es célèbre, tu viens du Touquet… et t'es quand même plus agréable à regarder que les comiques que j'ai eus il y a quinze jours. Il n'y avait que des mecs. Connus, mais des mecs. Toi, t'es tout de même plus sexy !

Juliette leva les yeux au ciel, tandis que Sébastien émettait un grognement suspect.

Elle souffla lorsque enfin ils parvinrent à s'extraire des griffes bien intentionnées de son ancien petit ami. Sébastien lui jeta un regard en coin alors qu'ils marchaient.

— Je succède donc à Anthony ? Juju...

L'innocence de la question ne la trompa pas : sa voix vibrait d'hilarité contenue.

Elle se résigna. À sa place, elle aussi, elle l'aurait bâché.

— Si on veut... il y a eu Antoine, aussi, puis Arnaud. Et puis, la lettre A ne me réussissant pas, j'ai fait un saut jusqu'à S. J'espère que je n'ai pas eu tort...

Comme elle laissait sa phrase en suspens, il lui prit la main et la serra. Toute trace de rire avait disparu lorsqu'il lui répondit.

— Bien sûr que non ! Si ça doit ne dépendre que de moi, tu as raison sur toute la ligne.

Il fit une pause.

— Je te prie de m'excuser. Je ne voulais pas me montrer blessant. Simplement, il est...

Il chercha ses mots, peinant à trouver un qualificatif adéquat avant de se résigner à une approximation.

— Désarmant, peut-être ? Je suis désolé, l'ironie et un sens de l'humour parfois inadapté font partie de mes défauts les plus prononcés.

— De tes qualités, aussi, corrigea Juliette. Merci, quand même, de dire ça. Anthony peut être affreusement lourd... mais on ne peut pas lui en vouloir, parce qu'il est d'une incroyable gentillesse. D'après ma mère, il distribue tous les restes de son restaurant aux sans-abri. C'était pareil quand on était jeunes. Mais la subtilité n'est pas son fort. Mon père l'aimait bien, il le comparait à un jeune labrador.

— *No comment*, fit Sébastien en levant les mains. Je n'ai rien dit !

— En fait, je trouve que ton « désarmant » était très bien choisi. Et vrai.

Reconnaissante, Juliette posa un petit moment sa tête sur son épaule avant d'y renoncer : ce n'était vraiment pas pratique pour marcher.

— La gentillesse, c'est essentiel, déclara subitement Sébastien, très sérieux. Il y a beaucoup de choses dont on peut se passer, mais ça, pour moi, c'est incontournable. J'ai donc beaucoup de chance…

Elle le regarda en levant les sourcils, et il secoua la tête.

— N'essaye pas de me faire croire que tu n'es pas gentille, ça ne marchera pas. Sous tes airs de Lucrèce Borgia moderne se cache en fait une femme douce et généreuse. Tu es démasquée !

À ces mots, son cœur se mit à battre plus vite. Il la regardait, amusé. Quoi, démasquée ? Poum, poum, poum, faisait son cœur à toute allure. C'était le moment ou jamais de lui dire !

— Mais tu es aussi incroyablement sexy...

Il l'attira à lui et sa bouche s'abattit sur celle de Juliette, lui faisant tout oublier sauf le désir brûlant en elle. Ses mains s'insinuèrent sous le pull léger et le polo, se délectant de sa peau chaude.

— Mmm… dit-il contre sa joue. D'accord. Sexy, mais avec les mains glacées ! Si on rentrait ?

Chapitre 38

Elle était un peu déçue en se réveillant le lendemain matin : Sébastien s'était déjà levé. Elle n'aurait rien eu contre un réveil semblable à celui du samedi précédent... Se faisant une raison, elle passa un jean et un pull léger pour descendre dans la cuisine, où il discutait avec sa mère.

— Et voilà la Belle au bois dormant, dit-il en se levant pour l'embrasser.

La lumière vive qui entrait par la fenêtre rebondissait sur le mur, illuminant sa peau mate ombrée par sa barbe naissante, ricochant sur ses pommettes larges, transformant ses iris sombres en lacs de chocolat liquide – le chocolat noir, relevé et épicé, qu'on utilisait pour les desserts les plus corsés.

— Tu es à croquer, lui glissa-t-il à l'oreille. Ça me donne envie de te remonter dans la chambre pour te réveiller convenablement.

Tentant – sans succès ! – de le foudroyer du regard malgré la chaleur que ses mots suscitaient dans sa poitrine, elle s'assit à côté de lui à la grande table de la cuisine. Il en profita aussitôt pour lui prendre la main. C'était étrangement réconfortant d'être ainsi installés tous les deux à la table du petit déjeuner, dans la maison de son enfance. Il s'intégrait sans heurt à l'environnement familier. Elle lui serra la main en retour, heureuse d'être là, avec lui.

— Bonjour ma chérie, claironna sa mère, pimpante comme à son habitude dans un twin-set lavande, en lui versant d'office une tasse de thé. Tu as bien dormi ? Sébastien me disait que tu lui avais montré le front de mer, hier soir.

— Mmmm, répondit Juliette, en soufflant sur le thé pour le faire refroidir, avant d'y ajouter du lait.

— Tu te souviens que c'est aujourd'hui, la rencontre avec les lecteurs à la bibliothèque ?

Juliette grimaça. Elle avait bien sûr oublié, bonjour l'acte manqué !

— Je serai ravi de retrouver Justine de Lenclos, pour ma part. C'est un auteur que j'apprécie énormément ! s'exclama Sébastien.

— Oh ? Vous avez lu le livre de Juliette ?

— De Justine, oui.

La confusion des prénoms avait l'air de l'amuser. Juliette, encore mal réveillée, n'avait même pas remarqué.

— Laisse tomber, lui dit-elle avec un geste de la main. Juliette, Justine…

Sa mère secoua la tête, une moue embarrassée aux lèvres.

— Excuse-moi, ma chérie. Je finis par m'y perdre.

— Mais pour répondre à votre question, j'ai lu son roman et je l'ai beaucoup aimé. Elle est très douée. Et le point de vue de la Belle, c'est très instructif, quand on est un homme, ajouta-t-il.

La mère de Juliette hocha la tête énergiquement.

— Je suis bien d'accord avec vous. On devrait imposer aux hommes de le lire, je trouve. Ça relèverait certainement le niveau !

Voyant que Sébastien la regardait avec intérêt, elle rougit.

— Bien sûr, je ne dis pas ça pour vous. Même si je n'en sais rien, bien entendu, parce que ma fille ne m'a rien dit, mais bon, pour certains…

Juliette éclata de rire en voyant sa mère s'empêtrer dans ses explications.

— C'est bon, maman, il te taquine. Viens t'asseoir avec nous et te prendre un café, plutôt.

Les pommettes rosies, sa mère s'exécuta, encore un peu gênée.

— Ne vous inquiétez pas, Jacqueline, lui dit Sébastien gentiment. Je suis certain que vous avez raison, mais je crains aussi que ceux qui en auraient le plus besoin ne soient pas ceux qui vont lire le livre de votre fille, malheureusement.

Le remerciant d'un sourire, la vieille dame se détendit.

— Il ne faut pas que tu traînes trop, ma puce. La rencontre est à onze heures, et il est déjà neuf heures et demie. Si tu veux avoir le temps de te préparer…

Juliette soupira.

— J'ai l'impression de me retrouver au lycée, dit-elle à Sébastien, résignée, avant de mordre dans sa tartine.

— Ça m'étonnerait beaucoup qu'à l'époque on t'ait demandé de te préparer pour rencontrer les lecteurs de ton roman érotique… D'ailleurs, si on t'avait dit que ça t'arriverait, est-ce que tu y aurais cru ?

Elle secoua la tête. Pas une seconde.

— Je peux t'accompagner ? lui demanda-t-il, une lueur d'espoir dans les yeux.

Ravie de sa demande, elle acquiesça. Elle craignait qu'il n'y ait pas grand monde.

Une heure et demie plus tard, alors qu'elle prenait un café en compagnie de Sébastien et de Marie-Cécile, la bibliothécaire, elle dut reconnaître qu'elle s'était trompée. Les chaises disposées dans la salle de lecture étaient désormais presque toutes occupées, par une assemblée majoritairement féminine. Contrairement à ce qu'elle imaginait, il n'y avait pas que les amies de bridge de sa mère. Elle voyait aussi des femmes plus jeunes, certaines dans la quarantaine, d'autres ne semblant pas encore avoir soufflé leurs trente bougies.

— Mais qu'est-ce que je vais leur dire ? souffla-t-elle à voix basse à Sébastien, paniquée.

Il la prit dans ses bras et lui embrassa le front.

— Tu vas répondre à leurs questions, c'est tout. On ne te demande pas de faire un discours !

Après une petite présentation par la bibliothécaire, elle s'avança et s'assit sur la chaise qui faisait face à l'assemblée. Elle sentait, dans son ventre, la même appréhension qu'à chaque fois qu'elle devait parler en public. Rassemblant son courage, elle regarda les visages en face d'elle. Ils avaient l'air plutôt bienveillants, à l'exception de Mme Duchaussoy, la mère de Valérie, son amie d'enfance. Mais elle ne souriait jamais, de toute façon. D'ailleurs, que faisait-elle là ? Imaginer cette terreur de son enfance en train de lire son ouvrage l'amusa, et elle se détendit… jusqu'à ce qu'elle se souvienne que Mme Duchaussoy ne connaissait qu'une Juliette, qui n'avait pas de jumelle. Déglutissant, elle constata que tout le monde la regardait.

— Bonjour à tous, entama-t-elle d'une voix faible qui se renforça au fur et à mesure. Je n'ai rien préparé de spécial à vous dire, je crois que l'idée est plutôt de discuter et de répondre à vos questions, alors c'est à vous d'ouvrir le bal.

Est-ce que vous avez des questions auxquelles vous souhaiteriez que je réponde ?

Plusieurs mains se levèrent aussitôt, et Marie-Cécile fit signe à l'une des personnes.

— Est-ce que vous écrivez un autre livre, en ce moment ? J'ai adoré votre roman, j'ai hâte de lire le suivant, mais le libraire m'a dit que pour l'instant il n'y avait pas d'autre sortie prévue.

La question était facile. Juliette respira. Elle n'avait pas eu le temps de finir sa réponse que d'autres mains se levaient, et les questions s'enchaînèrent à un rythme soutenu. Certaines étaient plus difficiles que d'autres : par exemple, d'où lui venait son inspiration ?

Elle soupira.

— Si je le savais, je vous le dirais... De toute manière, il y a « inspiration » et « inspiration ».

Les visages dans la salle s'étaient froncés. Réalisant ce qu'elle venait de dire, elle se moqua de sa phrase nébuleuse.

— Dans le genre écrivain allumé, c'était pas mal, ça ! Ce que je veux dire, c'est que l'inspiration joue peut-être dans l'idée de départ, comme décider de réécrire un conte à ma manière. En revanche, l'inspiration au quotidien, c'est simple : c'est juste du travail. Je me force à aligner des mots et j'espère que cela aura du sens *in fine*. Parce qu'on peut toujours améliorer ce qu'on a écrit... mais il faut d'abord l'avoir écrit !

Elle secoua la tête.

— Je suis décidément la reine des phrases inspirées, aujourd'hui !

Quelques rires résonnèrent dans l'assemblée. Visiblement, ils étaient d'accord. Un type dégarni et un peu rond leva la main. Son visage lui disait quelque chose, mais c'est lorsqu'il prit la parole qu'elle le reconnut à sa voix : c'était Aurélien, un autre des copains de sa bande de l'été – et petit ami d'une soirée, aussi. Encore un A. Et encore une personne qui connaissait Juliette, l'unique Juliette. La concentration nécessaire pour comprendre sa question et y répondre fit reculer un instant la panique qui commençait à l'envahir.

— Est-ce que tu as testé tout ce que tu décris ?

Elle joignit les mains devant elle.

— Ma vie privée est hors limites, bien entendu. Il n'y a pas besoin d'avoir des crocs pour écrire des livres de vampires, je pense… Une de mes amies a en revanche eu l'idée de créer une ligne d'objets dérivés inspirés du livre, qu'en pensez-vous ?

Deux ou trois dames chic se trémoussèrent, l'air gêné, tandis qu'un brouhaha envahissait la salle. Le club de bridge se montrait enthousiaste, ces dames paraissaient trouver l'idée fort intéressante. Sébastien discutait avec sa voisine, une dame comme il faut d'une soixantaine d'années. Il lui dit quelque chose qui la surprit, apparemment. L'air horrifié, la dame mit la main sur sa bouche, tandis que Sébastien se mordait les lèvres, secoué de soubresauts silencieux. Il riait tellement qu'elle le vit essuyer une larme.

Le brouhaha se calmant, les questions reprirent, moins tendancieuses que celle d'Aurélien, heureusement. La séance tirait à sa fin quand Juliette vit une longue silhouette blonde se glisser au fond de la salle. Ce n'était pas possible ! Pas Judith ! Elle n'avait pas prévu de venir, sa mère lui en aurait parlé. Et Judith pensait qu'elle avait parlé à Sébastien ! Pendant que Marie-Cécile clôturait la séance, Juliette chercha comment éviter la catastrophe imminente. Rien ne lui vint à l'esprit, cependant. Suivant la bibliothécaire, elle rejoignit la table installée pour les dédicaces, tout en essayant d'attirer l'attention de sa sœur, en vain : interceptée par leur mère, Judith s'était arrêtée pour l'embrasser et saluer ses amies.

Sébastien, qui avait rejoint Juliette, lui serra l'épaule en se penchant sur elle.

— Tu as été merveilleuse, lui dit-il à l'oreille. Ils sont ravis.

Effectivement, tous paraissaient contents – à commencer par Marie-Cécile, qui rayonnait du succès de l'événement. Elle avança vers Juliette.

— J'ai aussi acheté votre livre, dit-elle un peu embarrassée. Vous voudrez bien me le dédicacer ?

Juliette acquiesça. Si même la bibliothécaire avait acheté son roman, alors ! La femme fila vers son bureau, sans doute à la recherche de l'ouvrage.

— Qu'est-ce qui te faisait rire comme ça, tout à l'heure ? demanda-t-elle à Sébastien. J'ai cru que tu allais en tomber de ta chaise !

— Ma voisine n'avait pas compris de quels produits dérivés on parlait, expliqua-t-il, une étincelle dans le regard. Je crois que ma réponse lui a fait un choc !

Juliette gloussa.

— Et encore, poursuivit Sébastien, imperturbable. Je n'ai pas détaillé !

Échangeant un regard, ils se mirent tous deux à rire de bon cœur à l'idée de la tête de la brave dame découvrant l'éventail des accessoires utilisés par la Bête sur la Belle. Pendant qu'ils parlaient, les heureux possesseurs du roman avaient commencé à s'agglutiner devant la table, si bien que Juliette se mit au travail, sans pour autant oublier l'impasse dans laquelle elle se trouvait. Mme Duchaussoy n'était pas restée, mais Aurélien attendait son tour, derrière quatre ou cinq dames. Et Judith discutait encore avec sa mère au fond de la salle.

Comment allait-elle s'en sortir ?

Chapitre 39

— Juliette ! Comment vas-tu ?

Aurélien, qui était passé de son côté de la table, se penchait sur elle pour lui faire la bise. Elle se figea, parvenant à peine à garder une expression aimable. Sébastien se tenait à moins de deux mètres ! Elle lui jeta un rapide coup d'œil. Il n'avait pas bougé, en pleine conversation avec la bibliothécaire. Une infime lueur d'espoir se fit jour dans son esprit. Il n'avait peut-être pas entendu ? Elle reporta son attention sur Aurélien.

— Mon cher, ici, je suis Justine de Lenclos et je ne répondrai qu'à ce nom !

Elle lui fit un clin d'œil.

— Ah, euh, okay, si tu veux, Juliette. Euh, Justine !

Il s'excusa, penaud.

— Désolé, hein, mais pour moi, tu es avant tout Juliette !

Elle allait le tuer. Dans l'angle de son champ de vision, Sébastien se retourna. Elle se pencha en avant.

— Si tu m'appelles comme ça encore une fois, je jure que je dis à Mme Duchaussoy que c'est toi qui avais cassé sa baie vitrée, et pas un ballon égaré !

Il ouvrit de grands yeux. Le pauvre. Sur un ton plus bas, elle reprit :

— C'est par rapport à ma mère, elle ne veut pas que mon vrai nom apparaisse, tu comprends…

— Ah, d'accord…

Il n'avait pas l'air de comprendre, et pour cause.

— Une histoire en rapport avec le Rotary et la réputation de mon père. Honnêtement, moi non plus, je ne trouve pas ça très clair. Mais bon, je lui ai promis, alors…

Sa pauvre mère, si fière de son roman ! Si elle savait ! Mais Aurélien hocha la tête, déjà plus à l'aise.

— Ça marche… Justine !

Son clin d'œil la fit tiquer, mais elle n'allait pas lui jeter la pierre. Elle était en train de lui écrire un petit mot personnalisé quand Sébastien les rejoignit. Elle se tendit.

— Aurélien, je te présente Sébastien, mon ami. Sébastien, Aurélien, avec qui on a fait les quatre cents coups quand on était mômes.

— Et plus grands, aussi, renchérit Aurélien en riant. Tu te souviens, quand Anthony nous est tombé dessus à la fête de Claire ?

— Je ne vois pas comment j'aurais pu l'oublier. Il n'y a que lui pour prendre l'expression « tomber sur quelqu'un » au sens littéral !

Anthony avait tout de même réussi à chuter du lit mezzanine… Assis sur des coussins en dessous, ils avaient amorti sa chute, involontairement. Ils s'en étaient tous tirés avec quelques bleus et bosses, et une histoire du tonnerre à raconter.

Sébastien qui ne connaissait pas l'anecdote la regardait d'un air de profonde incompréhension. Elle n'eut cependant pas le temps de lui expliquer : Aurélien reprenait déjà.

— Je l'aurais sans doute mieux pris quelques années plus tard, déclara-t-il avec un clin d'œil.

Alors là… elle aussi était perplexe. S'en rendant compte, il haussa les épaules.

— Après mon coming out ! Tu n'étais pas au courant ?

Juliette, qui en ignorait tout, cacha sa surprise tant bien que mal.

— Ah ! Si, si, bien sûr !

Pas dupe, Sébastien se mordit les lèvres et s'éloigna, tandis qu'Aurélien lui montrait des photos de son mariage.

Ouf, se dit-elle quand il fut parti. Il ne restait plus que Judith !

Malgré la possibilité d'une gaffe de sa sœur, Juliette accueillit la fin de la rencontre avec bonheur. Après avoir dit au revoir à Marie-Cécile, elle rejoignit sa mère et Judith qui l'attendaient près de la sortie, Sébastien sur les talons.

Sa sœur lui sauta au cou.

— Quand maman m'a dit que la fameuse Justine de Lenclos rencontrait des lecteurs ce matin, je me suis dit que je ne pouvais pas rater ça. Tu étais super, Sis' ! Je suis officiellement ta première fan !

Sébastien s'avança au côté de Juliette et une lueur d'appréciation brilla dans les yeux de Judith.

— Bonjour, dit-elle sans laisser à Juliette le temps de prononcer un mot.

Cette dernière retint son souffle.

— Je suis Judith, la sœur cadette de l'auteur invité !

Juliette recommença à respirer.

— Sébastien, répondit-il en serrant la main tendue. Je suis un ami de Justine. Et je travaille avec Juliette, aussi.

— Un ami de Justine, répéta sa sœur, une étincelle dans le regard. Eh bien, je ne savais pas que *Justine* avait si bon goût pour choisir ses amis ! Ravie de vous rencontrer, Sébastien. D'autant plus que, travaillant avec *Juliette*, vous devenez doublement recommandable…

Juliette se crispa en entendant Judith souligner ainsi les prénoms, mais la touche d'ironie était si légère que Sébastien ne sembla pas la remarquer.

— Ça, je ne suis pas sûr, il faudra lui demander. Je l'ai pas mal sollicitée, récemment, et je ne suis pas certain qu'elle me porte dans son cœur !

L'étincelle dans son regard montrait qu'il savait que ce n'était pas vrai, bien sûr… mais il ignorait à quel point ! Juliette s'immobilisa, tétanisée entre panique et envie de rire, tandis que Judith masquait ses ricanements sous une quinte de toux théâtrale.

— J'espère que je ne vous ai pas choquées, en disant ça. Je vous rassure, j'apprécie beaucoup Juliette. Je pense honnêtement qu'elle ne me déteste pas, pour le moment en tout cas…

Son commentaire acheva Judith, qui aurait désormais pu rivaliser avec la Dame aux Camélias au stade terminal de sa phtisie, tellement elle toussait. Il était aussi évident, hélas, qu'elle riait à en perdre haleine. Elle en avait les larmes aux yeux. Juliette la fusilla du regard.

— Désolée, désolée ! balbutia la jolie blonde. C'est juste que l'idée de Juliette vous détestant… ça me semblait tellement peu probable que c'en était drôle.

Il haussa les épaules.

— En tout cas, j'en serais triste, parce qu'elle est vraiment super. C'est rare, dans la logistique, où les relations humaines sont en général assez rudes. Et vous ? C'est vous qui travaillez dans la mode, c'est bien ça ?

Judith acquiesça, lui expliquant son travail alors qu'ils se mettaient en marche pour rentrer, la main de Juliette dans celle de Sébastien. En chemin, Juliette se tranquillisa peu à peu. Sa mère avait dû penser à prévenir Judith. Cela faisait une source potentielle de gaffe de plus, ceci étant. Soucieuse, elle résolut de limiter au maximum les échanges de Sébastien avec le reste de la famille.

Arthur émergeait tout juste lorsqu'ils arrivèrent à la maison. En jogging et tee-shirt, il fourrageait dans le placard à la recherche de quelque chose à manger.

— Ben où vous étiez tous ? demanda-t-il en les voyant entrer. Oh, salut tatie !

Judith s'approcha du garçon pour l'embrasser et s'arrêta net en constatant qu'elle n'avait plus besoin de se pencher pour atteindre sa joue.

— Ce n'est pas possible, il a encore grandi ! s'exclama-t-elle en se retournant vers sa sœur. Il est aussi grand que moi, maintenant.

Juliette haussa les épaules.

— Et encore, la taille, ce n'est rien. Il en est à sa troisième paire de baskets depuis le début de l'année. Il chausse du 43, grimaça-t-elle.

— Mais tu es encore plus beau, ajouta Judith en posant un baiser sur la joue de son neveu. Tu as une petite copine ?

L'adolescent lui jeta un regard noir de sous ses mèches trop longues.

— Arrêtez de harceler ce pauvre garçon, intervint Sébastien, le prenant en pitié. Je suis sûr que vous seriez mortes plutôt que de parler de vos petits copains à votre mère, non ?

Judith concéda sa défaite.

— Un point pour l'ami de *Justine*, dit-elle. Mais crois-moi, Arthur, je suis sérieuse. Toutes les filles vont te courir après à la rentrée. Je suis super fière d'être ta tante !

Les joues en feu, l'ado s'affala sur une chaise, un paquet de gâteaux secs à la main.

— On mange bientôt, fit remarquer sa grand-mère. Ce serait dommage que tu n'aies plus faim, j'ai fait des « lasagnes ».

Arthur ne répondit pas, mais Juliette vit qu'il refermait le paquet – sa mère avait dit le mot magique : « lasagnes ».

— Heureusement que j'avais prévu d'en faire plus, soupira la vieille dame en mettant le plat à réchauffer dans le four. Tu aurais pu me prévenir que tu venais, Judith !

— Bah, sinon on serait allés manger dehors. On pourrait se faire une pizza, ce soir, si ça vous dit ?

Aidée de Sébastien, Juliette mit la table pendant que Judith discutait avec sa mère.

— Ça va ? lui demanda-t-elle à voix basse. Ça fait un peu immersion forcée dans la famille Duchemin, s'excusa-t-elle, je suis désolée. Je ne savais pas que ma sœur venait.

Il la rassura d'un baiser.

— Tout va bien. Et ta sœur est charmante, qui plus est. Enfin, je veux dire, très sympathique, ajouta-t-il en voyant l'air froncé de Juliette. C'est toi que je veux dans mon lit, pas elle, lui souffla-t-il à l'oreille.

Juliette avait du mal à le croire : des deux sœurs, Judith avait toujours été la plus jolie, la plus sexy… et celle qui rencontrait le plus de succès auprès des garçons. L'idée qu'elle puisse plaire à Sébastien la rendait malade. Après le déjeuner, tandis qu'ils débarrassaient, Judith profita du fait que Sébastien était dans la cuisine avec leur mère pour discuter avec sa sœur.

— Il est chouette, ton Sébastien. Et sacrément sexy, si je peux me permettre.

— Tu trouves ?

L'air inquiet de sa sœur amusa Judith.

— Relax, Sis', je ne vais pas te le piquer. Luca, remember ? J'ai mon beau brun ténébreux et sexy à moi, je n'ai pas besoin du tien !

Juliette hocha la tête.

— Merci de ne pas avoir vendu la mèche, pour Justine, ajouta-t-elle.

Judith soupira en secouant la tête.

— Tu ne m'avais pas appelée, je me doutais que tu ne l'avais pas dit. C'est ta vie, hein, pas la mienne, mais tu joues avec le feu. Plus tu attends, plus ça va être difficile, et plus il va avoir du mal à comprendre que tu ne lui aies pas fait confiance.

Elle était préoccupée, ça se voyait au pli entre ses sourcils.

— Ça me ferait mal au cœur de voir que tu passes à côté d'un type bien à cause de ton manque de confiance en toi ! À moins que tu aies fait des trucs inavouables au boulot récemment, la Juliette que je connais est quelqu'un de bien. Il n'y a aucune honte à avouer qu'elle et toi, vous êtes une seule et même personne !

Juliette leva les bras au ciel.

— Je sais, je sais, c'est ça le pire ! Mais que veux-tu que je te dise ? À chaque fois que je commence à lui dire, je suis interrompue. Et après…

— Après, tu te dégonfles !

— On peut dire ça, oui, soupira Juliette. Le temps que je rassemble mon courage de nouveau, le moment est passé.

Judith haussa les épaules.

— Trouve d'autres moments, alors. Parce que sinon, la vie va choisir pour toi, et ce ne sera pas forcément comme toi tu l'aurais souhaité.

— Tout va bien ? demanda la voix de Sébastien juste derrière elle, la faisant sursauter. Il s'en excusa aussitôt.

— Désolé, je ne voulais pas te surprendre !

Il enlaça gentiment Juliette puis l'embrassa dans le cou. Elle se serait bien abandonnée au confort de ses bras, mais elle se demandait ce qu'il avait entendu de leur discussion.

— Que vous avez l'air sérieuses ! se moqua-t-il gentiment.

Il se détacha de Juliette.

— Je monte m'allonger un peu. À bonne entendeuse…

Judith grimaça.

— Je ne voudrais pas m'avancer, mais je ne suis pas certaine que ce mot existe.

— Non, moi non plus, concéda-t-il. Mais je m'en fiche un peu, tant que Justine vient avec moi…

Comme ils montaient l'escalier, Judith leva le pouce à l'attention de sa sœur.

— Je crois que tu as charmé toutes les femmes de ma famille, commenta Juliette, une fois la porte refermée derrière eux. Judith a l'air de t'apprécier.

Sébastien la prit dans ses bras, sans l'embrasser pour autant.

— J'en suis ravi, mais crois-moi, la seule que je voudrais être sûr d'avoir vraiment charmée, c'est toi.

L'embrassant, Juliette noua les bras autour de son cou.

— Tu peux considérer que c'est chose faite, chuchota-t-elle.

Elle laissa glisser ses doigts dans les boucles brunes sur sa nuque et sur ses tempes, avant de nicher son nez dans son cou, sous l'oreille, en quête de son odeur fraîche et masculine. Elle était sous le charme, c'était indéniable. Mais l'inverse serait-il toujours vrai quand il découvrirait la vérité ?

Chapitre 40

Lorsqu'il repartit le dimanche soir, Sébastien reçut une invitation à revenir de la part de la mère de Juliette. Elle ne tarissait pas d'éloges sur lui alors qu'avec Juliette elles se préparaient une tisane dans la cuisine.

— Avec lui, tu sors de ta coquille, tu as l'air heureuse de vivre. Et quel bel homme ! Ma chérie, celui-là, il faut le garder.

Juliette soupira.

— Je crains que ça ne dépende pas de moi…

— Si déjà tu lui disais la vérité, et qu'on pouvait arrêter la comédie de la jumelle… Ce serait un bon début, je crois !

Arthur, qui arrivait dans la cuisine à la recherche d'un paquet de chips, ajouta son grain de sel.

— Mamie a raison, m'man. Tu te rends compte de l'exemple que tu me donnes ?

Voyant la tête de sa mère, il éclata de rire, pas peu fier de sa repartie. Il reprit ensuite son sérieux.

— Mais, m'man, je suis d'accord avec Mamie. Il est cool, Sébastien.

— Tu dis ça parce qu'il t'a battu à Super Smash Bros !

— Ben oui, enfin, pas seulement. Même si c'est vrai qu'il est bon, comme gamer. À votre âge, c'est rare !

Juliette ne put s'empêcher de grimacer. Avec son fils, elle avait parfois l'impression d'être née au temps des dinosaures.

— Ça tombe bien que tu l'apprécies, je l'ai invité à revenir, enchaîna sa grand-mère.

— Ah, *nice*. Je me demande s'il pourrait battre William ?

La main dans le paquet de chips, l'ado reprit le chemin de sa console, plongé dans ses pensées. Il comparait sans doute les mérites de son ami et ceux de Sébastien.

— J'aurais vingt ans de moins, ma chérie, je t'assure que je me mettrais sur les rangs ! Si son ramage est égal à son plumage, bien sûr…

Les yeux de la vieille dame brillaient de malice.

— Eh bien figure-toi que son ramage est encore mieux que son plumage ! rétorqua Juliette d'un air satisfait.

Sa mère sourit en reposant sa tasse de café.

— Le pauvre La Fontaine doit se retourner dans sa tombe… à moins qu'il n'y ait des sous-entendus érotiques dans la fable.

— Et c'est le signe que je dois retourner travailler ! J'ai décidé que je n'aurais aucune conversation avec toi qui comprenne le mot « érotisme » ou ses dérivés. Tu es ma mère, je ne peux pas !

La dernière semaine, Juliette mit le point final à sa *Blanche-Neige*. Elle avait tranché pour un prince charmant blond aux yeux bleus, s'inspirant pour ses descriptions d'un acteur américain au charme indéniable. Aussi sexy que Sébastien, mais en blond. Elle relirait son texte pour le reprendre et le corriger une fois rentrée, se dit-elle. Elle regrettait que ses vacances se terminent, mais plus encore, elle aurait aimé que Sébastien soit à ses côtés. Avec lui, le temps passait sans qu'elle s'en rende compte, et pas seulement lorsqu'ils étaient au lit. Elle était tombée amoureuse de lui. Comment aurait-elle pu l'éviter ? Ses regards, ses gestes, tout montrait combien il la trouvait sexy, et précieuse, et à quel point il tenait à elle. Il la voyait et l'appréciait comme elle était, même s'il ne connaissait toujours pas son identité réelle : ses dernières tentatives s'étaient toutes deux terminées en fiasco. La première fois, Anthony avait surgi, armé de son smartphone, pour l'immortaliser alors qu'ils déjeunaient dans son restaurant ; la seconde, une averse brutale avait interrompu leur promenade, et coupé court à sa confession. Elle n'avait pas trouvé le cran de la reprendre lorsqu'ils étaient enfin rentrés, trempés et haletants.

Il n'était pas parfait, bien sûr. Il adorait la taquiner, la poussant à bout avant de se faire pardonner d'un baiser. Très indépendant, il aimait contrôler la situation. Cela ne l'empêchait pas de se montrer respectueux de ses désirs et, d'une manière plus profonde qu'elle aurait bien été en peine de décrire, de ce qu'elle était. Contrairement à son ex-mari, il ne tentait pas de lui imposer quoi que ce soit, et ne la faisait jamais se sentir inférieure à lui.

Elle quitta le Touquet peu après lui, le dimanche soir. Arthur était parti en train la veille, et son père l'avait récupéré gare du Nord. Alors qu'elle faisait démarrer sa voiture, elle se rendit compte qu'elle n'était pas seulement triste à l'idée de voir ces vacances prendre fin. Elle était stressée, aussi, à l'idée de retrouver son bureau… et Sébastien. Comment allait-elle se retrouver face à lui au travail sans se trahir ? C'était tout simplement au-dessus de ses forces. Heureusement, elle avait un peu de temps pour s'y préparer : il devait passer la semaine à Lyon. Elle lui dirait la vérité le week-end suivant. Ils seraient seuls tous les deux, sans personne pour les interrompre… le situation idéale. Et la question serait résolue avant qu'ils ne se revoient chez Hervouët.

Chapitre 41

Sa semaine de reprise lui parut interminable. Il n'y avait personne, et elle n'avait qu'une hâte, parvenir au week-end pour revoir Sébastien, qui lui avait donné rendez-vous chez lui : pas la peine de sortir, avait-il ajouté, tous les restaurants étaient fermés !

— Bon, en fait, j'ai un peu arrangé la réalité, lui avoua-t-il lorsqu'elle le rejoignit. Il y a des restaurants ouverts. Mais j'avais envie de passer du temps enfermé tout seul avec toi.

— Hmm hmm... Et pourquoi donc ? je me demande bien, le taquina Juliette.

— Pour ça, répondit-il en la prenant dans ses bras et en l'embrassant jusqu'à ce qu'elle en ait le souffle coupé.

Les jambes flageolantes comme si elle avait couru un sprint, elle s'assit sur le canapé.

— On se rattrapera demain, rassure-toi, ajouta-t-il. Mais ce soir, je te voulais rien que pour moi. Parce que les week-ends en famille, c'est bien... mais c'est un peu frustrant.

Juliette le regarda, curieuse.

— Ah bon ? Pourquoi ?

Il s'assit à côté d'elle et lui prit les mains, le visage grave.

— Parce que je ne pouvais pas te faire crier comme je l'aurais fait normalement, répondit-il, très sérieux.

Elle ouvrit de grands yeux. Ils avaient passé du temps au lit, au Touquet… certes, pas tout leur temps, mais suffisamment pour en profiter !

— Mais…

Elle n'eut pas le temps de finir sa phrase : la prenant par surprise, il la renversa sur le canapé… et se mit à la chatouiller, impitoyable, jusqu'à ce qu'elle hurle de rire.

— Tu vois ? conclut-il, satisfait. Comme ça !

Ils ne se quittèrent pas du week-end, passant une bonne partie de leur temps au lit, flânant dans Paris avant d'aller dîner dans le délicieux restaurant en terrasse où il avait réservé, « parce qu'il voulait lui faire découvrir ses lieux préférés ». À chaque fois qu'ils longeaient la vitrine d'une librairie, il s'amusait à lui montrer son roman, le dénichant même dans les petites échoppes de presse à l'ancienne, où il était coincé entre des trousses Hello Kitty et des magazines de tricot poussiéreux. Une ou deux fois, elle faillit lui dire qui elle était, mais les mots lui manquaient, les arguments appris par cœur s'effaçaient de sa mémoire pour n'y laisser qu'une ardoise vierge. Elle redoutait de tout gâcher, même si elle savait qu'il lui faudrait le faire tôt ou tard. Elle voulait juste profiter de ces moments parfaits.

— Tu m'as terriblement manqué, toute cette semaine, souffla Sébastien tout contre ses lèvres alors qu'ils venaient de faire l'amour. Je crois que je suis devenu accro, précise-t-il.

— Moi aussi, reconnut Juliette en faisant courir l'une de ses mains sur les épaules larges et le torse de son amant, suivant les dessins sinueux que les poils sombres dessinaient sur sa poitrine.

Ils étaient encore enchevêtrés, les jambes entrelacées au milieu d'un fouillis de draps. Attrapant sa main, il la porta à ses lèvres pour y poser un baiser.

— Moi aussi, je suis accro, répéta Juliette en relevant la tête pour qu'il puisse lire dans ses yeux à quel point elle était sincère.

La chaleur qui éclaira les prunelles chocolat aurait pu faire fondre la banquise. Refermant à moitié les paupières, il s'étira comme un félin repu, puis retourna la main de Juliette pour en embrasser la paume. Ses doigts suivirent les contours de sa bouche, ô combien talentueuse. Elle ne se lassait pas de le toucher, se rassurant. Il était bien réel, là, dans ses bras. Sa solidité, sa dureté même, le poids de son corps lui étaient devenus nécessaires. Il l'ancrait dans le plaisir qu'ils se donnaient, dans la joie de partager des moments simples, heureux. Il répondait à un besoin de matérialité physique presque terrienne, qu'elle ne se connaissait pas, elle qui jusqu'ici vivait de préférence dans l'abstraction de l'écriture. Il l'enlaçait dès qu'il en avait l'occasion, ou passait son bras derrière ses épaules, ou encore posait sa main dans son dos, sur son bras… Encouragée par sa présence tendre, elle se découvrait presque aussi tactile et joueuse que lui.

— Je repars à Lyon, cette semaine… Ça va me paraître interminable, soupira Sébastien alors qu'elle lui proposait de le voir le week-end suivant.

Il lui prit la main pour l'attirer sur le lit, d'où elle s'était levée à contrecœur pour s'habiller.

Empêtrée dans son jean, elle tomba sur lui en riant. Il sourit à son tour, embrassant toutes les parties de son corps qui passaient à sa portée jusqu'à ce qu'elle parvienne à s'échapper.

— Tu pourrais organiser un dîner avec ta sœur, si elle est libre samedi, lui suggéra-t-il.

— Judith ? demanda Juliette, perplexe.

— Non, enfin si, si tu veux. Je pensais à Juliette, en fait. Je ne vous ai jamais vues ensemble. Et puisque je la connais déjà… Même si je ne suis pas certain de ma réaction face à toi en double ! Je risque de ne pas faire le poids. Deux femmes aussi ravissantes, intelligentes… je ne suis qu'un homme.

Elle se figea, le cœur battant. C'était le moment ou jamais ! Sa langue, cependant, semblait animée d'une volonté propre.

— Si on ajoute Judith, ça en fait même trois, plaisanta-t-elle, au lieu de tout avouer.

Intérieurement, elle s'arracha les cheveux. Mais pourquoi ? Pourquoi ?

Les yeux de Sébastien brillaient, sombres et doux :

— On s'en fiche, de Judith… Je l'aime beaucoup, mais au cas où tu ne l'aurais pas encore compris, c'est toi qui me fais de l'effet.

Elle se lança :

— En fait…

Mais il parlait en même temps, sa voix couvrant la sienne.

— Et tu me fais beaucoup, beaucoup d'effet… J'espère que tu le sais.

Elle referma la bouche, muette.

— Cette semaine va me paraître longue, reprit-il. Tu es certaine que tu ne veux pas passer la nuit ici, et qu'on parte tous les deux demain matin ?

La proposition était tentante : partant pour Lyon, il ne la verrait pas arriver en retard… Elle n'avait vraiment pas envie de partir.

Avec un clin d'œil malicieux, il renchérit.

— Je sais que tu as du mal le matin, mais rassure-toi : je dois faire un saut au bureau avant de partir, je ne vais pas me lever trop tôt.

Elle pouvait encore lui dire et passer la nuit dans ses bras, plutôt que de refuser de rester… Elle garda le silence, sans comprendre pourquoi, et le regretta sitôt la porte fermée.

Chapitre 42

Une autre semaine d'août au bureau commença ; il n'y avait toujours pas grand monde, même si Thierry était rentré, au grand soulagement de Juliette. Kate Harris était là, mais elle ne sortait pas, déjeunant d'une salade devant son écran et affichant tous les signes de la « business woman » débordée.

— Qu'est-ce que ça sera quand l'activité reprendra ! ironisa Juliette.

Elle était sortie manger avec le financier à la terrasse d'un des hôtels de la zone industrielle. Avec sa loquacité habituelle, il hocha la tête. Son opinion de l'Américaine ne s'était pas améliorée pendant les vacances.

— Tu ne me feras pas croire qu'elle n'a pas le temps de sortir déjeuner, reprit Juliette, que l'attitude show-off de la jeune femme agaçait.

Thierry fit la moue.

— C'est juste que Sébastien n'est pas là, c'est tout.

L'estomac de Juliette se noua d'un coup et elle se figea, la fourchette devant la bouche. La reposant prudemment dans son assiette, elle regarda le financier, attendant la suite. Mais inconscient du tsunami d'émotions qui menaçait de submerger sa collègue, il se concentrait sur son pavé de saumon aux petits légumes.

— Qu'est-ce que tu veux dire ? demanda Juliette, en essayant de maîtriser sa voix.

Il finit de mâcher sa bouchée, puis se servit un verre d'eau pétillante dont il but à petites gorgées l'intégralité, sous son regard impatient.

— Oh, rien d'autre que ça, répondit-il enfin. Quand il est là, elle prend le temps de sortir et ils déjeunent ensemble. Ils se connaissent depuis longtemps, d'après ce que j'ai compris.

Consciente qu'elle n'avait aucune raison de paraître contrariée, Juliette dissimula sa réaction en buvant à son tour. Elle tenta de se raisonner : ils se connaissaient déjà et Kate, plongée dans un environnement étranger, devait apprécier de retrouver un visage ami. Mais elle ne parvenait pas à s'ôter de l'esprit la proximité de la jeune femme avec Sébastien lors des réunions, ainsi que la familiarité avec laquelle elle le traitait. S'ils ne s'étaient pas trouvés au travail, elle aurait juré que la jolie brune flirtait avec lui. Elle en aurait mis la main au feu, même.

— En fait…

Thierry s'interrompit, laissant Juliette sur des charbons ardents. Il hésita, visiblement partagé à l'idée de dire quelque chose, laissant traîner son regard sur les tables environnantes et les haies qui protégeaient la terrasse. Baissant les yeux sur son assiette sans la voir, Juliette fit mine de se désintéresser de son dilemme, lui laissant le temps de le résoudre. On ne gagnait rien à brusquer Thierry. Au bout de quelques instants qui lui parurent des heures, il reprit, à mi-voix comme s'il craignait d'être entendu.

— En fait, je crois qu'ils étaient ensemble, tous les deux.

Une légère rougeur sur les pommettes trahissait l'embarras du financier à parler de ce genre de choses. Il était, comme Juliette, du fervent avis que la vie privée des gens ne regardait qu'eux. Mais là, on allait faire une exception, décida Juliette, qui avait l'impression de tomber dans un trou d'air sans fin.

— Qu'est-ce qui te fait dire ça ?

Elle parvint tout juste à transformer l'agressivité de son ton en une expression de surprise presque crédible.

La rougeur de Thierry s'accentua.

— Je les ai entendus, un midi, avant de partir en vacances. Je déjeunais au Hyatt avec les commissaires aux comptes, et ils se sont installés pas loin de nous, mais sans nous voir. On était derrière une des séparations avec les grandes plantes vertes et jaunes, tu sais ? Ils parlaient anglais, mais ils ne sont pas difficiles à comprendre, tous les deux.

Juliette hocha la tête machinalement.

— Enfin. Elle lui disait que c'était pour lui qu'elle avait accepté la mission chez Hervouët, qu'ils étaient bien ensemble, qu'elle regrettait la manière dont ça s'était fini, qu'elle avait eu tort parce qu'elle l'aimait encore et que s'il lui donnait une deuxième chance, elle lui prouverait que ça marchait… ce genre de choses.

Après un geste évasif, Thierry replongea dans son assiette. Ses joues écarlates laissaient penser que Kate avait dû se montrer assez explicite. Juliette se sentait à la fois furieuse et terrifiée.

— Et lui, il en disait quoi ?

Le financier haussa les épaules.

— Pas grand-chose, d'après ce que j'ai pu entendre. Il me semble qu'il lui a fait remarquer qu'il était un peu tard pour tout ça, mais je n'en suis pas certain. Debauwe me parlait en même temps.

Une petite lueur brilla dans les yeux de l'homme alors qu'il continuait, pince-sans-rire.

— Vu ce qu'il avait à dire, j'aurais préféré continuer à écouter Kate et Sébastien ! Sous prétexte du rachat et des liens avec la maison mère, il voulait renégocier ses tarifs. Pff. Comme je lui faisais remarquer, United Express a un contrat mondial avec une autre société. Debauwe and co ont de la chance d'être moins chers. Je crois qu'il a compris le message.

Juliette imagina la tête du commissaire aux comptes, qui avait espéré trouver en Thierry une proie facile, et son sourire forcé céda quelques instants la place à un vrai. Puis la découverte faite par le financier revint à son esprit, la glaçant malgré la chaleur épaisse qui pesait sur le patio. Elle s'affaira pour cacher sa détresse, remplissant leurs verres et faisant signe au serveur d'apporter une autre bouteille. C'était donc Kate, l'ex de Sébastien, celle qui n'avait pas voulu s'engager, préférant choisir sa carrière ! Ça voulait dire que c'était Kate qui l'avait quitté. Si maintenant elle voulait revenir…

— Ça va Juliette ? Tu es toute pâle. On aurait dû manger à l'intérieur, en climatisé, tu n'as pas l'air de supporter la chaleur.

Juliette acquiesça en silence. La chaleur constituait une excuse tout à fait convenable.

Elle se rongea les sangs tout l'après-midi. Sébastien avait déjeuné avec Kate tous les midis pendant les vacances ! Ce n'était pas l'attitude d'un homme qui tente de garder ses distances. Est-ce qu'il nourrissait encore des sentiments à son égard ? Non seulement l'Américaine était jeune et ravissante, mais sa venue en France montrait qu'elle était prête à s'engager, voire à sacrifier certaines choses pour lui… C'était une vraie déclaration, prouvant qu'elle avait changé.

Où se situait-elle, elle, Juliette, là-dedans ? Il la désirait, il n'y avait pas de doute, il le lui avait prouvé bon nombre de fois. Il tenait à elle, même, il lui avait dit. Mais si elle était tombée amoureuse de lui, rien n'indiquait que la réciproque fût vraie.

Elle rentra tôt, incapable de se concentrer, si bien qu'elle ne pouvait même pas écrire pour se distraire. Agitée, elle fit les cent pas dans sa maison vide sans parvenir à se poser, avec l'impression d'avoir un maelström de questions dans la tête. Le soir, un message de Sébastien lui mit un peu de baume au cœur.

Tu me manques, vivement le week-end prochain.

Le message lui permit de s'endormir, mais ses rêves furent sombres, habités de silhouettes fantomatiques aux griffes démesurées qui l'empêchaient de rejoindre Sébastien dans le labyrinthe de miroirs déformants où elle errait.

Chapitre 43

Juliette devait retrouver Sébastien le vendredi soir. Il voulait remédier à sa terrible ignorance de la gastronomie parisienne, lui avait-il annoncé, sans pour autant lui dévoiler l'endroit où il comptait l'emmener. De son côté, elle espérait obtenir des réponses aux questions qu'elle se posait à propos de Kate.

Et que ce fut ou non le bon moment, elle était résolue à lui avouer qui elle était. Elle boirait un peu, si nécessaire, pour se donner du courage. Elle ne voulait pas passer une semaine de plus à lui mentir… ni regarder *Killer Kate* lui faire les yeux doux sans rien dire. Sur les nerfs, elle comptait les heures, quand elle reçut un message qui coupa net son élan.

> Je dois annuler pour ce soir, j'ai une urgence, je suis désolé. Je te rappelle. Je t'embrasse.

Pourvu qu'il ne soit rien arrivé à sa mère ! Mais il le lui aurait écrit, sans doute. Abattue, Juliette rentra chez elle.

La formulation vague du message la tracassait, et l'anxiété la rongeait de nouveau. Cette urgence était-elle réelle, ou n'était-ce qu'une invention pour passer le week-end avec Kate ? Hypothèses et suppositions tournoyaient dans sa tête comme une nuée de corbeaux, impossibles à saisir, mais qu'elle ne pouvait chasser. Si elle demeurait ainsi à se tourmenter, elle allait devenir folle.

Prise d'une frénésie de nettoyage, elle lavait les placards de sa cuisine lorsque la sonnette retentit. Sur l'écran de l'interphone, sa sœur apparut en gros plan, nez collé à la caméra. Elle ne lui avait pourtant pas dit qu'elle venait ! Comme Juliette ouvrait la porte, surprise, Judith régla le taxi qui attendait devant la maison avant de la rejoindre.

— Je revenais de Roissy, je me suis dit que je tenterais ma chance, dit la jeune femme, ôtant les lunettes de soleil posées sur sa tête. L'autoroute est fermée, et on a beau être en août, tout est bouché. Tu ne peux pas savoir comme je suis contente que tu habites sur le chemin, Sis' !

Elle s'arrêta subitement de parler.

— Qu'est-ce qui t'arrive ? Tu as pleuré ?

Juliette leva les yeux au ciel, retrouvant ses dix ans et les questions inquisitrices de sa petite peste de sœur.

— Viens dans la cuisine, je suis en plein rangement.

Judith siffla devant le chantier qui régnait dans la pièce. Casseroles, boîtes, bocaux, bouteilles s'amoncelaient sur toutes les surfaces disponibles. Elle jeta un coup d'œil interrogateur à sa sœur.

— Rangement ? Qu'est-ce qui se passe ?

— Je devais dîner avec Sébastien, mais il a annulé, il avait une urgence, expliqua Juliette. On avait prévu de passer le week-end ensemble.

— Il t'a dit de quelle urgence il s'agissait ?

Juliette secoua la tête.

— Non. Rien. J'ai une urgence… et voilà.

— Ah. D'où le nettoyage de printemps en août, déduit Judith.

Juliette pinça les lèvres.

— J'ai appris que notre nouvelle directrice marketing, tu sais, l'odieuse Américaine ? Eh bien c'est son ex.

Judith ouvrit de grands yeux.

— Elle veut le récupérer, c'est pour cette raison qu'elle est venue en France. J'ai un collègue qui les a entendus en discuter. Si j'ajoute que la raison de leur rupture c'est qu'elle ne voulait pas s'engager ou plus exactement s'installer…

Judith libéra une chaise du fatras de casseroles et d'ustensiles qui l'encombrait et s'y laissa tomber. La fatigue se lisait sur son visage, ce qui fit réaliser à Juliette qu'elle ne savait même pas de quelle région du monde sa sœur arrivait.

— Okay… Ceci étant, ce n'est pas parce qu'elle le veut que la réciproque est vraie. De ce que j'ai vu, il a plutôt l'air de tenir à toi. Enfin, à toi… Pardon, à *Justine.*

Juliette ne releva même pas le sarcasme.

— C'est ce que je pensais. Il me l'a dit, et c'est ce que je me répète, mais ça ne marche pas vraiment. Kate et lui ont déjeuné tous les jours ensemble, pendant que j'étais en vacances.

Judith grimaça.

— Pas cool. En même temps, je crois qu'il faut que tu lui fasses confiance. Ce n'est pas ton ex-mari.

Juliette soupira.

— C'est plus facile à dire qu'à faire !

— Ah, et que tu te fasses confiance, aussi… parce que, si tu étais convaincue d'être la plus belle, la plus intelligente et la plus sexy, tu serais certaine qu'il reviendrait se prosterner à tes pieds dès son urgence passée. L'Américaine ne serait même pas un sujet de discussion !

Juliette lança à sa sœur un regard noir.

— Je croyais que tu ne voulais pas tomber dans la psychologie de comptoir ?

Judith lui sourit, sans aucun remords.

— Aux grands maux les grands remèdes... Mais parlons sérieusement. Tu n'avais pas une pizzeria absolument délicieuse dans le coin ? Parce que je meurs de faim. Et comme ta cuisine est un vrai bazar...

Juliette pointa son doigt vers elle.

— Excellente idée ! Comme ça, tu vas reprendre des forces... et tu pourras m'aider à finir de tout ranger.

Sitôt attablées dans la petite salle bondée, elles reprirent leur discussion.

— Le pire, c'est que j'avais prévu de lui révéler qui j'étais, ce week-end : je ne voulais pas passer une semaine de plus comme ça. Je m'étais préparée mentalement, j'avais même écrit mes arguments...

Judith se mit à rire, puis s'interrompit en constatant que Juliette ne l'imitait pas. Cette dernière retrouvait l'exaspération de ses quinze ans, quand sa sœur lui « empruntait » ses vêtements.

— Tu plaisantes, n'est-ce pas ?

Juliette leva les mains au ciel avant de les laisser retomber lourdement sur la table.

— Mais non, je ne plaisante pas ! Enfin, Judith, tu me connais ! Au boulot, je peux tenir tête à un patron furieux ou à des syndicalistes énervés, et je n'ai aucun problème pour négocier... mais dès qu'il s'agit de moi, tu sais bien que je perds tous mes moyens ! En mémorisant quelques trucs par cœur, je me suis dit que je me sentirais plus à l'aise. Ah, voilà le garçon.

Accueilli par une tirade de Judith dans un italien rapide, le serveur éclata de rire, avant de lui répondre tout aussi vite. Juliette ne comprit rien à leur échange, mais il prit particulièrement soin d'elles tout au long du repas.

Chapitre 44

En arrivant au bureau, le lundi, Juliette apprit que Kate avait dû retourner aux États-Unis pour raisons familiales. Juliette était heureuse d'être débarrassée de la jeune femme, même si ce n'était que provisoire. Déjà que maintenir sa façade de Juliette-la-DRH n'allait pas être facile, la perspective de la voir collée à Sébastien était au-dessus de ses forces.

Le comité de direction s'avéra paisible, sans l'Américaine pour perturber l'ordre des choses. Sébastien était de retour de Lyon, mais elle tenta de l'ignorer : tout son corps réagissait à sa présence, comme aimanté. Les deux ou trois fois où elle tourna la tête vers lui, elle le surprit à la regarder, une lueur brillant dans ses yeux sombres.

La douce torture qu'était sa proximité lui fut cependant épargnée le reste de la semaine : ayant pris du retard sur un dossier, il reporta les réunions qu'ils avaient prévues. Il cessa même de venir se faire offrir le café, le matin, arguant d'un agenda trop chargé. Peut-être se sentait-il gêné d'avoir en face de lui, au bureau, la réplique à l'identique de son amante ? De son côté, Juliette était partagée. Il lui manquait, elle avait envie de le voir… mais lorsqu'il était présent, elle ne voyait pas le directeur des opérations. Elle voyait l'homme, l'amant joueur et tendre.

Elle devait absolument lui dire qui elle était. Cette idée revenait en boucle dans ses pensées, alors qu'elle désherbait ses plates-bandes. Elle s'était attelée à l'éradication des mauvaises herbes, qui avaient profité du mois de juillet pour envahir son jardin. Elle espérait ainsi évacuer la frustration qu'elle ressentait, vis-à-vis d'elle-même, essentiellement : elle n'avait plus aucune excuse désormais, en dehors de sa lâcheté. Oui, elle avait peur de le perdre. Oui, elle s'était mise dans une impasse, toute seule, comme une grande. Et il allait falloir attendre avant d'y remédier : elle récupérait Arthur le samedi suivant, et avait prévu de consacrer le week-end à préparer la rentrée avec lui. Vêtements, dernières fournitures à trouver… Elle appréciait, en général, ces moments passés avec son fils. Mais cette fois-ci, ça tombait mal. Elle essuya du poignet la sueur qui coulait de son front, y laissant une traînée de terre au passage, et se redressa sur ses genoux pour inspecter le massif qu'elle venait de désherber. Elle se sentait toujours aussi frustrée, mais on voyait la terre, là où auparavant les herbes folles formaient un tapis végétal envahissant. C'était déjà ça !

Laurence l'interrompit comme elle attaquait les plates-bandes devant la maison, la hélant par-dessus la clôture après avoir sonné en vain. En concession à la chaleur, un débardeur fin avait remplacé son habituelle chemise d'homme, et un short en jean découvrait les longues jambes, brunies par le soleil, que Juliette lui enviait. Juliette l'accueillit avec plaisir, d'autant plus qu'elle ne savait pas qu'elle était rentrée de vacances.

— Oh ! Je suis impressionnée. Je devrais peut-être te laisser faire, c'est si rare… Je m'en voudrais d'être responsable de l'anarchie qui règne dans ce jardin ! persifla Laurence en voyant le sarcloir et le petit râteau que Juliette avait laissés par terre.

— À chaque fois que je t'entends, je me rappelle pourquoi les avocats ont si mauvaise réputation… répondit-elle à son amie avec un charmant sourire.

— Hmmm… tu dis ça maintenant… mais attends un peu que ton boss tombe sur ton livre, on en reparlera à ce moment-là !

Le visage de Juliette s'assombrit, et elle fit un geste de la main pour chasser les mots de son amie.

— Oiseau de mauvais augure, va !

— Mais je viens en paix ! répliqua Laurence en montrant la bouteille de rosé qu'elle tenait à la main, humide de condensation. Et puis, une bouteille, ça ne peut être qu'un bon présage, non ?

Après s'être débarbouillée pour chasser la terre dont elle s'était bizarrement saupoudrée, elle rejoignit Laurence sur la terrasse où cette dernière avait préparé l'apéritif.

On entendait, dans le jardin d'à côté, les claquements secs du sécateur du voisin, qui tentait tant bien que mal de finir de tailler sa haie. Des imprécations ponctuaient ses efforts, attestant de la résistance du végétal rétif. Une bordée de jurons particulièrement corsés s'éleva subitement, les faisant rire tout bas. Le claquement avait cessé.

— Thuyas, jeu, set et match, commenta Laurence en allumant une cigarette. Son sécateur a dû lâcher.

Se tournant vers son amie, elle reprit dans le calme que plus rien ne troublait :

— Alors, quoi de neuf ? Ça fait des siècles qu'on ne s'est pas vues ! Depuis le départ en Angleterre des garçons, je crois.

— *La Belle* se vend bien, d'après mon éditrice. Il est numéro deux des ventes de fiction, dans le dernier *Livres hebdo* ! Émilie a fait des réimpressions en grand tirage, et elle m'a dit qu'elle avait déjà plusieurs offres d'achats de droits pour une sortie en poche. Ça va me faire une petite cagnotte, finalement.

— Plutôt une grosse cagnotte, si tu veux mon avis ! Et tu avances sur *Blanche-Neige* ?

— J'ai fini le premier jet au Touquet, maintenant il faut que je le reprenne… J'ai aussi fait une « rencontre avec mes lecteurs ». À l'initiative de ma mère, et de ses copines.

La main qui tenait la cigarette s'agita comme Laurence éclatait de rire, libérant une volute aérienne de fumée qui s'attarda un instant avant de se dissoudre et de disparaître.

— Oh, j'aurais aimé voir ça.

Juliette fit une moue résignée.

— À mon avis, tu peux en voir des morceaux sur Internet… je suis certaine qu'il y en a qui ont filmé, même si je n'ai pas vérifié. Les bridgeuses ! Tu sais qu'elles ont adoré l'idée de produits dérivés ?

— Que veux-tu, c'est la rançon de la gloire, ironisa Laurence. Mais ça ne m'étonne pas, pour les sex-toys : c'est une idée excellente, c'est moi qui te le dis.

Juliette gloussa.

— La modestie ne t'étouffera pas aujourd'hui…

— Ben pourquoi ? Enfin, pourquoi aujourd'hui plus que d'habitude ?

— Tu ne te souviens pas ? Quand j'ai appris que *La Belle* allait être publiée, c'est toi qui m'as dit que si ça marchait je devrais créer une sorte de franchise « *La Belle et la Bête XXL* » et passer un accord avec une marque de sex-toys !

La lumière finit par se faire dans l'esprit de Laurence, au soulagement de Juliette.

— Oui, bien sûr… mais j'avais bu, non ? Toi aussi, d'ailleurs, on était sorties fêter ta publication dans ce bar branché ! Comment tu peux te souvenir de ça ?

— J'avais moins bu que toi.

— Ha, dit Laurence, dubitative. Ça, ça m'étonnerait !

Juliette se mit à rire, sa pote la connaissait trop bien.

— Bon, tu as raison… j'avais bu autant que toi. Il se trouve juste qu'en me réveillant le lendemain, je trouvais l'idée intéressante. Ça ne ferait pas une gamme immense. Comme ce n'est pas du BDSM, tout le matériel type fouet, menottes et cætera, serait exclu. Mais on pourrait tout de même sortir cinq ou six jouets… ça pourrait marcher.

— Ça, c'est sûr – à condition de t'assurer une diffusion haut de gamme.

Dans son esprit, le regard perçant de Reminger apparut subitement.

— Par contre, c'est infaisable… c'est la mort professionnelle assurée, si ça se sait.

Levant les sourcils, Laurence la regarda avec commisération.

— Mais ma louloute, avec le succès de ton bouquin, ce n'est qu'une question de temps avant qu'on fasse le rapprochement. Je suis sûre qu'Hervouët l'a déjà fait.

— Oui, mais il ne m'aurait pas virée pour ça. Il m'aurait plutôt demandé un exemplaire dédicacé pour sa femme !

Laurence secoua la tête en répartissant le fond de rosé qui restait dans leurs verres.

— Crois-moi, tu n'as plus beaucoup de temps devant toi avant que cela se sache. Je suis même étonnée que ce ne soit pas encore sorti !

Chapitre 45

Deux jours plus tard, la terre s'effondra. Le lundi avait pourtant débuté normalement, avec un comité de direction au cours duquel Juliette avait constaté, avec dépit, le retour de Kate. Lorsque Juliette entra, l'Américaine était installée à côté de Sébastien, à qui elle parlait avec animation à voix basse en ignorant le reste de l'assemblée. Vêtue d'un ensemble robe et veste d'un rose soutenu, les ongles peints d'un rose plus sombre, elle était resplendissante. Juliette sentit son cœur se serrer, en dressant mentalement la comparaison avec sa propre apparence : un tailleur beige qui masquait ses formes, un chemisier blanc que sa mère aurait pu mettre, le visage pas maquillé, les cheveux tirés en chignon. À côté de Kate, elle avait l'air… d'une mémère. Avantage à la partie adverse. D'ailleurs, Sébastien paraissait totalement absorbé par sa voisine, puis, une fois Reminger arrivé, par les sujets abordés lors de la réunion. Elle eut beau jeter de fréquents coups d'œil dans sa direction, elle ne croisa pas son regard une seule fois. On aurait presque dit qu'il l'évitait !

Sitôt la réunion terminée, Kate et lui reprirent leur conversation – et Juliette le vit prendre la main de la jeune femme entre les siennes, tandis que cette dernière jetait un regard narquois dans sa direction. Choquée, le cœur plombé, elle fila dans son bureau.

Il lui avait dit qu'il tenait à elle, elle ne devait pas se faire de film. Mais leur manière de parler, sa façon de lui prendre la main dénotaient une intimité indéniable. Le regard victorieux que lui avait lancé Kate n'aidait pas, non plus…

En début d'après-midi, alors qu'elle rentrait d'un déjeuner avec un recruteur, Nathalie l'attendait, l'air stressé. Juliette n'avait plus de réunion prévue, si bien qu'elle se demanda quelle crise allait encore lui tomber dessus. Une mini-jupe trop courte ? Un strip-tease à la direction commerciale ? Comme elle posait son sac dans son bureau, l'assistante la suivit.

— Reminger veut te voir, tout de suite. Il a l'air contrarié, ajouta l'assistante avec une hésitation.

Il était furieux, traduisit Juliette, dont l'inquiétude monta d'un cran.

L'assistante du PDG la fit entrer immédiatement, avec une grimace de compassion. Ça ne se présentait pas bien, pas bien du tout, même. Passant en revue tous les sujets qu'elle avait en cours, Juliette ne voyait rien qu'elle eût oublié ou qui posât problème. Il y en avait pourtant un, de toute évidence, à voir le regard méprisant et les lèvres pincées de Reminger. Il n'était pas seul. Un petit sourire satisfait aux lèvres, le regard froid, Kate trônait, assise à son côté, à la grande table de réunion où ils avaient si souvent débattu avec Guy Hervouët.

— Asseyez-vous, lui ordonna Reminger en anglais, en lui indiquant la place en face d'eux. Juliette s'exécuta. Cela ressemblait bigrement à un tribunal, comme ça. Il ne lui avait même pas dit bonjour, en plus. Elle hésita à les saluer, puis se dit qu'il le prendrait sans doute pour une provocation, et s'abstint.

— J'imagine que vous savez pourquoi je vous ai convoquée, continua l'homme, le visage glacial.

Comme elle répondait par la négative, son visage s'assombrit.

— Je vais aller droit au but. Vous êtes virée. Je ne peux pas garder dans mon équipe une personne à la moralité douteuse.

Choquée, Juliette se sentit pâlir. Les mots étaient violents, le regard dégoûté et le ton méprisant l'étaient encore plus.

— Enfin, douteuse… Aucun doute à ce sujet n'est permis ! J'ai pu m'en convaincre grâce à Kate qui m'a apporté et traduit des passages de votre… de votre…

Ne trouvant pas de mots suffisamment forts pour traduire sa répugnance, il fit un geste de la main à Kate qui posa sur la table devant Juliette un exemplaire de *La Belle et la Bête XXL*.

— Heureusement, grâce à Miss Harris, nous pouvons mettre un terme à tout ceci avant que l'entreprise n'en souffre, puisque vous n'aviez pas jugé bon de me prévenir vous-même. Nous avons eu de la chance ! Si elle n'avait pas emprunté le livre à un ami le week-end dernier, et vu votre photo dans un magazine, nous courions à la catastrophe !

Jusqu'ici pétrifiée, Juliette tressaillit sous l'impact de ces mots. Un ami ? Le week-end ? Elle n'avait pas pu entendre ça… Un froid de mort l'envahit. Attrapant le livre avant que Kate ait pu faire un geste, elle l'ouvrit à la page de garde. Les premiers mots, écrits de sa main, lui sautèrent aux yeux : « À Sébastien Marvel… ».

La douleur qu'elle ressentit oblitéra le reste, neutralisant même Reminger qui continuait à parler sans qu'elle l'entende. Sébastien avait donné son livre à Kate ! Le week-end de sa fameuse urgence ! Si elle restait là, elle allait s'effondrer devant eux, et tout son être se rebiffa à cette perspective. Elle se leva au beau milieu d'une phrase de Reminger, interloqué, et se dirigea vers la porte. Son avocat prendrait contact avec lui, dit-elle mécaniquement, avant de fermer la porte derrière elle et de regagner son bureau tel un zombie. Nathalie, qui la guettait, arriva avec un mug de thé comme Juliette reprenait son sac.

— Je suis virée, avec effet immédiat, annonça cette dernière avec un calme qu'elle était loin d'éprouver. Annule tous les rendez-vous prévus, je rentre chez moi.

Elle appela ensuite Laurence : elle avait besoin des services de Nicolas. Comme son amie la questionnait, elle éluda.

— Pas maintenant, lui dit-elle. Je ne peux pas.

Et puis elle tourna les talons et quitta l'entreprise à laquelle elle avait consacré plus de dix ans de sa vie, sans se retourner.

Chapitre 46

Elle rentra chez elle sans savoir comment et se dirigea, en pilote automatique, vers la cuisine où elle fit chauffer de l'eau pour se préparer du thé. Elle se sentait vidée de tout, hormis de la terrible douleur qui la fendait en deux. C'était donc ça, avoir le cœur brisé. Ça faisait un mal de chien. Elle revit Sébastien la prenant dans ses bras, les yeux doux et tendres, pour lui dire qu'il tenait à elle. Il s'était bien moqué d'elle !

Éclatant finalement en sanglots, elle s'assit à la table de la cuisine, la tête dans ses bras repliés. Le début de sa dédicace, « À Sébastien Marvel », dansait en permanence devant ses yeux, comme pour la narguer. Elle avait décidément le chic pour choisir les hommes ! Au fur et à mesure que le choc s'estompait, l'étendue de sa perte se révélait à elle. Elle l'aimait, profondément, de tout son cœur. Sans se l'avouer, elle avait cru trouver non seulement un amant passionné, mais aussi un compagnon, un homme avec lequel elle pouvait envisager de refaire sa vie, un beau-père bienveillant pour Arthur…

Quelle idiote ! Tout ce temps où elle ne pensait qu'à lui, il avait jonglé entre Kate et elle. Kate la semaine, elle le week-end… et Kate le week-end où il avait annulé leur rendez-vous, Kate à qui il avait donné son livre. Comment avait-il pu donner un livre écrit par une de ses maîtresses à l'autre ? Avait-il trouvé ça drôle, une bonne blague ? Kate était-elle au courant ? Professionnellement, Juliette ne constituait pas une rivale, elle n'avait aucun intérêt à s'en débarrasser. Elle devait savoir pour son histoire avec Sébastien, il n'y avait pas d'autre explication. Et dans ce cas, elle avait gagné.

La trahison de Sébastien lui avait mis le cœur à vif, même respirer faisait mal. Dès qu'elle fermait les yeux, elle l'imaginait en train d'embrasser Kate, de la serrer dans ses bras… et chacune de ces images lui lacérait la poitrine. Pourquoi, mais pourquoi était-elle tombée amoureuse de lui ? Il avait bien caché son jeu, évidemment… Elle le revit à table, avec sa mère et son fils, au Touquet, ses yeux sombres la caressant ouvertement tandis que sa main serrait la sienne sous la table. Elle ne parvenait pas à y croire, et pourtant c'était réel. La douleur l'envahissait, vague après vague, sans lui laisser de répit alors qu'elle revoyait les moments passés ensemble. Ces moments, qu'elle chérissait et revivait tous les soirs de la semaine au moment de s'endormir, n'étaient finalement que tromperie. Elle s'était sentie si forte, si différente, en incarnant Justine… Mais elle n'était que Juliette, en fait, et elle s'était lamentablement laissée berner. Le chagrin l'oppressait, une chape épaisse qui étouffait ses poumons, en ôtait tout l'oxygène, et paralysait son cœur. Une heure, deux heures passèrent sans que Juliette s'en aperçût, plongée dans un désespoir assourdissant qui décolorait sa vie pour n'y laisser que du gris. Accoudée à la table, elle pleura, jusqu'à avoir épuisé ses sanglots et ne plus sentir en elle qu'un vide amer.

Un bruit finit par la sortir du brouillard qui l'avait submergée. Dans son sac, dans le couloir, son téléphone professionnel sonnait. Elle le laissa basculer sur messagerie. La nouvelle avait dû commencer à se répandre dans l'entreprise, se dit-elle. Au prix d'un effort surhumain, elle se leva pour consulter le journal des appels. Sébastien. Elle supprima le message, elle ne voulait pas entendre sa voix. Engourdie, elle monta dans sa chambre pour se changer. Elle n'avait plus besoin de ces habits, désormais. Après avoir enfilé un jean et un tee-shirt, elle ouvrit sa penderie, prise d'une inspiration subite. À la poubelle, les frusques de la DRH coincée ! Elle ne l'était plus et ne le serait probablement plus jamais. Munie d'un rouleau de grands sacs-poubelle, elle vida rageusement le placard. En bas, son portable ne cessait de sonner, dans un déluge d'appels et de textos. L'ignorant, elle poursuivit son nettoyage par le vide. Tailleur beige, ensemble gris, vestes droites et amples, jupes neutres sous le genou, blouses classiques : poubelle !

Soulevant à grand-peine les sacs qu'elle avait remplis, elle descendit l'escalier et attrapa ses clés. Elle avait besoin de s'en débarrasser sans tarder et de tirer ainsi un trait sur cette partie de sa vie. Après avoir chargé les sacs dans sa voiture, elle conduisit jusqu'à la borne de recyclage des vêtements et les glissa tant bien que mal dans l'ouverture prévue à cet effet. Ils tombèrent avec le bruit sourd de la terre sur un cercueil. Voilà, c'était fait. Ci-gît Juliette Duchemin, DRH consciencieuse et intègre, se dit-elle avec amertume en regardant la haute boîte en métal blanc écaillé. C'était un enterrement digne de sa vie : une grosse poubelle sur un parking.

Un voyant clignotait sur son téléphone fixe, quand elle rentra. Nicolas lui donnait le numéro de sa ligne directe, il attendait son appel. Se sentant suffisamment calmée pour l'appeler, elle lui exposa brièvement son cas et ils convinrent qu'elle passerait le voir le lendemain, en fin de matinée.

Qu'allait-elle faire, à présent ? Elle se sentait épuisée, tout à coup. Une douleur lancinante, qu'elle tenta d'ignorer, lui transperçait la poitrine. Elle consulta son téléphone pro : plus de quinze appels manqués, et cinq ou six messages. Qu'ils aillent se faire foutre, se dit-elle, avant de se raviser. Ses anciens collègues et collaborateurs n'y étaient pour rien. Prenant son courage à deux mains, elle appela d'abord les membres de son équipe, atterrés par la nouvelle. Malheureusement, ne sachant ce que Reminger avait prévu pour son intérim, elle ne pouvait leur dire quoi faire.

Elle avait également de nombreux messages des élus et représentants syndicaux, qu'elle appela ensuite. Choqués par ce licenciement expéditif, ses anciens adversaires de négociation lui proposaient leur aide et le soutien des avocats de leur syndicat ! Elle dut même dissuader Nicole, la secrétaire du comité d'entreprise et l'une des plus remontées, d'organiser une manifestation de soutien devant le siège. Elle les remercia vivement, touchée de leur soutien, et leur assura qu'elle ne se laisserait pas faire avant de raccrocher, émue de cette solidarité inattendue. Il fallait croire que l'intégrité de la feue DRH n'était pas passée inaperçue, finalement. Parmi les autres appels, il y en avait plusieurs de Sébastien, qu'elle supprima aussitôt : à voir son nom s'afficher sur l'écran, elle sentait sa douleur se raviver et lui lacérer le cœur. Rationnellement, elle savait que cela ne durerait pas éternellement, qu'elle finirait par l'oublier ou du moins ne plus avoir mal, mais Dieu qu'elle en était loin ! Pour ne plus penser au trou qu'elle avait dans la poitrine, elle recontacta Thierry, qui l'avait aussi appelée. Le directeur financier craignait d'être le suivant sur la liste puisque le directeur commercial était en congés.

Lorsqu'elle lui expliqua brièvement les raisons de son départ pour le rassurer, un long silence abasourdi accueillit ses mots. Il finit par le rompre en éclatant de rire.

— Excuse-moi, lui dit-il entre deux hoquets, mais c'est tellement inattendu… Ma femme a lu ton livre pendant les vacances et je sais qu'elle l'a beaucoup aimé, ajouta-t-il. Je n'en reviens pas ! Le bon côté de la chose, c'est que ça n'a rien à voir avec tes compétences professionnelles. Et comme tu n'as jamais mêlé Hervouët à tes activités médiatiques, et que tu as écrit sous un pseudo, je ne vois pas comment il pourra arguer d'une quelconque nuisance pour l'entreprise. Tu vas pouvoir négocier une sacrée indemnité, c'est moi qui te le dis. On n'est pas aux States, on ne fait pas n'importe quoi ici. Je vais tout de suite provisionner le maximum. Mais quel con !

Choquée d'entendre un juron sortir de la bouche de Thierry, Juliette s'étrangla. Le financier reprit, explicitant son commentaire :

— Il commet une erreur. Tu étais son meilleur atout dans l'entreprise : tout le monde t'apprécie et les gens te font confiance. En te virant maintenant pour un motif qui n'a rien à voir avec la société, il se tire une balle dans le pied. Et il n'a plus de DRH pour régler le problème qu'il s'est lui-même causé.

— Ça, c'est sûr, répondit Juliette, d'un rire un peu jaune, mais un rire tout de même.

— Bon, euh, en tout cas, tu me dis si tu as besoin de quoi que ce soit, d'accord ? dit Thierry maladroitement, retrouvant son inaptitude habituelle à communiquer. N'hésite pas.

Après une pause, il ajouta timidement.

— Et, euh… tu pourras me faire une dédicace pour ma femme ? Elle ne va pas me lâcher, quand elle va savoir que je te connais !

Chapitre 47

Lorsqu'elle se réveilla, le lendemain matin, la réalité laissa à Juliette quelques moments de répit bienvenus. Elle s'était endormie comme une masse, la veille, après avoir dîné avec Arthur de nouilles chinoises qu'elle stockait « au cas où », comme disait son fils quand il était petit. L'ado avait été outré d'apprendre le traitement infligé à sa mère par son boss – elle ne lui avait pas encore parlé de la trahison de Sébastien.

Alors qu'elle émergeait difficilement, tout lui revint en mémoire. Elle pouvait être fière d'elle, en fait. Elle n'avait pas tout raté professionnellement, si tant de gens l'appelaient pour l'assurer de leur soutien. Une nostalgie violente la saisit en pensant à Hervouët. C'était sa seconde famille – enfin, le Hervouët d'avant United Express. Savoir que ses anciens collègues et collaborateurs ne l'abandonnaient pas lui mettait du baume au cœur. Malheureusement, cela n'apaisait que la douleur de son renvoi. La trahison de Sébastien continuait à lui mordre les entrailles, la blessure restait à vif, encore en sang.

Elle se leva plus tard qu'à l'accoutumée. Arthur était déjà parti pour le lycée, lui laissant un petit mot avec un cœur dessiné dessus. Bon, elle n'avait pas tout raté sur le plan personnel, non plus. Juste en amour. Prenant son ordinateur pour éviter à son cerveau de vagabonder, elle s'occupa à préparer les documents dont elle aurait besoin pour son rendez-vous avec Nicolas.

Elle avait tout trouvé ou presque lorsqu'elle se rendit au cabinet de Laurence et Nicolas. L'avocat l'embrassa quand elle entra, sans faire de commentaires sur ses yeux rougis. Il devait penser qu'elle pleurait son job et elle préféra ne pas le détromper. Calme et posé, il classa dans différents dossiers les éléments qu'elle avait préparés.

— C'est parfait ! Il ne manque rien, constata-t-il avec satisfaction.

Elle haussa les épaules.

— Encore heureux. Je te rappelle que j'étais juriste, avant d'être DRH ! rétorqua Juliette. Qu'en penses-tu ?

Il lui sourit, son visage paisible prenant une expression redoutable qui étonna Juliette. Laurence lui avait dit que Nicolas était un requin, un vrai, mais elle n'avait jamais accordé beaucoup de crédit à cette affirmation. Elle ne connaissait que le garçon drôle et doux qui savait préparer un tiramisu délicieux. Il joignit les mains sur la table et la regarda, les yeux brillants.

— On va obtenir un max, dit-il simplement. À partir de maintenant, tu n'as plus aucun contact avec Reminger, tu me laisses faire.

Juliette acquiesça. Comme il la raccompagnait, il s'interrompit, hésitant.

— Je ne pourrai pas te rendre ton poste, en revanche, tu sais ? Tu as une idée de ce que tu pourrais faire ensuite ?

Il ne le précisa pas, mais il voulait dire qu'elle ne pourrait pas retrouver le même type de job. Elle en était consciente, bien sûr. S'il n'y avait pas eu Sébastien, cette perspective l'aurait rendue folle d'inquiétude. En l'occurrence, elle se sentait presque indifférente au sujet.

— Chaque chose en son temps, se contenta-t-elle de répondre.

Il hocha la tête, rassuré qu'elle ait compris ce qu'il n'avait pas voulu exprimer à voix haute. Laurence, qui avait entrouvert sa porte, lui fit signe alors qu'elle sortait. L'avocate coupa son micro avant de s'adresser à son amie.

— Je termine, je passe prendre des pizzas place Camelinat et j'arrive, lui dit-elle. Et je veux que tu me racontes tout.

Deux pizzas della Bottega et une bouteille de rosé plus tard, Laurence n'en revenait toujours pas.

— Je n'y crois pas ! Tu me dis que tu as un homme dans ta vie seulement une fois que c'est fini ?

Elle fit une pause, sirotant son verre.

— Tu crois vraiment que c'est sa maîtresse ? demanda-t-elle. Il est venu passer deux week-ends chez ta mère, ajouta-t-elle en soulignant les derniers mots. Et il t'a dit qu'il tenait beaucoup à toi… Ce n'est pas le comportement d'un type qui se contente de prendre du bon temps.

Juliette leva les mains au ciel.

— Que veux-tu que je te dise ? C'était son livre, à lui, que cette garce a fourni à Reminger comme preuve. Elle lui en a même traduit des passages…

— Ça a dû être un grand moment, commenta Laurence. J'ose à peine imaginer la réaction de ton boss quand la Bête initie la Belle au plaisir pour la première fois !

— Moi, c'était plutôt aux suivantes, que je pensais… avec les accessoires, précisa Juliette.

Le rosé aidant, elle se mit à glousser nerveusement.

— Il a dû apprendre des trucs, constata Laurence, pince-sans-rire. Bon, de toute manière, tu t'y attendais.

Juliette acquiesça tristement.

— Le plus dur, ce n'est pas le job, avoua-t-elle. Je fais confiance à Nicolas pour m'obtenir le maximum dans la transaction, et avec les ventes du livre je vais toucher un peu d'argent.

— Tu sais combien ?

Juliette secoua la tête. Elle n'en était pas certaine. Elle avait peut-être vendu cinquante mille exemplaires ?

Laurence fit le calcul. Un euro cinquante par livre…

— Avec l'argent de ta transaction en plus, ça te laissera le temps de voir venir.

— Ça tombe bien, parce que je ne sais vraiment pas ce que je pourrais faire.

Laurence la regarda.

— Tu n'es pas en train d'écrire un autre livre ?

— Si, mais rien ne dit qu'il marchera comme le premier. Ça ne me semble pas très raisonnable d'envisager de vivre de ma plume, surtout avec Arthur à ma charge.

— Bon, on peut tabler sur le fait qu'il bénéficiera du succès du premier. Ça devrait t'assurer des ventes confortables, dans un premier temps. Évidemment, s'il est nul, ajouta-t-elle d'un ton malicieux…

Juliette lui fit les gros yeux.

— Tu pourras me le dire, déclara-t-elle avec une indifférence feinte. Je suis en train de le corriger, je devrais pouvoir te donner le manuscrit en fin de semaine, vu que j'ai désormais tout le temps de m'y consacrer !

— Et tu devrais vraiment réfléchir à cette histoire de sex-toys, reprit Laurence, en revenant sur la conversation qu'elles avaient déjà eue. Il y en a suffisamment dans ton roman pour constituer une gamme intéressante.

Juliette fit la grimace. Il y avait tout de même un problème.

— Ils sont tous en cuir, en bois ou en ivoire… ça me semble compliqué à produire ! Sans même parler du fait que l'ivoire n'est plus commercialisable de nos jours, heureusement. Je n'aimerais pas être à l'origine de l'extinction finale des éléphants pour cause de sex-toy !

Sa copine rejeta son objection d'un haussement d'épaules.

— Mais non. Des produits dérivés faits en matières d'aujourd'hui, reproduisant les originaux.

— J'ai dû trop boire, soupira Juliette. Je suis en train d'envisager sérieusement de lancer une gamme de sex-toys ! Mais qu'est-ce que j'ai bien pu rater dans ma vie pour en arriver là, tu peux me le dire ?

Laurence lui adressa un grand sourire.

— Au contraire ! Tu te rends compte qu'en faisant ça tu peux apporter du bonheur à beaucoup de femmes qui sinon en seraient privées ? Juliette Duchemin, bienfaitrice de l'humanité ! déclama-t-elle dans une grande envolée lyrique digne des meilleurs prétoires. Enfin, bienfaitrice de la moitié féminine de l'humanité.

— Justine de Lenclos, rectifia Juliette. Déjà que je ne signe pas mon livre de mon nom, je ne vais pas le mettre sur des sex-toys, faut pas pousser… Mais c'est vrai qu'on a parlé de cette idée lors de ma rencontre avec les lectrices, au Touquet, et il y en avait pas mal qui étaient pour. Notamment les copines de bridge de ma mère, ajouta-t-elle avec malice.

— Évidemment, il faudra t'assurer de leur conformité, dit Laurence en pleine réflexion. Comment ils les testent, à ton avis ?

Les yeux ronds, les deux femmes se regardèrent et éclatèrent de rire.

— Je crois que je vais songer à une reconversion, soupira Laurence en s'affalant sur le canapé. Si tu veux, je ferai testeuse pour ta gamme.

— Ceci étant, il y a eu quelques progrès depuis le XVIIIe siècle, avança Juliette, méditative. Tu crois que ce serait dénaturer le concept que d'y inclure des piles ?

Laurence réfléchit.

— Si le design et l'esprit correspondent bien... Ce serait dommage de ne pas profiter des avantages de notre époque, non ? Et puis, tu peux te la jouer éco-responsable en prévoyant des batteries rechargeables !

— C'est sûr. Eh bien je sais quoi faire, maintenant que je suis sans emploi...

— Ça me semble une excellente résolution, ma cocotte.

Laurence se tut un moment, l'air d'hésiter.

— En ce qui concerne ton homme...

Le visage de Juliette se referma.

— Est-ce que tu as parlé avec lui ? demanda son amie, bravant son regard noir.

Juliette secoua la tête. Elle ne voulait pas le voir, ni lui parler. Sa trahison l'avait profondément meurtrie. Elle s'en voulait, en outre, de l'avoir cru et de s'être laissé aveugler.

— Que veux-tu que je lui demande ? Au fait, Sébastien, c'est exprès que tu as donné mon livre à ton autre maîtresse, le week-end où tu as annulé notre rendez-vous pour une urgence ? Ou c'était par inadvertance, parce que tu avais le cerveau embrumé après l'avoir sautée ?

Laurence grimaça.

— Il faudra bien que tu lui parles, tout de même.

Juliette ne répondit pas. Elle avait déjà été trompée, elle ne commettrait pas deux fois la même erreur. Dire que Sébastien avait traité Arnaud de con pour être allé voir ailleurs ! Des larmes lui embuèrent les yeux, de nouveau.

Une fois Laurence partie, elle constata qu'il lui avait envoyé plusieurs messages, sur son téléphone personnel.

Appelle-moi, il faut que je te parle. C'est urgent.

Appelle-moi, s'il te plaît.

Je voudrais vraiment te parler… rappelle-moi.

Il avait appelé aussi, quatre fois – elle n'avait rien entendu, son téléphone perso était sur vibreur comme d'habitude.

Elle effaça ses messages et monta se coucher.

Chapitre 48

Le prince ralentit le pas en arrivant à la clairière que les nains lui avaient indiquée. En son centre, sur une couche de mousse et de feuillage surélevée, ornée de fleurs de toutes les couleurs, reposait sa princesse. Ses mains jointes sur sa poitrine tenaient un bouquet de fleurs blanches, aussi blanches que le visage paisible qu'encadrait le flot lustré de ses cheveux noirs comme l'ébène, bouclés comme les jeunes pousses de chèvre-feuille. Elle paraissait dormir, figée en un sommeil éternel. Les fleurs, dans ses mains, étaient aussi vivaces que si elles paraient encore les massifs des jardins de son père. Ses lèvres, loin d'avoir pâli, luisaient toujours du rouge sanglant des baies de houx et des fins de chasse. Sur ses joues, ses cils épais s'abaissaient, prêts à s'ouvrir pour dévoiler les prunelles qu'il avait tant de fois contemplées en rêve. Il arrivait trop tard, elle était morte. Nul soupir ne soulèverait plus ce sein que sa robe blanche diaphane couvrait à peine, ce sein que ses yeux émerveillés ne cessaient de caresser.

Une fine cloche de verre englobait la couche, trop fine pour être autre chose que l'œuvre des fées. La soulevant sans difficulté, il la posa à terre en jurant. Maudites fées ! N'auraient-elles pu empêcher la reine de tuer sa bien-aimée, plutôt que de protéger son corps sans vie ? Un souffle passa derrière lui, dans lequel il crut entendre un soupir de reproche, et son nom prononcé par une voix cristalline. James... James...

Il inspecta les alentours, sans y déceler de présence humaine ou féerique. Il était seul, et Blanche-Neige n'était plus. S'effondrant au pied de la couche, il posa sa main sur le poignet de la jeune fille. Sous ses doigts, la peau était souple et fraîche, comme après l'ondée bienfaisante d'un orage d'été. Baissant la tête, il laissa les larmes couler sur son visage, méditant amèrement sur les caprices du destin. Toute sa vie, les fées l'avaient protégé, en remerciement de la dette qu'elles avaient envers sa mère. Pour se montrer digne de leur confiance, il était devenu un chevalier valeureux, un fils et un prince exemplaire. Il avait chevauché en tête des armées de son père pour combattre le mal qui menaçait le royaume et les créatures qu'il engendrait. Les fées lui avaient assuré que son courage et son dévouement auraient leur récompense, et lorsqu'il avait vu Blanche-Neige en rêve, il avait immédiatement su que c'était elle. Et voilà qu'elle était morte, et que sa vie n'avait plus de sens.

Une brise légère et parfumée tourbillonna autour de lui.

— James... James... Souviens-toi... chuchotaient des voix autour de lui.

Une image se forma dans son esprit. Une vieille femme, courbée et desséchée, mais aux yeux noirs, vifs comme les belettes qui chassaient dans les bois. Sa cape bleu nuit ravaudée pendait autour de son corps alors qu'elle lui prenait la main. Mais au lieu de la porter à ses lèvres comme il s'y attendait, elle l'avait examinée attentivement, avant de le regarder.

« Souviens-toi, beau prince courageux
Fie-toi à ton cœur, pas à tes yeux
La mort n'est qu'apparence parfois, ne t'y attarde pas
Si tu aimes assez fort pour tromper la mort,
La mort tu vaincras. »

À son insu, ses mots s'étaient gravés dans son esprit, ressurgissant, aussi clairs que si la rencontre avait eu lieu la veille. Une soudaine bouffée d'espoir l'envahit. Se pouvait-il que la vieille ait eu raison, et qu'il puisse vaincre la mort ? Pouvait-il ressusciter sa bien-aimée ? Il l'aimait aussi fort que l'on pouvait humainement aimer, et même plus, mais elle ne bougeait pas… Comment pouvait-il tromper la mort ?

Huit jours après avoir quitté Hervouët, Juliette mit le point final à son *Blanche-Neige*. Elle patientait chez l'imprimeur dans l'attente de ses manuscrits quand elle réalisa que Judith, qui n'était pas au courant de ses mésaventures, avait dû rentrer la veille de son séjour en Asie. Comme elle s'y attendait, sa sœur eut du mal à la croire.

— Ce n'est pas possible Lili, pas Sébastien, c'est un type bien… Ou alors il devrait être sur les planches à la Comédie Française ! Qu'est-ce qu'il t'a dit ?

Juliette, sortie de l'atelier pour échapper au grondement des machines, réprima un mouvement d'irritation. Qu'est-ce qu'ils avaient tous à vouloir qu'elle lui parle ? Elle avait entrouvert sa carapace, et le résultat n'était pas franchement probant. Elle n'allait pas recommencer !

— Je ne sais pas. Je ne veux pas l'écouter, ni discuter avec lui, Judith. Ce n'est même pas la peine d'insister.

Un petit sifflement désapprobateur accueillit sa déclaration, puis Judith changea de sujet, sachant qu'il était inutile de tenter de la convaincre lorsqu'elle se braquait.

— J'ai rapporté des soieries magnifiques, tu veux venir les voir ? Pas aujourd'hui, je suis un peu jet-laggée, mais ce week-end ?

— Un peu jet-laggée, voyez-vous ça, se moqua Juliette. Il faut que je te présente mon frère, il travaille à la City, vous vous entendrez à merveille !

— *Vade retro Satanas*, pas JJ ! Je veux dire que je suis totalement dans le potage, si tu préfères. Tu peux venir, alors, ce week-end ?

La gorge de Juliette se serra, comme à chaque fois qu'elle prenait conscience qu'elle était forcément libre, puisque Sébastien ne faisait plus partie de son existence. Arthur rentrerait le dimanche soir de chez son père, elle était libre comme l'air.

— Ok, je viendrai, promit-elle, avant de raccrocher.

Elle n'avait rien d'autre de prévu, et l'homme qu'elle aimait en préférait une autre. Elle ne savait ce qui faisait le plus mal, de la trahison de Sébastien ou de sa disparition complète de sa vie. Les deux se conjuguaient, en vérité : il n'était même plus là pour la consoler du mal qu'il lui avait fait. Une fois l'appel terminé, elle tomba assise par terre, là, sur le ciment de cette courette, en proie à de douloureux sanglots silencieux qui la secouaient tout entière. Dieu, que ça faisait mal !

Elle s'essuya le visage tant bien que mal avant de rentrer, s'attirant un coup d'œil curieux de l'employée. Sur le chemin du retour, elle se demanda ce qu'elle allait faire de tout ce temps libre, maintenant qu'elle avait terminé *Blanche-Neige*. Elle regarda sa montre : dix heures. Il était encore temps d'appeler Émilie pour passer la voir dans la journée. Et si, en attendant, elle se renseignait sur la fabrication de sex-toys ?

Chapitre 49

L'éditrice lui proposa de venir déjeuner avec elle, au grand étonnement de Juliette. Adorable et extrêmement compétente dès lors qu'il s'agissait des textes, Émilie avait un gros défaut, sa gestion du temps. Elle était perpétuellement débordée, déjeunant d'un sandwich entre deux rendez-vous, travaillant la nuit et le week-end pour tenir ses délais. Qu'elle consacre toute une heure à déjeuner avec Juliette était particulièrement surprenant.

Le mystère s'éclaircit lorsque Juliette, patientant dans le bureau de l'assistante d'édition, adjacent à celui d'Émilie, entendit les éclats de voix traversant la cloison. L'homme qui s'emportait, reprochant à l'éditrice de n'avoir pas fait tout son possible pour promouvoir son œuvre, était un des auteurs phares de la collection « sérieuse » que dirigeait Émilie. C'était aussi un imbécile pompeux. L'entendant à la radio, elle l'avait trouvé insupportable au point d'éteindre le poste !

L'assistante d'édition, une toute jeune femme à l'allure fragile qu'elle n'avait encore jamais vue, lui jeta un coup d'œil inquiet. Elle ne devait pas savoir qui elle était : Juliette s'était présentée sous son vrai nom. Elle la rassura.

— Ne vous inquiétez pas, j'ai toute confiance en Émilie.

— Vous êtes un de ses auteurs ? Je suis désolée, je viens d'arriver, s'excusa la jeune femme.

Juliette hocha la tête, en lui désignant une pile de *La Belle et la Bête XXL* en équilibre instable sur un des rayonnages.

— Je suis publiée sous mon pseudonyme, Justine de Lenclos.

La jeune femme écarquilla les yeux et deux taches rouges apparurent sur ses pommettes.

— Oh, je… je suis désolée de ne pas vous avoir reconnue. Vous êtes sûre que vous ne voulez pas un café, ou un verre d'eau ?

— Je n'ai besoin de rien, merci. Que diriez-vous d'aller à la rescousse d'Émilie ?

L'assistante hésita.

— C'est-à-dire que…

— Je sais qu'il ne faut pas la déranger, normalement, l'interrompit Juliette, mais là, je pense qu'elle nous en sera reconnaissante ! Si vous voulez, je l'appelle moi-même.

Incertaine de sa décision, la jeune femme se mordait les lèvres en composant le numéro du poste de l'éditrice. De l'autre côté de la paroi, l'éditrice poussa une exclamation horrifiée en décrochant.

— Non ! Déjà ? J'arrive immédiatement !

Juliette tiqua. Émilie était vraiment une actrice épouvantable. Quelques minutes plus tard, cependant, elles entendirent la porte du bureau s'ouvrir, puis le volume décroissant de la voix de l'auteur qu'elle raccompagnait à l'ascenseur.

— Ouf, soupira cette dernière en embrassant Juliette, une fois que le signal sonore l'eut prévenue que son visiteur était parti.

S'écartant ensuite d'elle, elle l'examina avec un étonnement teinté d'admiration.

— Comment vas-tu ? Tu es superbe ! Ça te va vraiment bien, ces couleurs. Je suis contente de voir que tu ne les as pas adoptées que pour les photos. Viens, je t'invite à déjeuner au petit thaï d'à côté.

Juliette leva la main pour l'interrompre, avant de lui tendre le manuscrit relié de *Blanche-Neige*.

— Il faut d'abord que tu poses ça dans ton bureau, je pense. Sinon tu ne vas pas lever les yeux du roman… et tu ne vas pas m'écouter, ajouta-t-elle avec malice.

L'éditrice, dont les yeux s'étaient mis à briller, ressemblait à s'y méprendre à une gamine sur le point d'ouvrir les cadeaux entassés au pied du sapin.

— Heu… bon, d'accord, si tu insistes, acquiesça-t-elle à contrecœur, s'emparant du manuscrit pour le serrer contre elle. Julia, tu peux décaler ma réunion de cet après-midi, s'il te plaît ? C'est le contrôle de gestion, reprit-elle, personne ne s'attendrait à ce que je les fasse passer avant un nouveau manuscrit de l'auteur de *La Belle et la Bête XXL*.

Elle se tourna vers Juliette.

— Au vu des ventes du premier, personne ne me reprochera d'en faire une priorité ! Ton roman a fait des merveilles pour notre rentabilité, donc pour une fois j'ai un argument imparable !

— Ravie de pouvoir t'être utile, commenta Juliette, badine. Tu sais où on en est, d'ailleurs ? J'étais restée dans les cinquante mille…

Émilie éclata de rire, tout en entraînant Juliette vers l'ascenseur.

— Tu rigoles ? On a largement dépassé les cent mille, là…

Juliette, les yeux ronds, la regarda sans rien dire. Cent mille ? Éberluée, elle mit un peu de temps à retrouver ses esprits. Elles attendaient devant les deux ascenseurs quand elle remarqua qu'Émilie tenait toujours son manuscrit. Elle appela l'assistante.

— Julia ?

Celle-ci se précipita vers elles, évoquant irrésistiblement Bambi avec ses longues jambes toutes frêles sous sa mini-jupe.

— Je crois qu'Émilie a oublié de laisser ça dans son bureau, dit-elle en retirant le manuscrit des mains de l'éditrice, dont la mine s'allongea. Est-ce que vous pouvez vous en charger ?

Prise en flagrant délit, Émilie ronchonna un peu, et Juliette vit l'assistante réprimer un sourire.

— Je parie qu'elle va le lire, constata Émilie, dégoûtée, qui regardait d'un œil envieux la jeune femme s'éloigner d'un pas pressé, le précieux manuscrit contre son cœur.

— Il y a des chances, reconnut Juliette en entrant dans l'ascenseur. Rassure-moi, elle est majeure, au moins ? Parce que c'est « adults only », hein, comme le précédent.

— Ne m'en parle pas, grogna Émilie. Quand je pense que tu me donnes le texte et que je n'ai même pas le droit de le lire !

— C'est la seule manière de m'assurer ton attention pleine et entière, répondit Juliette avec une pointe d'ironie. D'autant plus que j'ai eu une idée qui pourrait peut-être te valoir encore plus de respect de tes contrôleurs de gestion.

L'éditrice haussa les sourcils, à la fois intriguée et dubitative.

— Pas possible, objecta-t-elle. En ce moment, ils me considèrent comme si j'étais le Messie tombé du ciel. C'est tellement rare que j'en profite, crois-moi.

Juliette lui fit un clin d'œil.

— Dès qu'on a commandé, je t'explique.

Le restaurant thaï, situé un peu plus loin, ne payait pas de mine avec ses menus dont les feuilles plastifiées partaient en lambeaux et ses tables presque toutes bancales, mais la nourriture y était délicieuse. Elles y étaient allées une fois avec l'attachée de presse de la maison d'édition, après une interview.

Une petite dame d'un âge indéterminé les poussa jusqu'à une table dans un coin, cernée de grandes plantes aux feuilles acérées et menaçantes.

— Vous asseoir là, dit-elle en les installant, avant de filer.

— Elle m'adore, déclara Émilie sans rire.

C'était donc un honneur, d'avoir droit à la partie jungle du restaurant ? Mais si les plantes étaient carnivores, personne ne les entendrait crier...

— Alors, raconte-moi tout, la relança Émilie une fois qu'elles eurent commandé deux pad thaï.

Juliette la mit au courant de son départ forcé de son job, ce qui fit d'abord grimacer Émilie de compassion, avant de susciter une petite lueur dans ses yeux : plus rien n'empêchait Juliette de se rendre disponible pour des opérations de promotion, alors ? Résignée, cette dernière n'eut même pas le temps de dire oui. Émilie, tout excitée, envoyait déjà un message à Lise, l'attachée de presse. Il y avait plein de salons, à la rentrée, et puis comme ça elle pourrait aller à Montréal, où le livre sortait en octobre. Ils avaient déjà reçu l'invitation…

Juliette la coupa, débordée par le flot de paroles qui se précipitaient hors de la bouche de l'éditrice à toute allure.

— Holà ! Du calme, bronco !

Interloquée, l'éditrice s'interrompit, ce qui permit à Juliette de la rassurer : oui, elle ferait le point avec Lise sur tous les événements planifiés dans les mois à venir et oui, elle se rendrait disponible dans la mesure de ses possibilités. Maintenant, pouvait-on en revenir à l'objet de la discussion ?

Une expression suspicieuse se peignit sur le visage d'Émilie : pour elle, par défaut, tous les auteurs étaient des psychopathes en puissance, dont il fallait se méfier dès qu'ils disaient avoir une idée. Sa méfiance s'évapora peu à peu comme Juliette lui expliquait son projet de gamme de « produits dérivés » labellisés *La Belle et la Bête XXL*.

— Ce n'est pas prévu dans le contrat d'édition, reprit Juliette, mais je pense qu'on aurait tout intérêt à se mettre d'accord pour y travailler ensemble. En plus, il y a forcément une expertise dans la maison sur le sujet, argumenta-t-elle, ce qui fit pouffer Émilie. Sur les produits dérivés, pas sur les sex-toys, rit Juliette en levant les yeux au ciel devant les yeux brillants et la mine coupable de l'éditrice. Du côté des BD et séries jeunesse, il y a sans doute déjà tout un tas de trucs, non ?

Reprenant son sérieux, l'éditrice hocha la tête.

— Oui oui, bien sûr. Ils sont plutôt bons, d'ailleurs… mais ils ont sans doute plus l'habitude des petites figurines en plastique que des…

Elle hésita. Elle ne savait visiblement quel mot choisir entre différentes possibilités aussi choquantes les unes que les autres. Égayée, Juliette finit tout de même par l'aider.

— Que des gros pénis en latex c'est ça ?

Émilie gloussa de plus belle. Lorsqu'elle eut repris son sérieux, elles parvinrent à un plan d'actions commun : Juliette sélectionnerait les fabricants dont elle pensait qu'ils pourraient correspondre à ses desiderata, tandis qu'Émilie se renseignerait auprès des spécialistes des produits dérivés.

— C'est une bonne idée, je crois, lui dit l'éditrice alors qu'elles revenaient vers son bureau. Mais je ne te promets pas de m'y mettre cet après-midi… J'ai plus important à faire, ajouta-t-elle avec un clin d'œil.

Juliette décida de la taquiner un peu.

— Tu te rends compte que ta Julia est probablement planquée dans les toilettes avec le manuscrit et qu'elle n'en sortira qu'une fois qu'elle l'aura fini ?

Émilie haussa les épaules.

— Mais non, elle n'a pas le temps. Je lui ai donné trop de boulot, ajouta-t-elle avec un rictus sadique. Donc, c'est quand même moi qui le lirai la première, conclut-elle, victorieuse. Après, si elle veut emporter une photocopie chez elle… c'est un stage non rémunéré, hein, je ne vais rien dire. Tant qu'elle rapporte le manuscrit au bureau ensuite, bien entendu.

— J'espère qu'il va te plaire, remarqua Juliette. Tu as l'air d'en attendre beaucoup, tu risques d'être déçue…

— Ça m'étonnerait un peu, dit l'éditrice, dubitative. On se parle vite, d'accord ?

Embrassant Juliette, elle se hâta de retourner vers son bureau et le manuscrit qui l'y attendait. Juliette ne fut pas vraiment étonnée de recevoir dans la soirée un mail enthousiaste d'Émilie : elle adorait ! Juliette, qui n'était jamais sûre de ce qu'elle avait écrit, en fut soulagée. Malheureusement, cela voulait dire aussi qu'il était désormais entre les mains de l'éditrice, la laissant désœuvrée. Elle n'avait plus de boulot, plus de roman en cours… et plus de Sébastien.

Chapitre 50

Le lendemain, elle reçut un coup de fil de Thierry, dont le déjeuner s'était désisté et qui lui proposait de venir manger avec lui. Sa loyauté fit plaisir à Juliette. Ils n'avaient jamais été très proches, notamment du fait de la timidité et de la tendance asociale du financier, mais elle l'avait toujours apprécié professionnellement et avait peu à peu appris à le déchiffrer.

En chemisette et cravate, il l'attendait au restaurant thaï du Vieux Pays, à une table installée le long du mur recouvert de faux bambous, et se leva pour l'embrasser, ce qui surprit Juliette – Thierry était plutôt du genre à faire un signe de tête poli. En quittant Hervouët – pardon, United Express ! – elle avait dû passer dans la catégorie « amis », se dit-elle. Il se limita cependant à une seule bise sur la joue, ne souhaitant pas prolonger le contact au-delà du strict nécessaire – ce qui lui ressemblait déjà plus.

Son visage s'illumina quand Juliette sortit un exemplaire de *La Belle et la Bête XXL* et un stylo : ne connaissant pas le prénom de sa femme, elle avait préféré attendre pour lui écrire une dédicace personnalisée.

— Paola, lui dit-il. Elle est italienne.

Un peu surprise, car elle s'attendait à une Florence ou une Stéphanie tout ce qu'il y a de plus classique, Juliette rédigea sa dédicace, avant de lui tendre le livre, que le financier rangea soigneusement dans la mallette en cuir patiné dont il ne se séparait jamais.

— Comment vas-tu ? lui demanda-t-il.

Juliette haussa les épaules.

— J'ai dit adieu à ma vie de DRH… et pour l'instant, ça ne me manque pas trop. J'occupe tout mon temps à écrire. Tu peux dire à ta femme que j'ai un nouveau livre qui va sortir dans quelques mois, ajouta-t-elle. J'ai remis le manuscrit à l'éditeur la semaine dernière.

Les pommettes de Thierry virèrent à l'écarlate et il baissa le nez sous le regard étonné de son ex-collègue.

— J'ai, euh… j'ai lu ton livre, marmonna-t-il.

Amusée, Juliette réprima un sourire devant sa mine embarrassée.

— C'est… euh… bien. Très bien, en fait.

Relevant la tête, il la regarda cette fois, une étincelle dans le regard.

— Bon, je dois dire que je te vois maintenant sous un autre angle, ajouta-t-il avec une petite étincelle dans les yeux. Je n'aurais jamais imaginé que notre DRH si sérieuse pouvait écrire une telle histoire. Il faut croire que tu as plus d'un tour dans ton sac.

— Tu sais que Kate en a traduit des passages pour Reminger ? demanda Juliette.

Les yeux du financier s'écarquillèrent, et il émit un son bref. Probablement un rire.

— Quel dommage de ne pas avoir vu ça, regretta-t-il. Il a dû passer par toutes les couleurs, surtout si elle le lui a traduit à l'oral.

— Comment ça se passe, chez Hervouët ? l'interrogea Juliette.

Elle ne les regrettait pas, mais aurait préféré ne pas laisser son équipe comme ça. Le financier fit la moue, en attendant que la serveuse ait fini de poser leurs salades à l'ananas et aux crevettes sur la table. Présentées dans l'ananas évidé, c'étaient de véritables œuvres d'art – et elles étaient aussi bonnes que belles, en plus. Thierry prit le temps de se servir pour réfléchir.

— C'est morose, depuis que tu es partie, au comité de direction, en tout cas. À part Kate et Reminger, tout le monde tire la tronche. Sébastien était furieux, quand il a appris que tu avais été sortie, et visiblement Kate et lui sont en froid.

Juliette affecta une indifférence qu'elle était loin de ressentir.

— On devait bosser ensemble sur un projet aux opérations, ça ne doit pas l'arranger qu'il n'y ait plus de DRH.

Thierry lui lança un coup d'œil aigu.

— Peut-être, commenta-t-il, laconique. Quant à Éric et Kate, ils sont comme chien et chat. Les réunions sont infernales. J'ai commencé à chercher ailleurs, ajouta-t-il, ce qui fit s'étrangler Juliette.

En réponse à sa question informulée, il expliqua :

— Reminger n'a rien à te reprocher sur le plan professionnel. J'ai dû provisionner une fortune pour la transaction qu'il va devoir te payer, genre plus de deux ans de salaire… un vrai scandale. Oh, mais c'est vrai que je ne suis pas supposé t'en parler. Suis-je bête.

Constatant à la lueur qui brillait dans les yeux de son ex-collègue que sa « fuite » était totalement volontaire, Juliette enregistra l'information pour la transmettre à Nicolas.

— Mais tu disais que tu es en train de chercher ?

— Ton exemple n'est pas très rassurant, en fait… Si on peut être viré pour des questions de « moralité » relatives à notre vie privée, et non à notre activité dans l'entreprise, tout est possible ! Comme je n'ai pas envie de me retrouver à la porte parce que Paola et moi ne sommes pas mariés, je préfère prendre les devants.

Juliette leva les sourcils.

— Vous vivez dans le péché ? Je suis choquée !

Le rire bref de Thierry retentit de nouveau – deux fois en un déj, alors qu'elle ne l'avait quasiment jamais entendu auparavant… décidément, c'était une révélation.

— De la part de l'auteur de *La Belle et la Bête XXL*, c'est une remarque audacieuse.

— Pas faux, reconnut Juliette.

Ils finirent de déjeuner en discutant de Hervouët, mais les rouages du cerveau de Juliette s'étaient emballés en apprenant que Sébastien et Kate étaient fâchés, si bien qu'elle ne prêta qu'une attention limitée à la conversation. Avait-il rompu avec l'Américaine ? Elle en avait la tête qui tournait, tandis que l'espoir s'insinuait dans son cœur, malgré sa détermination à ne pas se laisser emporter. Elle n'en savait rien, se raisonna-t-elle. Ce n'était pas la peine de commencer à se faire un film. Mais s'il avait réalisé que c'était à Justine qu'il tenait, et pas à Kate ? Pourrait-elle lui donner une autre chance ? Son cœur, bien sûr, disait oui. Cependant, Juliette avait déjà été trompée, et elle n'était pas prête à pardonner si facilement.

Alors qu'elle rentrait chez elle, une pensée la frappa soudain : si Sébastien avait appris pourquoi elle était virée, il savait désormais que c'était elle, Juliette, l'auteur de *La Belle et la Bête XXL*... et pas sa sœur imaginaire. Il savait qu'elle lui avait menti, qu'elle s'était fait passer pour une autre... Mais il lui avait écrit, il avait envoyé des messages à Justine. Était-il au courant ? L'avait-il découvert ensuite ? Et s'il ne le savait pas encore, comment réagirait-il en l'apprenant ? Debout dans sa cuisine en attendant que l'eau de la bouilloire chauffe, elle tenta de mettre un terme à ces spéculations inutiles : de toute manière, la question ne se posait pas. Il l'avait dupée, il avait choisi de fréquenter Kate, il lui avait donné son livre... Bridant l'espoir et les questionnements qui tourbillonnaient dans sa tête, elle prit son mug et retourna s'installer devant l'ordinateur. Émilie lui avait fait quelques suggestions sur *Blanche-Neige*, que Juliette passa deux jours à intégrer en maugréant : ce n'était pas parce que l'éditrice avait raison que c'était facile à faire pour autant !

Elle eut cependant du mal à se concentrer sur son héroïne, car ses pensées faisaient comme les guêpes, tournoyant au-dessus de leur objectif pour y revenir même quand on les chassait. Et leur bourdonnement incessant, dans sa tête, attribuait des yeux sombres et des cheveux noirs aux personnages qui agissaient sous ses doigts.

Chapitre 51

Elle avait rendez-vous le vendredi soir avec sa sœur au restaurant du boulevard de Courcelles, en terrasse. Malgré l'état pathétique dans lequel elle se trouvait, elle s'était apprêtée pour sortir. Elle avait beau se sentir comme une pauvre chose blessée, elle n'était pas obligée d'en avoir l'air. Profitant de la douceur qui avait succédé à la chaleur écrasante de la fin août, elle avait enfilé une robe noire à bretelles dont la jupe ample lui affinait la taille, avec l'étole que Judith lui avait offerte. Quelques regards appréciateurs l'avaient suivie alors qu'elle déambulait dans Paris, lui réchauffant le cœur. Elle ne voulait plus jamais, jamais, être la femme trompée et larguée – ni le paraître. Comme elle arrivait en vue de la terrasse du restaurant, elle repéra la silhouette de sa sœur, debout, qui lui tournait le dos. Vêtue d'une robe fluide d'un bleu soutenu, Judith se penchait vers une table. L'apercevant, elle s'avança pour l'accueillir et Juliette se figea en découvrant à qui elle parlait. Sébastien. C'était Sébastien qui était assis à cette table ! Elle ouvrit la bouche pour protester, mais Judith leva une main impérieuse.

— Pas un mot. Sébastien m'a appelée, et j'ai écouté ce qu'il avait à dire. C'est moi qui lui ai proposé de venir.

Juliette fusilla sa sœur des yeux. Comment se permettait-elle de lui faire un coup pareil ? L'expression autoritaire de Judith s'évanouit, pour laisser place à son visage implorant, celui de la petite Judith suppliant sa grande sœur de l'aider à réparer ses bêtises. Juliette ne pouvait pas y résister plus aujourd'hui qu'à l'époque. Judith lui porta le coup de grâce.

— S'il te plaît, Lili, écoute-le, demanda-t-elle, en penchant la tête sur le côté à la manière d'un petit chat.

Juliette soupira, et son regard dériva vers l'homme assis. Il l'examinait, l'air neutre, un pli entre les sourcils qu'elle ne lui connaissait pas, ses yeux sombres ne trahissant rien de ses sentiments ni de ses pensées. Ses traits tirés témoignaient de sa tension, sans rien ôter à son charme. Une barbe naissante entourait sa bouche aux lèvres sensuelles, et Juliette y décela quelques touches de gris qui l'émurent. C'était une torture de se trouver face à lui sans pouvoir l'enlacer, l'embrasser… ou lui arracher les yeux, comme elle en avait également envie. Elle reporta son attention vers sa sœur.

— Ok, répondit-elle. Je te promets de l'écouter.

Judith hocha la tête puis adressa un petit signe à Sébastien avant de se sauver vers le métro. Se blindant mentalement, Juliette s'assit, raide sur sa chaise comme la gouvernante victorienne dont elle arborait le visage pincé. Rien dans son attitude ne trahissait que sa simple présence lui faisait battre le cœur à cent à l'heure

— Tu voulais me parler. Je t'écoute, déclara-t-elle d'un ton aussi neutre que l'expression de Sébastien.

— Tu ne vas pas me faciliter les choses, alors ?

Elle secoua la tête. Et puis quoi, encore ?

— Juliette... commença-t-il.

Sous l'effet de la surprise, sa tête se releva brusquement. Juliette ? Il savait ? Un lent sourire éclaira les traits de Sébastien, et il rit doucement.

— Tu pensais que je n'avais pas compris ? demanda-t-il, la voix tendre et amusée à la fois.

Interloquée, elle secoua la tête de nouveau.

— Depuis quand... ?

Elle ne termina pas sa phrase.

Un éclair malicieux traversa ses yeux.

— Oh, il a dû me falloir dix jours, dit-il. Mais tu m'y as aidé, ajouta-t-il gravement.

Il avait l'air ravi d'un gamin tout content de lui et Juliette se demanda comment elle avait pu le mettre sur la voie. Elle avait pourtant fait attention ! Alors qu'elle passait en revue mentalement les premières semaines de leur relation, il posa sur la table son roman et le poussa vers elle. C'était son exemplaire, celui qu'elle lui avait dédicacé. Celui que Kate avait montré à Reminger. Un éclair de colère la traversa à ce souvenir, et elle referma le livre d'un coup sec. Elle ne se laisserait pas manipuler. Sans tenir compte de sa réaction, Sébastien le lui reprit.

— Si tu ne veux pas lire toi-même, je vais le faire. « À Sébastien Marvel, en espérant que la direction des opérations lui laissera un peu de temps pour lire. Signé Justine de Lenclos. »

Elle le fixa sans comprendre. Qu'est-ce qui là-dedans trahissait son identité ? Voyant qu'elle ne saisissait pas, il reprit, la voix douce.

— Comment ta sœur aurait-elle pu savoir que j'avais été nommé directeur des opérations de Hervouët ? Ça venait juste de se décider. Et je n'ai pas un égo suffisamment gonflé pour me dire que c'était une nouvelle nécessitant que tu l'appelles immédiatement…

Juliette ferma les yeux, accablée par sa propre bêtise.

— Je ne m'en suis pas rendu compte immédiatement. C'est en reprenant ton livre, un soir, que cela m'a frappé. C'est pour ça que, quand les choses sont devenues sérieuses entre nous, j'ai arrêté de venir te voir dans ton bureau comme je le faisais avant. C'était trop difficile, de maintenir la façade. J'avais envie de te prendre dans mes bras, de t'embrasser… pas du tout de te parler d'aménagement d'horaires.

Son discours mit Juliette hors d'elle.

— Quand les choses sont devenues sérieuses ? Comment peux-tu dire ça, quand tu as annulé notre week-end ensemble pour le passer avec Kate ? Sans même parler de lui donner mon livre !

Elle bouillait littéralement de rage. Comment osait-il dire que les choses étaient devenues sérieuses entre eux ? Elle y avait cru, et il l'avait trahie ! Les yeux de Sébastien s'assombrirent, et il hocha la tête tristement.

— Tu as raison, j'aurais dû te le dire. Mais je n'osais pas, j'avais peur que tu te fâches, et elle avait besoin de moi.

Les larmes montèrent aux yeux de Juliette. Le serveur les ayant rejoints pour prendre leur commande, elle demanda les premiers plats qu'elle vit sur le menu, sans savoir ce dont il s'agissait.

— J'avais confiance en toi, reprit-elle, rageuse de constater que les larmes coulaient désormais sur ses joues. Comment as-tu pu faire ça ? Quand je pense que tu critiquais Arnaud !

Une expression horrifiée se peignit sur le visage de l'homme.

— Mais… non… bégaya-t-il. Ça n'a rien à voir !

En larmes, Juliette leva les bras au ciel.

— Ça n'a rien à voir ? Tu te fous de moi ? Tu viens de me dire que tu avais passé le week-end avec Kate parce qu'elle avait besoin de toi !

Posant les coudes sur la table, elle se prit la tête entre les mains. C'était un cauchemar. C'était exactement ce qu'elle n'avait pas voulu revivre, la raison pour laquelle elle ne voulait plus lui parler… De nouveau, elle entendait l'homme de sa vie lui dire qu'il y avait une autre femme, qui comptait plus pour lui. Elle ne pouvait pas recommencer, elle n'en avait pas la force. Un bras entoura ses épaules. Sébastien avait fait le tour de la table pour s'accroupir à côté d'elle. L'enlaçant maladroitement, il la serra contre lui, absorbant ses sanglots.

— Je suis navré que tu aies pu croire ça. Je ne couche pas avec Kate, il n'y a rien entre nous. Enfin, il n'y a plus rien entre nous depuis longtemps, ajouta-t-il tandis que Juliette relevait la tête vers lui, hésitant à croire les mots qu'elle venait d'entendre. Kate est l'ex dont je t'avais parlé, celle qui avait préféré sa carrière parce qu'elle n'avait pas envie de s'installer.

— Donc tu es allé passer le week-end avec ton ex, c'est ça ? Je nc vois pas en quoi ça devrait me faire me sentir mieux !

Sébastien la força à croiser son regard. Dans ses yeux, se lisaient de la sincérité, de la tendresse, de l'inquiétude aussi.

— Il ne s'est rien passé entre nous, Juliette. Elle m'a appelé parce qu'elle venait d'apprendre que son père avait fait un infarctus, et qu'il était à l'hôpital. Elle était dans tous ses états, je lui ai trouvé un vol pour les States et elle a dormi sur mon canapé. Je l'ai emmenée à l'aéroport le lendemain.

— Sur ton canapé ?

Si le cœur de Juliette exultait déjà, prompt à le croire, elle avait encore du mal à lui accorder sa confiance. Il acquiesça solennellement.

— Sur mon canapé. Mais tu sais, elle aurait pu dormir dans mon lit, je ne l'aurais pas touchée. Il n'y a qu'une femme que je veux, et c'est toi. Pas Kate. Je t'aime, Juliette. Je ne veux plus qu'on se sépare.

— Mais… et mon roman ? Tu l'as donné à Kate ! Et c'est elle qui l'a montré à Reminger !

Les yeux de Sébastien se durcirent.

— Elle m'avait demandé si elle pouvait m'emprunter un livre pour son vol pour New York, je n'avais pas vu que c'était le tien qu'elle avait pris. Quand elle a vu l'article dans le journal avec ta photo, elle s'est dit que c'était l'occasion rêvée de se débarrasser de toi. C'est une garce, Juliette. Elle savait que je tenais à toi, et comme elle est venue en France parce qu'elle voulait me récupérer…

— Et ? demanda Juliette, hésitante.

— Et rien ! conclut Sébastien, d'un ton sans appel. Je te l'ai dit, c'est toi que j'aime. Je le lui ai dit tout net quand elle m'a avoué que c'était pour moi qu'elle était venue ici. Et j'ai démissionné de Hervouët, ajouta-t-il.

Juliette ouvrit grand les yeux.

— Tu as démissionné ? Mais pourquoi ?

— Disons que je n'étais pas d'accord avec la politique de ressources humaines de la maison, dit-il, une lueur dans les yeux. Et je n'avais pas envie que tu aies le moindre doute sur ma relation avec Kate, à savoir *pas* de relation, ajouta-t-il doucement. Ne pas la voir du tout, même au travail, me semblait une meilleure option, même si cela arrive un peu tard, visiblement. Mais je te promets que je ne t'ai pas trompée. Et je maintiens ce que j'ai dit : ton ex est un con.

Voyant le serveur arriver avec leurs entrées, il se redressa avec une grimace pour retourner s'asseoir, en frottant ses genoux endoloris.

— Je n'ai jamais voulu te faire de mal, Juliette, est-ce que tu me crois ? demanda-t-il, visiblement inquiet.

Elle se souvenait, maintenant, que Kate avait été absente assez longtemps pour un problème familial. Juliette regarda l'homme assis en face d'elle, dont les yeux pleins d'appréhension scrutaient son visage. Il disait la vérité, elle le savait intuitivement, elle le sentait. Le nœud dans sa poitrine se dénoua, le soulagement de n'avoir pas été dupée laissant peu à peu place à un bonheur éclatant. Contre ses côtes, son cœur battait à tout rompre, gonflé d'allégresse et, le regardant dans les yeux, elle lui sourit.

— Oui. Je te crois.

En le disant elle se sentait déjà plus légère. Le soulagement éclairant son visage, il lui prit la main et ses yeux sombres étincelèrent en rencontrant les siens.

— Et j'ai cru entendre que tu m'aimais ? Je me suis trompée ?

— Non, tu ne t'es pas trompée. Je t'aime, en Justine comme en Juliette.

— C'est fou, ça… je t'aime aussi ! ajouta-t-elle avec malice, au cas où tu te poserais la question.

Dieu, qu'elle avait envie de lui ! Son regard erra sur sa bouche, sa mâchoire râpeuse, son nez fort, avant de descendre le long de ses épaules jusqu'à ses mains puissantes. Comme il la regardait, Juliette rougissante baissa la tête vers son assiette… et fronça le nez. Qu'est-ce qu'elle avait commandé ? Des maquereaux pommes à l'huile ? Quelle horreur !

En face d'elle, Sébastien éclata de rire en voyant sa tête.

— Que dirais-tu de sauter le repas ? proposa-t-il, un monde de promesses dans la voix.

Juliette acquiesça.

— Viens, dit-elle en se levant. Je t'emmène à la maison. Profitons de ta voiture de fonction, tant que tu en as encore une !

Épilogue

James réfléchit. « La mort n'est qu'apparence. » Que ferait-il si Blanche-Neige n'était qu'assoupie ? Un sourire d'espoir éclaira son visage comme il se relevait. Se penchant sur la belle, il posa un baiser sur sa bouche, puis se recula, attendant un frémissement, un geste. Rien. James l'embrassa de nouveau, plus ardemment cette fois et les lèvres de Blanche-Neige s'entrouvrirent en réponse à son baiser. Elle demeurait figée, mais en regardant son visage, le prince crut voir une légère rougeur teinter ses pommettes. C'était ça ! Il allait l'embrasser encore, enserrant tendrement le précieux visage de ses doigts quand une rafale de vent subite le cingla, l'aveuglant. Instinctivement, il se pencha sur la princesse pour la protéger, mais la nature se jouait de lui. Lorsqu'il rouvrit les yeux, une nuée de corneilles plongeaient vers eux, fuyant elles aussi la violente bourrasque qui les agressait. S'il voulait échapper à l'enchevêtrement de becs, de plumes et de serres qui les menaçaient, il n'avait pas le choix : enlaçant Blanche-Neige, il la fit basculer à côté de la couche avec lui, s'arrangeant pour amortir de son corps la chute de la princesse. Le choc lui coupa le souffle, mais ils étaient sains et saufs, pour l'instant. Les corneilles s'élevèrent pour se poser sur les arbres alentour, le vent retomba et les oiseaux reprirent leur chant. Et puis, dans son cou, il sentit les lèvres de Blanche-Neige bouger. Elle toussa faiblement une ou deux fois, avant de nicher son nez contre sa peau, avec un petit soupir.

James n'osait plus bouger, craignant d'interrompre le miracle qui, espérait-il, avait lieu dans ses bras. Sous ses yeux émerveillés, la jeune fille releva la tête, écartant un morceau de pomme de sa joue, puis elle ouvrit les yeux et le vit. Une joie lumineuse éclaira son regard, s'étendant jusqu'à lui, l'enveloppant de douceur, et de chaleur.

— James, dit-elle. Tu m'as trouvée.

Et la jeune fille pencha la tête sur son visage pour l'embrasser.

Dans la grande salle dont la décoration élégante, tout en moulures tarabiscotées et tentures brochées, évoquait un boudoir à l'ancienne, la fête battait son plein. Le cocktail organisé par la maison d'édition pour le lancement de la gamme d'objets érotiques « *La Belle et la Bête XXL* » était une vraie réussite. Juliette n'en revenait toujours pas de la vitesse à laquelle les choses s'étaient faites : les deux fabricants qu'elle avait sélectionnés s'étaient montrés enthousiastes, comme les directeurs de la maison d'édition qui, y voyant une source de gains potentiels considérable, avaient mobilisé une partie des équipes « produits dérivés » sur le sujet. Résultat : la gamme sortait juste à temps pour être dans les rayonnages pour les fêtes – au rayon adultes, bien sûr, ainsi que dans certaines « love shops ».

— Je crois que tu vas avoir une bonne couverture presse, commenta Judith à l'oreille de sa sœur.

Elle avait convié ses amies modeuses, comptant autant sur leur goût de la découverte que sur l'attrait de ces produits sulfureux. Elle avait eu raison : l'attachée de presse croulait sous les demandes des magazines. Émilie, qui préparait la sortie de *Blanche-Neige* pour la rentrée de janvier, était aux anges : *La Belle et la Bête XXL* avait dépassé gaillardement les cent vingt mille exemplaires, et avec sa gamme d'objets pour adultes, elle inaugurait un nouveau créneau pour la maison d'édition.

— De quoi tenir tête au contrôle de gestion ! dit Juliette.

Émilie leva sa flûte de champagne en hommage à son auteur.

— Tu veux rire ? Il y a mon portrait dans leurs bureaux, maintenant, la main noblement posée sur des états financiers, et chaque réunion commence par une prosternation collective et un allumage de cierges.

Juliette éclata de rire, alors qu'une main enlaçait sa taille et qu'un corps se rapprochait du sien, lui communiquant sa chaleur. Elle s'appuya contre lui, heureuse de le savoir là, et il l'embrassa légèrement avant de se retourner vers Émilie.

— Bonjour, lui dit-il en lui tendant la main. Sébastien Marvel, ajouta-t-il.

— Émilie Langevin, dit-elle avec un grand sourire. Ravie de vous rencontrer.

Juliette était contente que Sébastien ait pu finir suffisamment tôt pour la rejoindre. Il était resté chez Hervouët-United Express, finalement. Reminger, envoyé par le groupe redresser une société en difficulté dans l'Ohio, avait emmené Kate dans ses bagages ; le nouveau PDG, un Allemand, avait convaincu Sébastien de rester à la direction des opérations.

— Vous avez été identifié pour me succéder d'ici deux ans à la tête de l'entreprise, lui avait-il dit dans un français parfait, à peine teinté d'accent. Ce serait dommage que vous partiez, non ?

Sébastien avait acquiescé : ç'aurait été dommage, en effet. L'Allemand avait aussi souhaité rencontrer Juliette.

— Toute cette affaire est fort regrettable, avait-il conclu. Je crois que j'aurais apprécié de travailler avec vous.

Malheureusement cela n'était plus possible, et ils le savaient, si bien qu'ils avaient promptement finalisé la transaction.

Après en avoir délibéré avec Sébastien, elle lui avait offert son roman, et l'avait invité au cocktail de lancement. Elle avait également invité Thierry, bien sûr, qui s'était révélé un ami loyal et discret.

Ils étaient tous venus pour le cocktail : Thierry et Paola, Judith, Rainer – le PDG allemand – et son compagnon néerlandais… même sa casanière de mère et ses amies bridgeuses, qui mettaient une tache de couleur dans l'assemblée, où dominaient le noir chic des rédactrices de mode et l'anthracite des costumes d'homme. Thierry leva son verre en hommage.

— Un vrai succès ! Bravo Juliette ! Ou dois-je dire Justine ?

Alors qu'elle trinquait avec lui, Sébastien lui prit la main et la serra. Ils évoquaient souvent le souvenir de leurs débuts chaotiques, Sébastien avec amusement, Juliette avec un frisson horrifié.

— Les deux, mon cher… répondit Sébastien. D'ailleurs, si tu veux bien nous excuser…

Ôtant sa flûte à Juliette pour la mettre dans la main d'un Thierry surpris, il la guida jusqu'à un recoin entre une tenture et un présentoir. Ils auraient pu s'y croire seuls, s'il n'y avait eu en fond sonore le brouhaha de la pièce. Juliette s'apprêtait à lui demander à quoi rimaient toutes ces cachotteries quand il lui posa un doigt sur les lèvres.

— Ma douce, pour moi, les deux prénoms te vont comme un gant. En revanche, j'ai une vraie question à te poser… c'est à propos de ton nom. Lequel préférerais-tu quand tu n'écris pas : Duchemin… ou Marvel ?

Elle regarda celui qui avait chamboulé son cœur et sa vie, pour le meilleur. Il lui souriait, les yeux brillants, avec peut-être un peu d'inquiétude derrière sa façade confiante. Que voulait-il dire ?

— Je je… je ne comprends pas.

Le sourire de Sébastien s'agrandit.

— Il n'y a rien à comprendre, promis. Je te demande simplement ta main !

Il approcha sa bouche de son oreille, la faisant frissonner.

— Juliette Duchemin, Justine de Lenclos, me ferez-vous l'honneur de m'épouser ?

Elle sentit ses yeux s'emplir de larmes et mit la main devant sa bouche, pour éviter de se ridiculiser en criant sa réponse à tue-tête.

— Oui… mille fois oui !

Ils ne s'embrassèrent pas sur-le-champ : il y avait trop de monde, à côté. Mais ils s'éclipsèrent, complices, et quand on les chercha plus tard, ils avaient disparu.

Remerciements

Un grand merci à ma sœur et à Emma, fidèles relectrices ; à mes enfants, qui me supportent quand j'écris ; à l'équipe de l'EMI, qui m'a donné le courage de me lancer dans l'écriture (même si j'utilise beaucoup trop d'adjectifs…) ; à Stéphanie, qui m'a aidée à finaliser ce roman ; et, bien sûr, au jury du Prix de la Meilleure Romance, sans qui vous ne liriez pas ces remerciements !

À tous, un grand merci, du fond du cœur !

Achevé d'imprimer en mai 2019
sur les presses de la Nouvelle Imprimerie Laballery
58500 Clamecy
Dépôt légal : juin 2019
N° d'impression : 905336